Hans Koppel

GEQUÄLT

HANS KOPPEL

GEQUÄLT

THRILLER

Aus dem Schwedischen von Lotta Rüegger
und Holger Wolandt

HEYNE

Die Originalausgabe erschien unter dem Titel
Om döda ont
bei Telegram Bokförlag, Stockholm

MIX
Papier aus verantwortungsvollen Quellen
FSC® C014496
FSC
www.fsc.org

Verlagsgruppe Random House FSC® N001967
Das für dieses Buch verwendete
FSC®-zertifizierte Papier *Super Snowbright*
liefert Hellefoss AS, Hokksund, Norwegen.

2. Auflage

Lektorat: Maike Dörries
Umschlaggestaltung: Johannes Wiebel, punchdesign, München
Umschlagabbildung: Johannes Wiebel unter Verwendung von
Motiven von shutterstock.com (Vasilchenko Nikit; pzAxe)
Satz: Greiner & Reichel, Köln
Druck und Bindung: GGP Media GmbH, Pößneck
Printed in Germany

ISBN 978-3-453-26802-9

www.heyne.de

1

Sie holten Henk in Brahehus ab. Er nahm auf der Rückbank Platz und beugte sich dann zwischen den Sitzen nach vorne. Er fluchte und sprach rasch und aufgebracht.

Sara seufzte.

»Schnall dich an, damit ich dieses Bimmeln nicht hören muss.«

Henk begriff nicht.

»Der Sicherheitsgurt!«, sagte Sara. »Dieses Geräusch macht mich noch ganz verrückt.«

»Ja, ja, natürlich.«

Henk zog den Gurt heraus und suchte nach dem Verschluss. Sie waren bereits auf der Autobahn, als die Warnlampe endlich zu blinken aufhörte und das penetrante Gepiepse verstummte. Henk war jedoch schwerer zum Schweigen zu bringen.

»Ich kenn ihn jetzt schon ich weiß nicht wie viele Jahre. Wollte nur mal eben pinkeln. Als ich aus dem Klo komme, ist das Schwein weg. Der Arsch hat mich reingelegt.«

»Mich hat er reingelegt«, sagte Sara, »nicht dich.«

»Genau«, meinte Henk und lehnte sich vor. »Noch schlimmer. Er kapiert nicht, mit wem er es zu tun hat. Ich schneid dem Schwein die Eier ab.«

Sara stützte sich mit dem Ellbogen an der Tür ab und legte den Kopf in die Hand. In Augenblicken wie diesem kamen ihr schon einmal Zweifel, und sie wünschte, einen anderen Weg gewählt zu haben. Vorige Woche hatte sie vier anabolisch aufgepumpte Typen vor einem riesigen Flachbildschirm angetroffen, auf dem *Miami Ink* lief. Sie hatten sich zwar halbwegs zivilisiert benommen, sich halbherzig aufgerichtet und sie ordnungsgemäß begrüßt, aber das änderte nichts. Sara hatte immer noch den schwachsinnigen Dialog der Dokusoap in den Ohren.

Die Fahrt setzte sich unter Henks leeren Drohungen und ermüdenden Sprüchen über Connys baldige Verstümmelung fort. Er redete unaufhörlich. Sara ließ ihn gewähren. Er trug nichts mehr bei, war nur noch ein lästiger Umstand, der bewältigt werden musste. Sara tätschelte Mattes Oberarm und deutete mit dem Kopf auf eine Abfahrt. Henk rutschte auf der Rückbank hin und her.

»Scheiße, wohin?«

»Doch wohl eher: Wohin geht's eigentlich?«

»Im Ernst: Wohin wollen wir, verdammt?«

»Wir müssen uns irgendwo unterhalten und herausfinden, was eigentlich geschehen ist.«

»Ich hab's dir doch eben erklärt. Das Schwein hat mich, nein dich, übers Ohr gehauen.«

»Ja, das ist mir auch klar.«

Sara drehte sich in Mattes Richtung und deutete nach vorne.

»Zum Rastplatz.«

Matte bog ab. Sara öffnete das Handschuhfach und nahm eine Plastiktüte heraus.

»Komm, Henk. Wir setzen uns da drüben hin.«

Sie stiegen aus. Henk folgte Sara zu einem der Tische, Matte blieb an den Kofferraum gelehnt zurück. Der Rastplatz war von einem lichten Wäldchen umgeben, das jedoch dicht genug war, um auch Frauen unbeobachtetes Pinkeln hinter einem Baum oder Busch zu ermöglichen.

Sie nahmen an einem Tisch Platz. Henk drehte sich besorgt um und sah zu Matte hinüber.

»Wieso bleibt Matte da stehen?«

Sara antwortete nicht. Henk wusste nicht, wie er sitzen sollte. Er wog fast doppelt so viel wie Sara, trotzdem wirkte er im Vergleich klein.

»Machst du etwa mir Vorwürfe?«

»Dein Handy.«

»Bitte?«

Sara machte eine ungeduldige Handbewegung. Henk zog das Handy aus der Innentasche seiner Jacke und reichte es ihr.

»Erzähl mir alles noch einmal«, sagte sie. »Von Anfang an.«

»Verdammt. Ich habe es doch schon tausend Mal gesagt. Sollen wir hier etwa einfach rumsitzen und ihn entkommen lassen? Du hast doch selbst gesagt, du willst nichts mehr hören.«

Sara sah ihn an, bis er einsah, dass seine Meinung nicht gefragt war.

»Also noch einmal«, sagte sie. »Und zwar von Anfang an.«

Henk atmete tief ein und erzählte alles noch einmal, seine Beteuerungen gestenreich unterstreichend. Sara hörte aufmerksam zu und wiederholte vereinzelte Worte.

»Klingt nicht, als hätte er es geplant«, meinte sie schließlich. »Und es war dein Vorschlag, anzuhalten, um etwas zu essen?«

Henk nickte eifrig. Er wollte es ihr unbedingt recht machen.

»In diesem bodenständigen Lokal?«

»Die kochen gut.«

»Und du hast ihn gebeten, dir eine Portion Fleischbällchen zu holen?«

»Ich habe ihm hundert Kronen gegeben.«

»Was kosten Fleischbällchen?«

»Bitte?«

»Waren hundert Kronen genug?«

»Keine Ahnung. Vermutlich.«

»Okay, du gibst ihm den Hunderter, gehst auf die Toilette, erledigst alles, und als du zurückkommst, ist er weg?«

»Erst dachte ich, er wäre schon durch die Kasse durch, dann sah ich die Frau in dem gelben Trainingsanzug …«

»Wen?«

»Sie stand vor uns in der Schlange. Und sie stand immer noch da, als ich zurückkam. Da dachte ich, dass Conny vielleicht auch aufs Klo gegangen ist.«

»Hast du nach ihm gesucht?«

»Zuerst nicht. Erst habe ich auf ihn gewartet, dann bin ich zurück zum Klo, aber da war er nicht, also habe ich ihn angerufen.«

»Und?«

»Er hat nicht geantwortet.«

»Und da ging dir ein Licht auf?«

»Ich bin zum Parkplatz gegangen, und das Auto war weg. Dann habe ich die Tankstelle abgesucht. Da war er aber auch nicht. Da war mir klar, dass mich das Schwein reingelegt hat. Ich bin einfach nur aufs Klo gegangen, das hat maximal ein paar Minuten gedauert, und schon …«

Sara hob beide Hände, um ihn zum Schweigen zu bringen.

»Conny hat seine Chance ergriffen«, meinte sie.

»Ich schneid dem Schwein die Eier ab«, sagte Henk und versuchte, überzeugend zu klingen.

Sara schloss geduldig die Augen.

»Und dann?«

»Dann habe ich telefoniert.«

Sara hielt das Handy in die Höhe.

»Wen hast du angerufen?«

»Euch.«

Er betrachtete das Mobiltelefon in Saras Hand und überlegte es sich anders.

»Erst meine Schwester. Als mir klar wurde, dass er weg war. Ich hab sie zuerst angerufen.«

»Warum?«

»Ich weiß nicht.«

»Du weißt es nicht?«

»Dachte, dass sie mich vielleicht abholt. Ich wusste weder ein noch aus. Ich hatte Angst.«

»Da hast du also deine Schwester angerufen?«

Henk antwortete nicht. Sara schaltete das Handy ein und sah sich das Anrufprotokoll an. Sie runzelte nachdenklich die Stirn.

»Conny klaut mein Geld, und du rufst deine Schwester an, um dich abholen zu lassen?«

Henk drehte sich zu Matte um, der mit verschränkten Armen am Kofferraum lehnte.

»Ich wollte euch keine Umstände machen«, sagte Henk.

Sara zog fragend die Brauen hoch.

»Du wolltest uns keine Umstände machen?«

Ihre Stimme war mild und freundlich. Sie erinnerte ihn

an die Anwälte, die Henk im Laufe der Jahre ausgefragt und immer alles von ihm Gesagte wiederholt hatten.

Ihnen war also nicht klar, dass Ihnen Ihr Freund seinen Haschischvorrat anvertraut hat? Sie dachten, das sei Henna? Hat Haschisch denn nicht einen ganz eigenen Geruch? Das wissen Sie nicht? Und trotzdem behaupten Sie, in Ihrem Leben etliche Joints geraucht zu haben? Richtig, richtig, früher. Jetzt nicht mehr. Aber der eigentümliche Geruch ist Ihnen nicht aufgefallen? Also nicht.

Diese Befragungstechnik war heimtückisch und erschwerte es ihm, klar zu denken. Aber der Unsinn, der geredet wurde, war ohnehin nur Show. Der Staatsanwalt sagte dies, der Verteidiger das, und nachdem der Richter die Vorstrafen heruntergebetet hatte, war ohnehin alles verloren. Dann lehnten sich die Geschworenen zurück und wollten nur noch schnellstmöglich in die Mittagspause.

Dieses Mal hatte Henk jedoch die Wahrheit gesagt. Conny hatte das Geld genommen und war abgehauen.

»Ihr kriegt jede Krone zurück, ich versprech's.«

»Und zwar, wie?«

»Ich finde ihn, versprochen.«

»Du willst ihn finden?«

Henk nickte eifrig.

»Ganz bestimmt. Ich versprech's.«

»Weißt du, wo er ist?«

»Was?«

»Weißt du, wo Conny ist?«

»Natürlich weiß ich das nicht. Keine Ahnung. Wüsste ich das, würde ich nicht hier sitzen. Glaubst du das etwa? Dass ich weiß, wo er ist?«

Sara zuckte mit den Achseln und lächelte.

»Ich glaube überhaupt nichts.«

»Mann, kapier doch endlich, dass er mich reingelegt hat. Er hat das Geld genommen und ist abgehauen.«

Sara neigte den Kopf zur Seite.

»Wie willst du ihn finden?«

Das klang wie eine Einladung. Henk richtete sich auf und lehnte sich über den Tisch.

»Ich rede mit seiner Freundin, mit Mona, Mona Björklund. Sie wohnt in Bjuv. Ich war da schon mal. Ich kenne sie, jedenfalls ein wenig. Ich bin ihr begegnet. Einmal. Sie müsste was wissen.«

Sara nickte.

»Und wenn sie nichts weiß?«

»Conny geht immer zu den Nutten. Dann rede ich eben mit denen.«

»Und wenn auch das zu nichts führt?«

»Was?«

»Wenn er weder bei seiner Alten noch bei den Nutten ist. Wie willst du dann das Geld auftreiben, das du mir schuldest?«

Henk sah sie an. Jetzt erst dämmerte ihm, dass sie sich über ihn lustig machte. An den Geldbetrag, den sie verloren hatte, verschwendete sie keinen Gedanken. Für sie war das ein Spiel, nur ein Spiel. Sara betrachtete ihn eingehend.

»Keine Idee? Du bist nicht sonderlich kreativ.«

»Was?«

»Wenn du schnell Geld brauchst, was machst du dann?«

»Bitte?«

»Ich wage zu behaupten, dass du einen brauchbaren Plan brauchst, wie das Geld zu beschaffen ist.«

»Ich weiß.«

Sara holte tief Luft und kaute nachdenklich auf ihrer Lippe.

»Und was hat deine Schwester gesagt?«, fragte sie schließlich.

»Was?«

»Sag nicht die ganze Zeit *Was*. Deine Schwester, als du sie angerufen hast, was hat sie gesagt?«

»Sie ist nicht drangegangen. Es hat fünf Mal geklingelt, dann war besetzt.«

»Sie hat deinen Anruf nicht angenommen?«

Henk antwortete nicht.

»Steht ihr euch nahe, deine Schwester und du?«

»Nicht direkt«, sagte Henk und sprach lauter, als richte sich sein Flehen an beide. »Habe ich euch jemals reingelegt? Ihr kapiert doch wohl, dass nicht einmal ich so dumm wäre!«

Er drehte sich zu Matte um, den das, was da ablief, nicht zu interessieren schien. Sara ergriff Henks Hände.

»Es geht nicht darum, wer was gemacht oder nicht gemacht hat. Du bist hier, aber das Geld nicht. Ob ich dir glaube oder nicht, ist irrelevant.«

»Irrelevant?«

Henk wiederholte das Wort als Frage.

»Das heißt, es ist egal«, meinte Sara.

»Aber ich ...«

»Schhh, hör mir jetzt gut zu. Ob es um dich geht oder Conny oder sonst jemanden, ist mir schnuppe. Das Geld ist weg. Du hattest den Auftrag, es bei mir abzuliefern, du bist verantwortlich. Mehr will ich nicht wissen.«

»Ich bring das in Ordnung, versprochen. Du kriegst jede Krone zurück. Ich werde dieses Schwein jagen, bis ich ihn gefunden habe, und dann ...«

Sara hob die Hand. Henk hörte auf zu reden. Er atmete schnell und stoßweise, als wäre er gejoggt.

»Ich bin doch nur der Bote«, fuhr er fort. »Du kannst doch nicht einfach den Boten erschießen.«

»Meine Erfahrung ist eine andere. Es ist nie ein Zufall, wer einem die schlechten Nachrichten überbringt. Und wie bereits gesagt, geht es nicht um Schuld, es geht um Verantwortung, und die hattest du.«

Sara hielt die weiße Plastiktüte in die Höhe, die sie aus dem Handschuhfach mitgenommen hatte. Sie öffnete sie langsam, wie jemand in einem Sketch eine Banane schält. Dann legte sie die Waffe auf den Tisch, ohne sie anzufassen.

Henk stützte sich mit den Händen an der Tischkante ab.

»Du hast nicht einmal genug Zeit, um nachzudenken«, sagte sie.

»Nein. Verdammt. Ich …«

»Du bist stark, du schaffst das schon.«

Henk keuchte angestrengt. Sein Hals war bis hoch zu den Wangen rotfleckig.

»Bitte … Also, ihr kriegt euer Geld. Ich finde ihn. Ich begehe einen Banküberfall.«

»Und dann wirst du gefasst, und die Polizei fragt nach dem Warum, und du kannst dein Maul nicht halten.«

Sara betrachtete ihn amüsiert.

»Verdammt. Ich schwöre. Gib mir eine Chance. Ich beschaffe das Geld. Oder was anderes, was du willst. Sag mir, was ich machen soll.«

»Es gibt Alternativen«, meinte Sara. »Das stimmt.«

Henk nickte eifrig. Sein Kinn zitterte.

»Ich könnte Matte sagen, dass er dich umbringen soll. Aber dann verspreche ich dir, dass ich die Kugel für deine Schwester aufhebe.«

Henk sah sie fragend an.

»Meine Schwester? Und was hat die damit zu tun?«

Sara zuckte mit den Achseln.

»Du hast sie angerufen. Das reicht mir.«

Henks Lippen bewegten sich, aber kein Laut war zu hören. Er sah zu Matte hinüber, aber der rührte sich nicht.

»Die Entscheidung liegt bei dir«, sagte Sara.

»Ihr müsst euch Conny schnappen. Er hat das Geld geklaut, nicht ich.«

Sara hob beide Hände in die Höhe.

»Ihr seid wie kleine Jungs im Sandkasten«, sagte sie. »Er hat mir meine Schaufel geklaut. Das ist alles nicht mein Problem, oder?«

Sie lächelte erneut. Fast mütterlich.

»Wie gesagt, du hast eine Wahl.«

Henk sah die Waffe an, Sara betrachtete ihn.

»Was ist sie von Beruf?«

»Wer?«

Henk blinzelte Sara nervös an.

»Deine Schwester. Was macht sie?«

»Was?«

»Sie hat doch wohl eine Arbeit?«

Henk versuchte zu schlucken, aber sein Mund war genauso trocken wie seine Kehle. Er verzog das Gesicht.

»Sie arbeitet als Kundenberaterin in einer Bank.«

»Dann wirst du also Millionär.«

Sara betrachtete Henk eingehend. Sein Gesicht zuckte, seine Hände zitterten.

»Also, was ist dir lieber?«, sagte sie. »Kommst du allein klar, oder soll ich Matte rufen?«

Henk antwortete nicht. Sara seufzte ungeduldig und hob den Arm. Matte richtete sich auf, um ihr beizustehen. Henk nahm die Pistole. Sara gab Matte ein Zeichen, und dieser lehnte sich wieder an den Kofferraum.

»Ich könnte dich erschießen«, sagte Henk.

Die Waffe zitterte in seiner Hand, und seine Stimme versagte fast. Seine Worte waren eine leere Drohung.

»Natürlich, das kannst du«, sagte Sara. »Aber da es nur eine Kugel gibt, wird dich Matte dann trotzdem umbringen. Das zieht das Ganze nur mehr in die Länge.«

Sie faltete die Hände auf dem Tisch.

»Du nimmst nicht dir das Leben, sondern du rettest das deiner Schwester. So musst du das sehen.«

Henk ließ die Waffe fallen, schüttelte den Kopf und versuchte zu lachen, was ihm misslang.

»Das kann nicht dein Ernst sein ... Das ist ein Witz, ein Witz.«

Er sah sie an.

»Das ist dein Ernst?«

Sara antwortete nicht.

»Das ist dein Ernst?«, wiederholte Henk.

»Wenn es dir lieber ist, dass Matte ...«

»Conny ist schuld. Er ist abgehauen, nicht ich. Ich habe nichts, ich ...«

»Du hast die Sache versiebt, du zahlst. Ich biete dir einen einfachen way out. Wenn du dir die Dinge erschweren möchtest, bitte. Aber du ziehst damit alles nur in die

Länge, und deine Schwester muss auch dran glauben. Du hast angerufen, sie hat den Anruf nicht entgegengenommen. Sie hat eine Arbeit und führt ein normales Leben. Du stellst für sie nur eine Belastung dar. Es macht ihr zu schaffen, dass es dich gibt, und das weißt du.«

Sara deutete auf die Waffe.

»Tu ausnahmsweise mal das Richtige. Ich kann dich nicht am Leben lassen, das versteht sich von selbst. Das wäre das falsche Signal. Entscheide, was dir lieber ist, aber beeil dich, denn ich habe keine Lust, mir deine Dummheiten weiter anzuhören.«

Henk antwortete nicht. Mit glänzenden Augen starrte er wie verhext auf die Waffe.

»Komm schon, Henk. Sei ein Mann, ich weiß, dass du das Zeug dazu hast.«

Er starrte weiter auf die Waffe.

»Nicht?«, sagte Sara und hob erneut die Hand, um Matte heranzuwinken.

Henk warf sich über den Tisch und packte rasch und unbeholfen die Pistole. Seine Hand zitterte, als er sie langsam auf sich richtete.

Sara nahm sein Handgelenk.

»Hör mal, mein Lieber, hier sitzen noch andere Leute und picknicken. Du musst schon in den Wald gehen.«

Henk sah sie an.

»Entschuldigung.«

Sara lächelte geduldig wie eine Lehrerin, der allerhand zugemutet wird. Henk erhob sich von der Bank und verließ schwankend die asphaltierte Fläche. Sara drehte sich halb zu ihm um.

»In den Mund, schräg nach oben. Du wirst nichts spüren.«

Am Rand ihres Gesichtsfelds bemerkte sie Matte. Er lehnte nicht mehr am Auto. Seine Aufregung äußerte sich darin, dass er rastlos von einem Bein aufs andere trat. Sara hörte Henks Schritte auf der regennassen Erde. Eine kurze Stille folgte. Sara konzentrierte sich auf ihre Atmung. Einatmen. Ausatmen.

Als der Knall ausblieb, drehte sie sich um. Henk stand etwa zehn Meter von ihr entfernt im Wald. Er schwankte. Seine Arme hingen kraftlos herab. Sie stand von der Bank auf und ging hinter ihm her.

»Henk?«

Er wirkte wie in Trance und nahm die Welt um sich herum nicht wahr. Sara trat langsam auf ihn zu.

»Henk, hörst du mich?«

Er antwortete nicht.

»Hier«, fuhr sie fort, »ich zeige es dir.«

Sie packte sein Handgelenk und hob langsam seinen Arm.

»Immer mit der Ruhe, und dann machst du den Mund auf. Gut so ...«

2

»Hier gefällt es mir.«

Jörgen trank direkt aus der Dose.

»Das verstehe ich«, sagte Calle, ohne seinen Freund anzuschauen.

Sie saßen auf der verglasten Veranda mit Blick aufs Wasser. Zwei der Fähren waren, groß wie Hochhäuser, gerade vorbeigezogen.

»Abhängen, das Gebüsch roden und alles, was umgeweht worden ist, wegräumen. Nur du, ich und die Stihl.«

»Wer?«

»Die Stihl, die Motorsäge.«

»Ist das eine gute Marke?«

»Ja«, erklärte Jörgen. »Ich habe sie gekauft, als wir hierhergezogen sind. Ein Muss, wer hätte gedacht, dass ich jemals eine Motorsäge besitzen würde. Ich wusste nicht mal, was die Dinger kosten.«

»Natürlich nicht. Und der Preis ist natürlich wichtig.«

»Es sind nicht die Leute mit dem ...«

»Halt die Klappe, bevor ich mich vergesse.«

Jörgen lächelte.

»Irgendwie«, fuhr er fort, »hatte ich mir tausend Kronen als obere Grenze gesetzt. Ich bin also zu *Nacka Trä* gefahren, und die wollten tausendfünfhundert für eine Partner.«

»Das sagt mir nichts.«

»Mir auch nicht, jedenfalls damals noch nicht. Aber ich hatte mich auf einen Tausender eingestellt, und er wollte tausendfünfhundert. Das hat mich natürlich geärgert.«

»Natürlich.«

Calle Collin hatte schon lange aufgehört, sich über Jörgens Geiz zu wundern. Der Bursche besaß eine halbe Milliarde, aber nichts erfreute ihn mehr als ein Sonderangebot.

»Ich bin also zu *Fredells* gefahren und habe mir einen Verkäufer vorgeknöpft. Einen jungen Typen, der stark gestottert hat. Der hat mir was von Stihl für P-P-Profis erzählt.«

»Und was sollte die kosten?«

»Zweieinhalb. Aber der Typ hat gestottert, und das hat mich gerührt.«

»Du hast die Säge gekauft?«

»Ich habe sie nicht nur gekauft, sondern fühlte mich anschließend auch noch wie ein besserer Mensch.«

Jörgen trank aus. Er wedelte mit der Dose vor dem Gesicht seines Freundes herum und zog fragend die Brauen hoch. Calle dachte nach.

»Nein, danke ich habe noch. Ich muss an morgen denken.«

Jörgen verschwand in der Küche. Calle ließ seinen Blick übers Wasser schweifen. Ein Segelboot kreuzte Richtung Bogesund. Ein anderes war mit achterlichem Wind in der entgegengesetzten Richtung unterwegs. Einer der Dampfer der Waxholm-Gesellschaft tauchte in der Durchfahrt zwischen Edlunda und Granholmen auf, und zwei riesige, fast vierzig Fuß lange, unendlich viel Benzin verschlingende Rennboote dröhnten vorbei und verursachten idiotische Wellen. Diese Boote gehörten nicht aufs Meer und wurden in der Regel von Leuten gesteuert, die dort auch nichts verloren hatten.

Jörgen kehrte mit zwei Bier zurück, reichte Calle das eine und nahm wieder auf seinem Stuhl Platz.

»Ich wollte keins mehr.«

»Natürlich wolltest du. Es muss alles seine Ordnung haben.«

Er setzte sich zurecht.

»Allein die körperliche Arbeit«, fuhr er fort. »Ich nehme dabei jedes Jahr fünf bis zehn Kilo ab. Wenn ich ständig hier wohnen würde, wäre ich richtig gut aussehend oder zumindest durchtrainiert.«

Calle kommentierte dieses Wunschdenken nicht weiter.

»Schwulenbar«, meinte Jörgen nach einer Weile. »Lass uns mal wieder in eine Schwulenbar gehen.«

Calle sah ihn skeptisch an.

»Warum das?«

Jörgen zuckte mit den Achseln.

»Ich weiß nicht recht«, erwiderte er. »Da ist es angenehm. Alle sind so nett.«

»Ach wirklich?«

»Du weißt schon, was ich meine«, meinte Jörgen. »Rempelt man jemanden an, dann lächelt der nur. In einer normalen Bar würde man Prügel beziehen.«

»Du weißt nicht, was du da redest.«

»Erinnerst du dich noch an den Abend in der Schwulenbar auf dem Schiff?«

»Allerdings. Alle glaubten, ich hätte dich aufgerissen. Das war wirklich peinlich.«

»Das war einer der lustigsten Abende meines Lebens«, meinte Jörgen. »Wie lange ist das jetzt her? Zehn Jahre? Ich denke immer noch daran.«

»Wieso?«

Jörgen zuckte mit den Achseln.

»Der einzige Ort, an dem mich in den letzten zwanzig Jahren jemand wahrgenommen hat.«

»Ganz so schlimm kann es doch nicht sein?«

»Du hast ja keine Ahnung. Man nimmt mich nur wahr, wenn ich nicht da bin, um Anweisungen auszuführen. Dann werde ich vermisst gemeldet, auf der Flucht.«

Calle sah ihn skeptisch an.

»Du glaubst, ich mache Witze«, meinte Jörgen. »Als wir letzten Winter auf Bali waren und ich wie alle Europäer ein paar Biere zu viel getrunken hatte, begann ich, mir andere Männer anzusehen. Da habe ich meine liebe Ehefrau gefragt, ob ich aussehe wie einer von ihnen.«

»Also, ob du dicker bist als der Deutsche in der knappen Badehose?«

»So in etwa. Ich habe mir die Schlimmsten ausgesucht, um mir meiner Sache ganz sicher zu sein. Und weißt du, was sie gesagt hat?«

»Nein, was?«

»Sie hat gesagt: Das lässt sich nicht vergleichen, ihr habt einen zu unterschiedlichen Körperbau.«

»Was hattest du erwartet?«

»Ein Nein natürlich. Nein, Liebster, du bist viel schlanker. Oder: Nein, der ist doch wahnsinnig dick. Oder: Du bist auf eine hübsche Art dick.«

»Vielleicht ist sie ja nicht deiner Auffassung.«

»Ich auch nicht, und deswegen brauche ich etwas Aufmunterung, einen Kuss auf die Wange. Etwas normale Freundlichkeit. Auf Bali …«

Jörgen schauderte es, als er sich daran erinnerte, wie er in Badehose ausgesehen hatte.

»Nein«, meinte er dann mit Nachdruck. »Körperliche Arbeit, nur das hilft. Die Stihl und ich gegen die Elemente. Wo wolltest du noch gleich hinfahren?«

»Morgen?«, erwiderte Calle. »Nach Höganäs.«
»Die Sache mit den Toten?«, fragte Jörgen.
Calle nickte.
»Ach ja, der Tod.«

3

»Warum?«, wiederholte Sara Vallgren. »Du willst wissen, warum?«

Sie lagen nach dem Sex nackt und verschwitzt nebeneinander und starrten an die Decke.

»So was Unnötiges«, meinte Matte.

»Und was hätte ich deiner Meinung nach tun sollen? Das Ganze auf sich beruhen lassen? Ich war gezwungen, mit Nachdruck zu handeln.«

»Aber den Idioten gleich umzubringen ...«

»Das habe ich nicht, ich habe nur mit ihm geredet.«

Sie lächelte, als hätte sie eine denkwürdige Bemerkung gemacht.

»Du hast mit ihm geredet?«, wiederholte Matte.

»Okay«, erwiderte Sara, »das war ein Test. Ich wollte ausprobieren, ob das geht.«

»Das geilt dich doch auf.«

»Bei dir scheint das ja auch funktioniert zu haben.«

Matte schwang sich auf die Bettkante und rieb sich das Gesicht.

»Eine Null.«

Sara zuckte mit den Achseln.

»Seine Zeit war um.«

Matte sah sie flehend an.

»Bitte, verschon mich mit solchem Gerede.«

»Er verschlampt dreihunderttausend. Sag mir, was wir sonst hätten tun sollen, erzähl mir das.«

»Ich weiß es nicht«, sagte Matte. »Nichts.«

»Nichts?«

Saras Stimme klang belustigt.

»Und wie hätte das gewirkt?«

»Du hättest ihm die Chance geben können, es wiedergutzumachen.«

»Wiedergutzumachen?«

»Es zurückzuzahlen.«

Matte hörte selbst, wie hohl das klang.

»Das geht so nicht«, fuhr er fort. »Du kannst nicht so ohne Weiteres, das ist ... unklug. Was machen wir, wenn die Polizei kommt?«

Sara bewarf ihn mit ihrem Kissen.

»Hör schon auf, du übertreibst.«

»Es gibt Überwachungskameras an den Straßen. Jemand könnte gesehen haben, wie er in unser Auto eingestiegen ist.«

»Falls es so weit kommt, können wir sagen, dass wir ihn an der Raststätte abgeholt und auf dem Rastplatz abgesetzt haben. Dass er niedergeschlagen war, wir aber nicht begriffen haben, wie ernst es war. Dass wir genauso schockiert sind wie alle anderen. Außerdem stimmt das ja. Ich hätte mir nie vorstellen können, dass es so einfach ist.«

»Du hast sie ja nicht mehr alle.«

»Ich hätte nicht geglaubt, dass es funktioniert. Ich habe es darauf ankommen lassen. Er hätte auf mich schießen können.«

Matte nickte nachdenklich.

»Das macht dich scharf«, stellte er fest. »Und was kommt als Nächstes?«

»Morgen fahren wir zu deiner Mutter«, erwiderte Sara.

»Das meine ich nicht. Das andere.«

Sara zuckte mit den Achseln.

»Wir müssen Connys Freundin aufsuchen«, meinte sie schließlich.

»Um was zu tun?«

»Um mit ihr zu reden«, antwortete Sara fröhlich.

4

Sie aßen die Hamburger im Stehen neben dem Grill.

»Lecker«, sagte Calle, den letzten Bissen noch im Mund.

Er schüttelte Mayonnaise vom Finger und wischte diesen dann an einem Hackklotz ab.

»Sag ich doch«, meinte Jörgen. »Es gibt keinen Grund, in der Stadt zu bleiben, wenn man hier draußen sein kann.«

»Manche Leute müssen Geld verdienen.«

»Das mit dem Arbeiten habe ich nie verstanden.«

Calle sah ihn irritiert an.

»Du bist mir wirklich richtig sympathisch, wenn du so was sagst.«

»Ich weiß«, erwiderte Jörgen glücklich und legte den Deckel auf den Grill, um die Glut zu ersticken und die Grillbriketts noch ein weiteres Mal verwenden zu können. »Was meinst du? Ein kleiner Verdauungsspaziergang?«

Die Insel lag in einer Bucht zwischen Lidingö und

Vaxholm. Sie war etwa so groß wie die Stockholmer Altstadt, Gamla Stan, und es dauerte fast eine Dreiviertelstunde, um sie zu umrunden. Die großen altmodischen Sommerhäuser der Reichen, die um 1900 gebaut worden waren, lagen direkt am Wasser. In der Mitte der Insel standen ein paar kleinere Hütten aus den Vierziger- und Fünfzigerjahren. Vor einem dieser einfacheren Häuser waren ein Mann und eine Frau, beide Ende fünfzig, damit beschäftigt, ein Badmintonnetz aufzubauen.

»Die Saison wird eröffnet?«, rief Jörgen.

Der Mann hob die Hand zum Gruß.

»Ja, jetzt ist es so weit«, erwiderte er.

Jörgen drehte sich zu Calle um.

»Wir müssen nur eben Guten Tag sagen.«

Sie gingen zum Haus hoch. Die Frau umarmte Jörgen herzlich, und der Mann gab ihm die Hand und klopfte ihm auf die Schulter.

»Das ist Calle, mein ältester Freund. Wir sind in dieselbe Klasse gegangen. Calle, darf ich dir Åsa und Bengt vorstellen.«

»Er sagt ältester, aber meint einziger«, sagte Calle und begrüßte das Paar.

»Ohne Familie hier?«, fragte die Frau.

»Die sind zu Hause geblieben«, meinte Jörgen. »Wir sind nur hier, um aufzuräumen. Die Büsche und die entwurzelten Bäume.«

»Und das machst du alles selbst!«, sagte Bengt beeindruckt.

»Was für ein Wetter«, meinte Åsa.

»Hier schon«, erwiderte Jörgen. »Aber auf der Nordseite weht ein kalter Wind.«

»Darf ich euch ein Glas Wein anbieten?«

Jörgen zögerte, wenn auch nicht sonderlich überzeugend.

»Wenn ihr Bengt mit dem Netz helft, hole ich Gläser.«

Åsa verschwand im Haus, und Jörgen und Calle hielten je eine Stange, während Bengt die Heringe einschlug und die Leinen straff zog.

»Dieses Netz hat unsere Ehe gerettet«, sagte Bengt. »Während sich andere scheiden lassen, stehen wir hier und zählen die Schläge übers Netz. So einfach ist das.«

»Seid ihr gute Spieler?«, fragte Calle.

Bengt sah ihn an.

»Wir sind vollkommen lausig. Das ist das Geheimnis. Uns vereint unsere Unvollkommenheit.«

»Vielleicht sollte ich mir auch ein Federballnetz zulegen«, meinte Jörgen.

»Jedes Spiel ein Gewinn«, erwiderte Bengt.

Sie waren gerade fertig, als Åsa mit den Gläsern und einer Bag-In-Box Wein kam.

»Weißwein. Ist das in Ordnung?«

»Ausgezeichnet«, antwortete Jörgen.

Åsa schenkte ein.

»Das reicht, das reicht«, sagte Calle und ließ sich ein volles Glas reichen.

Åsa goss den anderen ein und erhob ihr Glas, um die Gäste willkommen zu heißen. Sie tranken. Dann entdeckte Åsa das aufgespannte Netz.

»Das habt ihr aber schön gemacht.«

»Wunderbar«, meinte Bengt.

»Was?«

»Das Lob von Frauen klingt immer so herablassend. Wie gut du gespült hast, Liebling. Geh jetzt spielen, damit ich nachbessern kann.«

»Seit wann muss Lob denn glaubwürdig sein?«, fragte Jörgen. »Schließlich will niemand die Wahrheit hören. Fragt mich, ich kenne mich aus.«

Åsa schaute ihn mitleidig an.

»Ist sie sehr streng?«

Jörgen seufzte tapfer.

»Ich träume von einer kleinen nackten Finnin, die mir in hohen Absätzen Fleischbällchen brät. Und was habe ich? Ein zänkisches Weib aus Härnösand.«

»Du hast Glück gehabt«, meinte Åsa.

»Ich weiß«, erwiderte Jörgen. »Aber es wäre schön, wenn sie mich auch lieben würde, oder zumindest praktisch.«

Bengt deutete auf die Gartenmöbel, die auf dem letzten sonnigen Fleck des Grundstücks standen. Sie nahmen dort Platz.

»Erzähl mir von den entwurzelten Bäumen«, sagte Bengt.

»Ich dachte schon, du würdest gar nicht mehr fragen«, meinte Jörgen und stellte sein Glas beiseite, um alles gestenreich zu beschreiben. »Die Sache war wirklich recht beeindruckend. Da stand eine Tanne auf der Nordseite, die …«

Calle erhob sich und sah Åsa an.

»Entschuldige, aber wenn man … geht man dann einfach in die Büsche?«

»Wo du willst«, sagte Bengt, »nur nicht zweimal am selben Ort.«

Er wandte sich an Jörgen.

»Hast du das mit dem Trockenklosett meines Nachbarn gehört?«

»Nein.«

»Er hatte so ein Vakuumding gekauft. Wie ein normales Trockenklosett, nur dass …«

Als Calle zurückkam, hatten Jörgen und Bengt ausgerechnet, dass es den Nachbarn vermutlich billiger gekommen wäre, wenn er statt einer Verbrennungstoilette bis an sein Lebensende ein Taxi nach Orminge genommen und dort für fünf Kronen die Bibliothekstoilette benutzt hätte.

Åsa seufzte. »Ich begreife das nicht«, sagte sie. »Man kann kaum Hallo sagen, schon beginnen die Männer ein Gespräch über Fäkalien.«

»Das liegt einzig und allein daran, dass wir uns um die Beseitigung kümmern müssen, Liebling.«

»Aber ihr redet die ganze Zeit immer nur über dasselbe.«

Sie wandte sich an Calle und legte ihre Hand auf seinen Arm.

»Noch einen Schluck Wein?«

»Nein, danke. Ich muss morgen früh aufstehen.«

»Calle nimmt das Flugzeug«, meinte Jörgen.

»Aha«, meinte Åsa. »Und wohin?«

»Nach Schonen, aber nur für einen Tag.«

»Nach Malmö?«

»Nein, nach Höganäs«, antwortete Calle. »Man fliegt nach Ängelholm, von dort ist es nicht weit.«

Åsa lächelte.

»Ich weiß«, meinte sie. »Da haben wir früher gewohnt.«

»In Ängelholm?«

Sie schüttelte den Kopf.

»In Höganäs. Vor vielen Jahren. Beruflich?«

Calle nickte.

»Und was machen Sie?«

»Ich bin Journalist.«

»Ach? Bei welcher Zeitung?«

»Ich arbeite frei. Überwiegend für Illustrierte. Oder eigentlich nur.«

»Unser Sohn ist auch Journalist«, sagte Bengt. »Er arbeitet bei einer Abendzeitung. Er schreibt dort über das Fernsehen. Wir hatten gehofft, dass er dieses Wochenende rauskommen würde, aber er hat zu viel um die Ohren.«

»Und wie heißt er?«

»Anders Malmberg.«

Calle zog beeindruckt die Brauen hoch.

»Er schreibt gut.«

Bengt wirkte etwas verlegen.

»Ich finde, dass er hin und wieder unnötig gemein ist.«

»Nein, nein, nein«, protestierte Calle. »Er ist ein Star.«

»So was rächt sich immer«, meinte Bengt. »Davor habe ich Angst.«

»Er muss dick auftragen«, sagte Calle. »Dafür wird er bezahlt.«

»Da hörst du«, sagte Åsa. »Lass dir das von einem sagen, der sich auskennt.«

Bengt zuckte mit den Achseln.

»Ja, ja. Abwarten. Wen wollen Sie denn in Höganäs interviewen?«

»Eine Frau«, sagte Calle. »Ihr Sohn ist bei einem Autounfall ums Leben gekommen.«

Es wurde still.

»Calle schreibt über Verstorbene«, sagte Jörgen.

Calle rutschte betreten hin und her.

»Das klingt schlimmer, als es ist. Es geht um Leute, die zu früh aus unserer Mitte gerissen wurden. Positive Porträts, nichts Sensationslüsternes.«

Åsa und Bengt nickten bedächtig. »Die Angehörigen melden sich bei der Zeitung«, versicherte Calle. »Wir müssen die Leute nicht überreden. Man könnte die Texte als nachträgliche Nachrufe bezeichnen, allerdings nicht so gestelzt. Ich versuche, die Erinnerung lebendig werden zu lassen. Oder anders: Ich versuche die Erinnerung an eine Zeit, zu der sie noch am Leben waren, heraufzubeschwören.«

Åsa und Bengt nickten erneut.

»Wie alt war er denn?«, fragte Åsa. »Der Junge, der ums Leben gekommen ist, meine ich.«

»Dreizehn. Er wurde von jemandem überfahren, der Fahrerflucht beging.«

Niemand sagte etwas.

»Oje«, meinte Calle und fuchtelte mit den Händen. »Ich höre selbst, wie fürchterlich das klingt, aber das Hauptaugenmerk liegt nicht auf dem Tod. Meine Güte, das Ganze ist schließlich schon fünfzehn Jahre her.«

5

»Die waren doch nett«, sagte Calle und setzte sich ans Fenster des Schärendampfers.

Jörgen ließ sich auf den Platz neben ihm sinken.

»Unbedingt, gute Leute.«

Der Dampfer fuhr nach Gåshaga und von dort weiter in die Stadt. Sie glitten an Jörgens Sommerhaus vorbei und betrachteten mit kritischem Blick das Grundstück.

»Kaum zu sehen«, meinte Jörgen.

»Was?«

»Die Bäume, die wir gefällt haben.«

»Hattest du damit gerechnet?«

»Die Stihl-Motorsäge und ich werden die Welt verändern ... Nein, geglaubt habe ich das nicht. Es gibt so verdammt viele Bäume, dass es nie ein Ende nimmt. Übrigens, danke für deine Hilfe. Das war nett von dir.«

Jörgen schaute in Fahrtrichtung. Calle nahm Anlauf, um etwas zu sagen, kam dann jedoch davon ab. Er wartete eine Weile und unternahm einen neuen Versuch.

»Ich will jetzt nicht nörgeln oder so.«

Jörgen sah ihn an.

»Was?«

Calle verzog das Gesicht.

»Es ist mir unangenehm«, meinte er, »wenn du erzählst, dass ich über Todesfälle schreibe. Das klingt dann irgendwie, ich weiß nicht, so hässlich.«

»Ist das dein Ernst?«

»Es deprimiert mich und ist mir peinlich.«

Jörgen setzte sich anders hin und sah ihn an.

»Du meinst das ernst?«

»Das ist doch wohl klar. Hast du nicht gemerkt, wie still es wurde? Und ihr Sohn ist ein erfolgreicher Halbpromi. Ich sitze da wie ein in die Tage gekommener Schwuler mit Hängebauch und verkrieche mich niedergeschlagen und verbittert in meine Depression.«

»Da muss ich mich entschuldigen. Es war nicht meine Absicht, dich zu kränken. Wirklich nicht. Nichts liegt mir ferner, das weißt du.«

Calle hatte seine Mimik nicht ganz unter Kontrolle.

»Ich fühle mich so passé.«

Jörgen nahm seine Hand.

»Du ... das war ein Scherz. Niemand beeindruckt mich so wie du.«

Calle zwang sich zu einem schiefen Lächeln.

»Entschuldige. Ich bin etwas empfindlich. Sieh mich nicht an, sonst fang ich noch an zu heulen.«

»Wenn ich dich irgendwie verletzt habe ...«

»Ihr Sohn ist ein Star, und ich schlage mich von einem Artikel zum nächsten durch.«

»Ihr Sohn? Ein Star? Ich habe ihn schon als mageren Teenager hier auf der Insel herumstiefeln sehen. Er ist keine sonderlich beeindruckende Erscheinung. Und was hat er erreicht?«

»Nichts«, meinte Calle. »Noch nicht. Er hat alles noch vor sich. Im Unterschied zu mir …«

»Stopp«, meinte Jörgen, »das geht jetzt wirklich zu weit. Hier sitzen und flennen. So geht das nicht.«

Der Dampfer drosselte die Geschwindigkeit, und aus den Lautsprechern schallte:

»Gleich erreichen wir Gåshaga. Nächster Halt Gåshaga.«

»Ich muss jetzt aussteigen«, sagte Jörgen.

Calle spürte, dass ihn sein Freund unsicher ansah.

»Kein Problem. Alles okay.«

Jörgen lehnte sich vor, küsste seinen Freund auf die Wange und tätschelte ihm die Hand.

»In deiner Gesellschaft bin ich am allerglücklichsten, nur dass du das weißt«, sagte er und erhob sich.

Er ging zum Bug, drehte sich noch einmal um, um sich ein Bild von der seelischen Verfassung seines Freundes zu machen, lächelte aufmunternd und ging von Bord.

Der Dampfer setzte zurück, überquerte den Halfkakssund und setzte die Fahrt nach Stockholm fort. Als sie die Enge zwischen Djurgården und Kvarnholmen erreichten, verlangsamte der Kapitän das Tempo, und Calle betrachtete interessiert das Ufer auf der rechten Seite: Blockhusudden und das Dach der Thielska Galleriet auf der Anhöhe, das rote Backsteinhaus der Wallenbergs, die Bonnier-Villa Nedre Manilla, Prinz Eugens Anwesen Waldemarsudde, die italienische Botschaft, die gelben Gebäude der Schifffahrtsbehörde, die Werft auf Beckholmen.

Der Dampfer legte bei Slussen an. Calle ging von Bord und machte sich auf den Weg zur U-Bahn. Als er den Bahnsteig betrat, erkannte er, was nicht stimmte. Alle um ihn herum bereiteten sich auf eine neue Arbeitswoche vor, und er war leicht angetrunken. Er hatte das Wochenende mit aller Kraft in die Länge gezogen. Kein Wunder, dass er einsam und sein einziger Freund ein trinkfreudiger Nichtsnutz war. Es war ein fantastisches Wochenende gewesen, mit körperlicher Arbeit im Freien bei verheißungsvoller Frühlingssonne. Sie hatten gut gegessen und getrunken, über gemeinsame Erinnerungen gelacht und sich miteinander wohlgefühlt. Jörgen jedoch kehrte nach so einem Wochenende zu seiner Familie in sein Haus auf Lidingö zurück, während auf Calle nur eine leere Zweizimmerwohnung in der Tulegatan wartete. In der die Luft still stand und sich niemand mit ihm vor dem Fernseher um die Fernbedienung stritt. Calle war allein, und die Aussichten, dass er jemanden kennenlernen würde, waren nicht gerade berauschend.

Die U-Bahn fuhr in den Bahnhof ein, und Calle nahm auf einer der Bänke Platz. Er betrachtete die anderen Fahrgäste, die wegguckten. Sein Telefon vibrierte in der Hosentasche, und er ging dran.

»Ich wollte mich nur vergewissern, dass alles okay ist«, sagte Jörgen am anderen Ende.

»Kein Problem«, erwiderte Calle. »War vermutlich nur die große Wehmut.«

»Gegen die hat man kaum eine Chance«, meinte Jörgen. »Ich wollte mich nur vergewissern, dass du okay bist. Es passiert schließlich nicht oft, dass du zusammenbrichst.«

»Nein.«

»Du bist immer so stark.«

»Nicht immer.«

»Nein, aber im Innersten. Du bist der reellste Kerl, den ich kenne, obwohl du schwul bist.«

»Ja, ja, fang du jetzt nicht auch noch an zu flennen.«

Calle stieg an der Rådmansgatan aus und ging nach Hause. Er gab den Türcode ein und erklomm die zwei Stockwerke, weil der Fahrstuhl nicht im Erdgeschoss war. Eine Gratiszeitung lag auf dem Boden der Diele, sonst nichts. Calle hob sie uninteressiert auf und sah ein Bild von Anders Malmberg auf der ersten Seite, dem neuen journalistischen Shootingstar, mit dessen Eltern er gerade ein Glas Wein getrunken hatte. Der junge Held wohnte also in seinem Viertel.

6

Margit Svensson wohnte im Erdgeschoss eines Mietshauses im Zentrum von Höganäs. Sie war Anfang fünfzig, sah aber älter aus.

»Willkommen. Treten Sie doch ein.«

Calle Collin zog seine Schuhe aus und hängte seine Jacke auf den Kleiderbügel, den sie ihm hinhielt. Er verwendete stets Block und Kugelschreiber. Tonbänder machten die Leute nervös und halfen ohnehin nicht weiter, wenn man aus dem unzusammenhängenden Gestammel, aus dem ein Interview in der Regel bestand, zusammenhängende Sätze formulieren wollte.

»Kaffee?«, fragte Margit und klatschte in die Hände, als hätte sie die Losung ausgesprochen, die ihr den Eintritt ins Himmelreich gewährte.

»Vielen Dank, gerne.«

Calle folgte ihr in die Küche. Die Einrichtung verriet Margit Svenssons Klassenzugehörigkeit. Von allem etwas zu viel. Billiger Nippes statt der kostspieligen Schlichtheit der Wohlhabenden.

»Nehmen Sie doch Platz.«

Margit deutete auf den gedeckten Tisch.

»Danke«, antwortete Calle, blieb jedoch höflicherweise stehen. »Kommt noch jemand?«

Auf dem Tisch standen vier Tassen.

»Mein jüngster Sohn kommt noch mit seiner Freundin«, sagte sie und goss den Kaffee aus der Kaffeemaschine in eine silberfarbene, verschnörkelte Thermoskanne.

Es klingelte.

»Wunderbar. Sie sind pünktlich.«

Calle wartete in der Küche und hörte, wie sich die anderen in der Diele begrüßten. Margit ging vor ihnen her in die Küche. Als der Sohn eintrat, wurde der Raum kleiner.

»Das ist Mattias ...«

»Matte«, korrigierte der gut und gerne zwei Meter große Mann seine Mutter und begrüßte Calle mit einem erstaunlich schlappen Händedruck.

Seine Haltung und sein Blick verrieten, dass er lieber woanders gewesen wäre. Calle vermutete, dass die Teilnahme an einer Illustriertenreportage in seiner Welt nicht viel hermachte.

»Und das ist ...«

»Sara Vallgren«, sagte die Frau amüsiert und gab Calle die Hand.

Sie unterschieden sich nicht nur durch ihre Größe. Sie war mindestens zehn Jahre älter und hatte ein ganz anderes Auftreten. Mattias wirkte in der Küche seiner Mutter befangen, Sara hingegen nahm sie wie selbstverständlich in Besitz.

»Und Sie sind ... ein Paar?«, fragte Calle und schaute zwischen ihnen hin und her.

»Ja. Wir sind seit ein paar Jahren zusammen«, antwortete Sara.

»Kinder?«, fragte Calle mit demütig gesenktem Kopf und lächelte freundlich.

»Haben Sie welche?«, erwiderte Sara fröhlich, als hätte sie seine Neigungen sofort erkannt.

7

Gerdin klopfte an den Türrahmen. Kriminalkommissar Karlsson nahm den Blick vom Bildschirm und sah seinen Kollegen an.

»Ja?«

»Mittagessen?«, fragte Gerdin.

Karlsson nickte Richtung Bildschirm.

»Unbedingt, ich will nur eben ...«

»Was?«

»Nichts.«

Karlsson konnte die Patience auch fertig legen, wenn er zurückkam. Er stand auf und nahm seine Jacke. Sein Telefon klingelte, und er betrachtete es.

»Wenn es was Wichtiges ist, rufen sie wieder an«, sagte er und ging zusammen mit seinem Kollegen zum Fahrstuhl. »Kaschemme oder der Thailänder?«

»Der Thailänder ist doch wohl auch eine ganz schöne Kaschemme?«

»Stimmt.«

Die Fahrstuhltür öffnete sich, und sie traten in den

Lift. Karlsson beugte sich zum Spiegel vor, betrachtete sich aus der Nähe und entdeckte an der Nasenwurzel einen blühenden Pickel. Er wartete, bis sich die Türen geschlossen hatten, und drückte ihn aus.

»Verdammt! Hast du das gesehen? Das hat richtig gespritzt!«

»Super.«

»Schau dir den Spiegel an.«

»Wo?«

»Da. Siehst du nicht?«

»Verdammt.«

»Wie bei YouTube.«

»YouTube?«

»Hast du dir noch nie *Pickel* auf YouTube angesehen? Du musst unter *zit* suchen, mit Z. Da gibt es so Zusammenschnitte, die mehrere Minuten lang sind. Man traut sich kaum, hinzuschauen. Echt widerlich. Riesendinger wie Vulkane. Hast du ein Papier?«

Gerdin machte ein angewidertes Gesicht. Karlsson kratzte den Talgflecken mit dem Fingernagel ab und schnippte ihn auf den Boden des Aufzugs.

»Lecker.«

»Hab dich nicht so. Wo wollten wir hin? Zum Thailänder?«

Gerdin zuckte mit den Achseln.

»Ist mir egal.«

Der Fahrstuhl hielt an, und die Türen öffneten sich.

Helga am Empfang, eine zivile Kraft, erhob sich und sah ihnen entgegen.

»Da seid ihr ja«, sagte sie. »Ich versuche gerade, ein Gespräch zu euch durchzustellen. Die Polizei Jönköping. Sie haben einen Toten aus Helsingborg gefunden.«

8

Calle schaute über die Äcker und bemühte sich, dem fragenden Blick des Taxifahrers im Rückspiegel auszuweichen. Er war müde und verstimmt und wollte nur so schnell wie möglich nach Stockholm zurück. Margit hatte unablässig geredet und trotz dieses Wortschwalls nicht viel gesagt. Auch Mattes einsilbige Äußerungen waren nicht sehr bereichernd gewesen. Und Sara Vallgren, die unangenehme Frau in seiner Begleitung, hatte amüsiert seine immer verzweifelteren Versuche verfolgt, von Mutter und Sohn etwas Brauchbares über den Toten zu erfahren.

Der Fahrer räusperte sich.

»Verreisen Sie oder fahren Sie nach Hause?«

»Nach Hause«, sagte Calle.

»Das dachte ich mir«, sagte der Fahrer.

Calle sagte nichts. Der Fahrer rutschte unruhig hin und her.

»Der Dialekt«, antwortete er scharfsinnig auf eine gar nicht gestellte Frage.

Calle lächelte, nickte und schaute weg. Die Begegnung mit Sara machte ihm zu schaffen. Sie hatte ihn mit Unbehagen und Nervosität erfüllt, wenn nicht gar eingeschüchtert. Schwer zu sagen, womit sie ihr Geld verdiente. »Ich habe einige Clubs in Kopenhagen«, hatte die diffuse Antwort gelautet. »Nachtclubs?«, hatte Calle nachgehakt. »Ja, Nachtclubs.«

Die Frau betrieb Bordelle, was anderes konnte Calle sich nicht vorstellen. Wie hatte Matte sich noch gleich bezeichnet? Sicherheitsbeauftragter? Er war ein Schläger. Sie war die Puffmutter und er ihr gehorsamer Lakai. Hundertzwanzig mörderische Kilo Belgian Blue.

»Stockholm, stimmt's?«, sagte der Taxifahrer.

»Ja.«

»Das hört man.«

Calle wusste nicht, was er sagen sollte, und suchte nach seinem Notizblock, um beschäftigt zu wirken.

»Ein Tagesausflug?«, fragte der Taxifahrer.

»Ja.«

»Kein Gepäck«, sagte Sherlock.

Calle lächelte kurz, nahm seinen Kugelschreiber, drückte die Mine raus und begann, in seinem Block zu blättern.

»Ich war auch schon in Stockholm«, sagte der Taxifahrer.

Calle begriff nicht. Was wollte er damit sagen? Es konnte doch wohl nicht sein, dass der Mann am Steuer, ein Erwachsener, ganz im Ernst meinte, dass er schon einmal in Stockholm gewesen war und diese Information für wichtig genug hielt, sie an einen Fremden weiterzugeben? Es gab kaum ein Kind im Land, das nicht irgendwann einmal die Hauptstadt besucht hatte.

»Und zwar mehrmals«, fuhr der Taxifahrer fort und bestätigte damit Calles Befürchtungen.

»Dann ... gefällt Ihnen Stockholm also?«, erwiderte Calle zögernd und spähte gleichzeitig nach einer versteckten Kamera.

»Ich weiß nicht so recht«, meinte der Taxifahrer. »Für einen Besuch ist Stockholm ganz hübsch, aber ich würde dort nicht wohnen wollen. Wenn ich mich nach dem Puls der Großstadt sehne, fahre ich schnell mal nach Kopenhagen rüber.«

»Kopenhagen ist eine schöne Stadt«, meinte Calle.

Der Taxifahrer nickte wiederholte Male.

»Meiner Meinung nach eine richtige Großstadt. Das ist schon der Kontinent, was? Ganz anderer Stil.«

Plötzlich schämte sich Calle, er schämte sich dafür, dass sich ihm ein anderer Mensch allein deswegen unterlegen fühlte, weil er aus Stockholm kam. Er verspürte dieselben Schuldgefühle wie ein Europäer, der die Dritte Welt besucht.

»Ich bin da ganz Ihrer Meinung«, sagte Calle. »Stockholm ist ganz nett, aber Kopenhagen ist definitiv exotischer.«

»In einer Stunde bin ich dort«, meinte der Taxifahrer. »Malmö, die Brücke, und schon ist man da. Und wenn ich ein bisschen feiern und ein Bier oder so trinken will, kann ich mit der Bahn fahren. Wahnsinnig bequem.«

»Aber Sie wohnen in Höganäs?«

»Dort bin ich geboren und aufgewachsen.«

»Höganäs ist wirklich schön«, meinte Calle und fühlte sich als Gutmensch. »Ich war kurz unten am Hafen. Die reinste Riviera.«

Die Schmeichelei hatte die beabsichtigte Wirkung. Der Taxifahrer wuchs förmlich einen halben Kopf und setzte sich zurecht.

»Allerdings. Inzwischen ist es ganz okay. Viele Helsingborger ziehen hierher.«

»Das verstehe ich«, meinte Calle und unternahm einen erneuten Versuch, sich in seine Notizen zu vertiefen.

Er fand nicht unmittelbar einen O-Ton, aber das war auch nicht nötig. Die Geschichte war auch so dramatisch genug.

»Sie waren beruflich hier, oder?«

»Das stimmt«, erwiderte Calle.

Der Taxifahrer suchte im Rückspiegel nach seinem Blick.

»Und was machen Sie?«

»Ich bin Journalist. Ich schreibe für Illustrierte.«

»Klatschgeschichten und so?«

»Nein, eher Lebensschicksale.«

»Keine Promis?«

»Vereinzelt«, antwortete Calle.

Der Taxifahrer trommelte mit den Fingern aufs Lenkrad.

»Letzten Sommer war Robert Wells hier.«

Es gab nichts, was Calle auf diese Bemerkung des Taxifahrers hätte erwidern können. Er lächelte also nur in den Rückspiegel, und zwar mit einer Miene, von der er hoffte, dass sie, wenn schon nicht respektvoll, so zumindest nicht offen verächtlich war.

»Ja, das war er«, wiederholte der Taxifahrer.

Calle biss die Zähne so fest zusammen, dass ihm die Augen tränten. Er musste wegschauen, und sein Blick fiel auf einen frisch gepflügten Acker. Er glänzte silbern, aber Schweigen war Gold.

9

Matte streckte die Arme zum Lenkrad aus und seufzte.

»Was für ein dämliches Gelaber.«

»Was hattest du erwartet«, meinte Sara. »Er ist Journalist. Das ist sein Job.«

Matte drehte den Zündschlüssel herum.

»Ein wenig schwul wirkte er aber auch«, sagte er.

Sara sah ihn an und fragte sich, ob er sich über sie lustig machte.

»Ein wenig? Liebster, das war eine Oberschwuchtel.«

Matte legte den ersten Gang ein und fuhr los.

»Du bist also auch der Meinung?«

»Aber klar, selbstredend. Er arbeitet für Illustrierte. Kein Nichtschwuler arbeitet für diese Blätter.«

»Aber er hat sich von seinem Unsinn nicht abbringen lassen und nicht klein beigegeben.«

»Du hast ihm nicht die Antworten gegeben, die er hören wollte.«

»Findest du nicht? Ich habe auf alles geantwortet.«

»Du hast falsch geantwortet.«

»Falsch? Man darf doch wohl erzählen, wie es war. Und dass wir zusammen angeln gegangen sein sollen, ich weiß nicht, wo Mama das herhat. Kent und ich haben keinen Scheißdreck zusammen gemacht. Ich hab, verdammt noch mal, täglich Prügel von ihm bezogen. Deswegen hat er mich auch in der Schule beschützt. Damit außer ihm niemand das Vergnügen hat, mich zu verdreschen.«

»Hör auf. Gleich kommen mir die Tränen.«

»Du, das war wirklich alles andere als lustig.«

»Warum hast du das dann nicht erzählt?«

Matte sah sie an.

»Was? Dass mein toter Bruder ein bösartiges Arschloch war, der es genoss, alle in seiner Nähe zu quälen?«

»Ja.«

»Wenn Mama eine Reportage will, soll sie sie haben.«

»Dann hättest du dir ja was aus den Fingern saugen können.«

»Was hätte ich denn sagen sollen? Dass ich jeden Tag an ihn denke und mich frage, was wohl aus ihm geworden wäre, wenn er am Leben geblieben wäre?«

»In etwa.«

»Aber das tue ich nicht. Als Mama mich gebeten hat, auch zu kommen, wusste ich erst gar nicht, von wem sie redet.«

Sie verließen Höganäs, und Matte gab auf der Überholspur Gas.

»Das sind Artikel für die Tränendrüse. Da muss man dick auftragen.«

»Und wie kommt es, dass du dich damit so gut auskennst?«

»Liebling, ich war ein Star.«

»Richtig«, erwiderte Matte. »Ein Star, als du klein warst. Eine richtige kleine Tjorven.«

Er lächelte einschmeichelnd, um der Ironie ihre Schärfe zu nehmen.

»Du ahnst es nicht. Ich konnte tatsächlich kaum in die Stadt gehen.«

»Ja, ja, schön, dass das vorbei ist. Und was machen wir jetzt?«

»Jetzt fahren wir nach Bjuv und unterhalten uns mit Connys Freundin. Mal sehen, ob sie Licht in sein rätselhaftes Verschwinden bringen kann.«

10

Calle nahm in der Abflughalle Platz und zog sein Handy aus der Tasche. Er wollte Jörgen anrufen und ihm von dem Taxifahrer und Robert Wells erzählen. Diese Anekdote durfte der Menschheit nicht verloren gehen, falls er mit dem Flugzeug abstürzte. Ein Mann ließ sich schwer und seufzend auf den Stuhl neben ihm fallen. Calle sah rasch zu ihm hinüber.

»So ein Schwachsinn«, meinte der Mann und nickte Richtung Sicherheitskontrolle.

Calle verstand nicht.

»Ich stand hinter einem Piloten, der eine große Tube Zahnpasta abgeben musste. Was soll das? Er könnte die Maschine in jedes x-beliebige Gebäude fliegen, aber wenn, dann bitte mit Mundgeruch?«

»Absurd«, meinte Calle.

Der Mann nickte resigniert.

»Auf so einem winzigen Flugplatz wie diesem wirkt das ganz besonders lächerlich.«

Calle wiegte den Kopf hin und her.

»Ist aber auch nicht gerade der aufregendste Job, diese Plastikwannen hin- und herzuschieben.«

Der andere sah ihn durchdringend an.

»Da haben Sie recht«, meinte er. »Es ist nur, dass ich ständig von hier fliege und mir der Schwachsinn immer mehr auf die Nerven geht.«

»Pendeln Sie?«, fragte Calle.

»Ich wohne und arbeite in Stockholm, aber meine Eltern wohnen hier. Ich bin in Vejbystrand aufgewachsen.«

Calle runzelte ratlos die Stirn.

»Skälderviken«, sagte der Mann.

Auch diese Information half Calle nicht weiter, und er lächelte entschuldigend.

»Ich kenne mich in dieser Gegend nicht aus.«

»Der Ort liegt bei Ängelholm an der Küste. Nichts Großartiges. Schön im Sommer. Eigentlich nur bekannt dafür, dass Richard Gere dort einmal bei ICA eingekauft hat.«

Calle runzelte die Stirn. Noch einer, der auf Namedropping spezialisiert war? Hatten die Leute aus Schonen sie noch alle? Fühlten sie sich so unbedeutend?

»Das war damals, als er beim Nacktbaden fotografiert wurde«, sagte der Mann. »Daran erinnern Sie sich vielleicht.«

»Durchaus ...«

Und ob Calle sich an die Bilder des Schauspielers erinnerte. Vor vielen Jahren hatte er mit einer jungen

Schwedin nackt gebadet, was von einem ehrgeizigen Paparazzo verewigt worden war.

»Das mit dem ICA war aber ein paar Tage vor den Fotos«, fuhr der Mann fort. »Meine Mutter kommt vom Laden nach Hause, lässt ihr Fahrrad in der Auffahrt fallen und rennt in die Küche. *Einen Whisky, einen Whisky*, ruft sie. *Was ist los?*, fragt mein Vater. *Gib mir einen Whisky!* Mein Vater holt die Flasche und füllt ein Glas. Meine Mutter leert es und verzieht das Gesicht. Dann schaut sie uns ernst an. *Wisst ihr, wer im Laden hinter mir an der Kasse stand? Rick-ard Gä-rä!*«

Calle lachte etwas unsicher.

»Was?«, sagte der Mann.

»Nichts.«

»Doch, sagen Sie schon.«

Calle schüttelte den Kopf.

»Nichts«, wiederholte er.

Der Mann wirkte verunsichert.

»Jetzt komme ich mir lächerlich vor«, sagte er.

»Dazu haben Sie keinen Grund.«

»Aber das ist so. War ich zu aufdringlich?«

»Kein Problem.«

»Doch, ich sehe es Ihnen an. Können wir noch einmal von vorne anfangen?«

»Von vorne anfangen?«, erwiderte Calle.

»Oder so.«

»Machen Sie sich keine Gedanken«, meinte Calle.

»Sicher?«

Calle nickte und griff zu seinem Smartphone, als wolle er seinem Nachbarn andeuten, dass er ihre Unterhaltung zwar zu schätzen wisse, jetzt jedoch weitermachen müsse. Der Mann zog ebenfalls sein Handy aus der Tasche. Schweigend saßen sie nebeneinander und lasen ihre Mails und die Schlagzeilen der Abendzeitungen.

»Ich finde die Geschichte gut«, sagte der Mann. »Außerdem ist sie wahr, was auch immer das für eine Rolle spielt.«

»Ja, das ist eine gute Geschichte«, erwiderte Calle und beschloss, nach dem Mann ins Flugzeug zu steigen, um einen Platz in gehörigem Abstand wählen zu können und auf diese Weise weiteren Kontakt zu vermeiden.

11

Mona Björklund wohnte in Bjuv, arbeitete aber in den Villenvororten nördlich von Helsingborg. Das war zwar recht weit, ersparte ihr aber, in ihrer Freizeit Kunden zu begegnen.

Alle unsere Angestellten sprechen Schwedisch, pries das Unternehmen in ihren Anzeigen an. Dadurch unterschied es sich von den anderen Putzfirmen.

Eins der Häuser, in denen Mona putzte, gehörte einem Zahnarzt mit Praxis in Landskrona. Er wollte auch nicht an seinem Wohnort arbeiten.

»Ich kann mich nicht in der Stadt zeigen, ohne dass die Leute den Mund aufreißen, um mir was zu zeigen.«

Er war okay. Geizig und gestresst, wahnsinnig theater- und kunstinteressiert, aber zumindest kein Ekel wie der Alte von gegenüber, der immer auftauchte, wenn sie putzte. Wie zufällig. Eigentlich nicht unfreundlich, aber aufdringlich. Unangenehm. Mona hatte im Büro gefragt, ob ihr nicht jemand dieses Haus abnehmen könne.

»Ist er dir an die Wäsche gegangen?«, kam die Frage.

Das war er nicht. Abgesehen davon, dass er sich einmal erboten hatte, ihr die müden Schultern zu massieren, was sie mit Nachdruck abgelehnt hatte.

Vielleicht bildete sie sich das auch nur ein. Sie bildete sich leicht mal was ein. Wie jetzt, als sie ihre Wohnungstür aufschloss und das Gefühl hatte, dass etwas nicht stimmte. Es war ein vages Gefühl, flüchtig und nicht ausreichend, um daraus Konsequenzen zu ziehen, aber es war da. Mona hatte gelernt, Gedanken dieser Art zu unterdrücken und sich nicht von ihnen beherrschen zu lassen. Sie öffnete die Tür und trat ein.

Aus der Ahnung wurde Gewissheit. Jemand befand sich in der Wohnung.

»Hallo?«, rief sie und schloss die Türe hinter sich.

Als sie keine Antwort erhielt, ging sie weiter. Dann rief sie lauter und fragend:

»Conny?«

Mona ging ins Schlafzimmer, neigte den Kopf zur Seite und spähte Richtung Wohnzimmer. Als sie die Frau sah, zuckte sie zusammen und schnappte nach Luft. Das war unpraktisch, weil sie das den Bruchteil der Sekunde kostete, den sie noch zum Schreien gehabt hätte.

Ein großer Mann trat von hinten an Mona heran, legte ihr eine Hand auf den Mund und schleifte sie ins Wohnzimmer. Er drückte sie in einen Lehnstuhl und hielt sie dort fest, ohne die Hand von ihrem Mund zu nehmen.

Die Frau baute sich vor ihnen auf. Sie trug dünne Gummihandschuhe und hatte ein Bündel Plastikbänder in der einen Hand.

»Weißt du, wie die heißen?« fragte Sara.

Mona hatte nicht die Möglichkeit zu antworten.

»Ich hatte wirklich Mühe, dem Typen im Laden zu erklären, was ich meine«, fuhr Sara fort. »Erst habe ich es mit *Strips* versucht. Da hat er mir so einen klebebandähnlichen Unsinn unter die Nase gehalten. Nein, habe ich gesagt. Die Dinger, mit denen man Kabel zusammenbindet. Schließlich hat er es begriffen.«

Sara trat auf Mona zu und zurrte ihre Handgelenke an den Armlehnen fest. Dann ging sie in die Hocke, um Monas Knöchel an den Stuhlbeinen zu fixieren. Mona trat um sich. Weniger, um sich zu befreien, als um sich zu wehren.

Sara betrachtete sie.

»Hör auf«, sagte sie ruhig. »Es wird nur schmerzhafter, wenn du Ärger machst. Du weißt, wer ich bin. Stell die Füße auf den Boden und lass mich machen.«

Monas heftige Atemzüge verstummten. Sie hatte die Augen immer noch weit aufgesperrt, stellte jetzt jedoch die Füße auf den Boden und gestattete es der Frau, die Fußgelenke an die Stuhlbeine zu fesseln.

»Na also«, sagte Sara munter und erhob sich.

Sie wedelte mit den restlichen Plastikstreifen in der Luft herum.

»Keine Idee? Kabelbinder. Supereinfach. Ich meine, wenn man damit umgehen kann. Unglaubliche Erfindung, wenn man sich das mal überlegt. Billig und einfach anzuwenden. Man braucht keine Kraft, um sie anzuziehen. Trotzdem sitzen sie bombenfest, ohne Messer oder Schere kriegt man die Dinger nicht wieder auf. Außerdem klingt es so schön, wenn man sie anzieht. *Dschitt*. Das Patent für diese Dinger müsste man haben ... Aber das haben wir ja beide nicht.«

Mona starrte Sara an, die freundlich lächelte.

»Du brauchst keine Angst zu haben«, sagte sie. »Wir wollen dir nichts tun. Wäre das unsere Absicht, wäre das bereits geschehen. Wir sind hier, weil wir die Antwort auf eine Frage brauchen. Solange du nicht schreist, ist alles in Ordnung. Verstehst du, was ich sage?«

Mona rührte sich nicht.

»Dringen meine Worte zu dir durch?«, fragte Sara.

Mona blinzelte nervös. Sara signalisierte Matte, die Frau loszulassen. Er ging in die Diele und überzeugte sich davon, dass die Wohnungstür abgeschlossen war. Als er zurückkehrte, baute er sich hinter Mona auf. Mona deutete mit dem Kinn aufs Sofa. Matte nahm dort Platz.

»Es ist ganz einfach«, fuhr Sara fort, holte einen Stuhl und stellte ihn vor Sara hin. »Wir sind auf der Jagd nach Conny. Er hat mein Geld unterschlagen, und ich will es zurück. Nicht weiter verwunderlich, das findest du doch wohl auch?«

Mona rührte sich nicht.

»Du darfst ruhig antworten.«

»Was?«

»Findest du es etwa merkwürdig, dass ich mein Geld zurückhaben will?«

»Nein.«

»Nein, was?«

»Das ist nicht merkwürdig«, erwiderte Mona.

»Gut. Dann sind wir uns einig. Also, wo ist er?«

»Ich weiß nicht.«

Sara zog den Kopf zurück und betrachtete sie skeptisch.

»Ich rufe ihn an«, sagte Mona, »aber er geht nicht ran.«

»Du rufst an und erreichst ihn nicht?«, wiederholte Mona.

»Das Handy ist nicht eingeschaltet. Der AB springt an.«

»Wann hast du ihn das letzte Mal gesehen?«

»Weiß nicht. Er und Henk wollten ...«

Mona war gestresst und sprach, ohne nachzudenken. Sara hob beide Hände.

»Tief durchatmen«, sagte sie und füllte ihre eigene Lunge überdeutlich mit Luft wie eine Yogalehrerin. »Noch einmal. Ein. Und aus. Okay? Kannst du jetzt reden? Ohne so zu keuchen, denn dann verstehe ich nicht, was du sagst.«

Mona nickte schwach.

»Gut«, sagte Sara. »Ich habe dich unterbrochen. Du hast Conny und Henk erwähnt?«

Mona drehte den Kopf zur Seite und sah Matte an, der in dem neuesten Heft des *Familienjournals* blätterte, das auf dem Couchtisch gelegen hatte. Er hätte genauso gut im Wartezimmer eines Arztes sitzen können. Mona wandte sich an Sara.

»Sie wollten zusammen eine Arbeit erledigen«, sagte sie.

»Hat Conny erzählt, was das für eine Arbeit war?«

Mona schüttelte den Kopf.

»Okay«, erwiderte Sara, als sei das auch nicht weiter von Belang. »Und wann hast du zuletzt mit ihm geredet?«

»Letzten Montag.«

»Ihr habt also seit vier Tagen nicht miteinander gesprochen?«

Mona antwortete nicht.

»Machst du dir keine Sorgen?«

»Wir hatten gestritten. Es war Schluss.«

Mona schaute zu Boden, als hätte sie zu viel preisgegeben und schäme sich jetzt.

»Trotzdem hast du beim Betreten der Wohnung seinen Namen gerufen. Worüber habt ihr gestritten?«

»Nichts. Bedeutungsloser Unsinn. Er verspricht immer was, und dann wird nichts draus. Wir wollten nach Thailand ...«

Mona verstummte und schaute zur Seite. Sara rückte ihren Stuhl näher heran.

»Worüber habt ihr gestritten?«

»Er hat gesagt, ich sei langweilig«, sagte Mona.

Sara lehnte sich zurück und dachte über diese Information nach.

»Langweilig?«, fragte sie.

Mona schaute weg. Sara streckte ihre Hand aus und legte sie auf Monas Knie.

»Ich leide mit dir, das tue ich wirklich. Du hattest Pech, du hast dich in den Falschen verliebt. Weißt du, wieso ich das weiß?«

Mona sah sie verschreckt an.

»Die Hände«, sagte Sara. »Connys Hände. Pranken, mit denen er immer seinen Mund verdeckt. Dieses jungenhafte Gekicher. Dieses Aalglatte. Es gibt kein Luder in Kopenhagen, das nicht weiß, wer Conny ist.«

Sie tätschelte Monas Knie und lehnte sich dann zurück.

»Weißt du, wie ich in dieser Branche angefangen habe? Ich habe in einem Club getanzt. Es ist nicht schwer, die Männer zu durchschauen. Conny ist ständig auf der Suche. Du bist vielleicht wahnsinnig in ihn verliebt, was weiß ich. Aber für ihn bist du nur jemand, zu dem er sich zurückziehen kann. Wenn er sagt, du bist langweilig, bedeutet das vermutlich, dass er eine andere gefunden hat. Das könnte wiederum erklären, warum er mein Geld eingesteckt hat. Es ist schon eine gewisse Geistesverwirrung erforderlich, um so etwas Unbedachtes zu tun, und da ist Verliebtheit wahrscheinlich keine schlechte Vermutung. Matte?«

Sie drehte sich um, und er schaute von der Illustrierten auf.

»Wenn du bitte runtergehen und im Auto warten würdest, damit Mona und ich uns ungestört unterhalten können.«

Matte legte die Zeitschrift beiseite, erhob sich wortlos und ging.

»So«, sagte Sara, als er die Tür hinter sich geschlossen hatte. »Jetzt sind wir endlich allein und können uns richtig umeinander kümmern.«

Sie stand auf und trat ein paar Schritte in die Mitte des Zimmers, während sie nachdachte.

»Hast du eine Ahnung, wer es sein könnte? Jemand aus dem Bekanntenkreis? Eine leidenschaftliche Affäre mit einer deiner Freundinnen?«

Mona zog den Kopf zurück und drehte das Gesicht zur Seite, ohne Sara aus den Augen zu lassen.

»Hast du niemand im Verdacht? Jemand, den ihr kennt? Nicht? Was machst du eigentlich beruflich?«

»Ich putze«, antwortete Mona und war gezwungen, sich zu räuspern.

Sara nickte interessiert.

»Du putzt? Büros?«

Mona antwortete nicht.

»Reiche Leute?«, fragte Sara weiter. »Richtig, warte mal. Davon habe ich gehört. Conny hatte da so Ideen, aber du hast dich geweigert, die Codes rauszurücken. Daran erinnere ich mich. Konsequent, das muss ich schon sagen. Das ehrt dich. Arbeitest du morgen auch?«

Mona nickte.

»Gut«, sagte Sara, erhob sich und ging in die Diele.

Sie nahm ein Halstuch von der Hutablage und kehrte damit ins Wohnzimmer zurück.

»Ich muss sicherstellen, dass du nicht um Hilfe rufst, sobald ich die Wohnung verlasse. Ich gebe dir ein Messer, mit dem du dich dann später selbst befreien kannst, aber vorläufig musst du das hier im Mund haben.«

Sara machte zwei Knoten nebeneinander in die Mitte des Halstuchs und hielt es Mona vors Gesicht.

»Mund auf.«

Mona machte keine Anstalten, den Mund zu öffnen. Sara seufzte angestrengt.

»Du hast keine Wahl. Mund auf.«

Mona öffnete den Mund. Sara schob ihr die beiden Knoten in den Mund und band das Halstuch anschließend auf ihrem Hinterkopf zusammen.

»Das war doch nicht schwer? Jetzt muss ich nur noch ein Messer holen, damit du dich selbst befreien kannst.«

Sie baute sich vor Mona auf und betrachtete sie interessiert. Sie drückte den Daumen unters Kinn und trommelte mit dem Zeigefinger auf die Lippen.

»Eine Möglichkeit wäre natürlich auch, dass uns unsere Freunde von der Ordnungsmacht helfen.«

Mona verstand nicht. Sara ging um sie herum und stellte sich hinter sie.

»Nimm es nicht persönlich«, sagte Sara und tätschelte Mona zärtlich die Schulter. »Das hat nichts mit dir zu tun. Du bist nur zufällig dazwischengeraten.«

Als Mona das kalte Plastik auf ihrem Hals spürte und begriff, was geschehen würde, drückte sie ihr Kinn auf die Brust und warf sich mit dem Oberkörper hin und her, um sich zu befreien. Sara hob sie an den Haaren hoch, bis ihr Hals frei lag, und zog die Schlinge zu. Mona rang röchelnd nach Luft. Sara stützte sich mit den Knien an der Sessellehne ab und zog den Kabelbinder so fest wie nur möglich zu. Monas Gesicht änderte die Farbe und wurde hochrot. Sie schnaubte und warf sich verzweifelt hin und her. Sara musste den Sessel festhalten, damit er nicht umfiel.

»So, jetzt«, flüsterte sie in Monas Ohr. »Mir tut das mehr weh als dir. Jetzt ist alles gut. Alles wird gut, bald ist es vorbei.«

Mona schrie nach Luft, aber da waren weder ein Geräusch noch Sauerstoff. Die Augen weiteten sich, die Augäpfel drohten aus ihren Höhlen zu treten. Mona bäumte sich ein letztes Mal auf, ehe ihr Körper aufgab.

Sara ließ den Sessel los, ging um ihn herum und betrachtete die Leiche, als handele es sich um ein interessantes, aber schwer zu deutendes Gemälde. Monas starr gespreizte Finger zuckten ein letztes Mal.

Sara nahm die Illustrierte, in der Matte geblättert hatte, wischte die Türklinke ab und verließ die Wohnung.

12

Calle übertrug seine Notizen in den Computer. Margits eintöniger Sermon war recht substanzlos. Aus Matte hatte er auch nicht mehr rausgekriegt, als dass Kent ein klasse Typ war. Klasse war keine menschliche Eigenschaft, die sich für was anderes als kurz gefasste Machoäußerungen eignete. Zusammengenommen war das nicht einmal annähernd ausreichend, um das sentimentale Porträt eines Jungen zu zeichnen, der das Pech gehabt hatte, im Alter von nur dreizehn Jahren einem Verkehrsunfall zum Opfer zu fallen.

Calle brauchte mehr. Er suchte die Telefonnummer der Schule heraus, die Kent besucht hatte. Eine nicht mehr ganz junge Frauenstimme antwortete heiser.

»Aha, Journalist, sagen Sie? Ach, Gottchen. Was habe ich denn jetzt schon wieder angestellt?«

»Nichts. Ich arbeite an einer Artikelserie über Menschen, die zu früh aus dem Leben gerissen wurden. *Ende des Spiels*, heißt sie. Kürzlich habe ich mich mit einer Frau aus Höganäs unterhalten, deren Sohn vor fünfzehn Jahren bei einem Verkehrsunfall mit Fahrerflucht ums Leben kam.«

»Aha.«

»Ich würde gerne ein paar Worte mit einem der Lehrer des Jungen wechseln. Mit jemandem, der sich an ihn erinnert und mir ein wenig erzählen kann, wie er so war.«

»Vor fünfzehn Jahren, sagen Sie? Damals habe ich noch nicht hier gearbeitet. In welchem Jahr soll das gewesen sein? 97? Sie wissen nicht, in welche Klasse er ging?«

»In die siebte.«

»Siebte«, wiederholte die Sekretärin. »Und wie hieß er noch gleich?«

»Kent Svensson.«

»Kent Svensson. Wenn Sie einen Augenblick warten, schaue ich nach. Nur einen kleinen Moment.«

Calle hörte, wie sich die Frau mühsam von ihrem Stuhl erhob und dabei angestrengt atmete. Er sah es geradezu vor sich, wie sie die Lesebrille aufsetzte, die an einer Schnur um ihren Hals hing, leise die Beschriftungen der Ordner vor sich hin murmelte und mit dem Zeigefinger über die Rücken fuhr. Sie zog einen Ordner heraus, nahm schwer atmend wieder Platz und griff zum Hörer.

»Hallo«, sagte sie mit heiserer Stimme.

»Ich bin noch dran«, sagte Calle.

»Sie sagten '97, nicht wahr?«

»Das müsste stimmen. Siebte Klasse.«

»Siebte Klasse. Mal sehen ...«, meinte die Sekretärin und blätterte. »Wie hieß er gleich wieder?«

»Kent«, antwortete Calle. »Kent Svensson.«

»Stimmt, den gibt es hier. War das nicht der Bursche, der überfahren wurde?«

»Doch.«

»Davon habe ich gehört. Ich erinnere mich allerdings an keine Details. Aber der Name der Lehrerin sagt mir nichts. Sie sieht auf dem Klassenfoto recht alt aus, ist also vermutlich in Rente.«

»Wie heißt sie?«

»Mal sehen ... Selma Sellin. Doch, den Namen habe ich schon mal gehört, ganz sicher. Sogar mehrmals. Ein richtiges Original, wenn ich es recht verstanden habe.«

Calle gab den Namen in seinen Computer ein, um die Adresse der Lehrerin ausfindig zu machen.

»Ich kann keine Selma Sellin finden«, sagte er. »Wissen Sie, ob sie verheiratet ist?«

»Keinen blassen Schimmer.«

Calle löschte das Selma aus dem Eingabefeld und fand einen Magnus Sellin in Lerberget.

»Könnte das der Ehemann sein?«, wollte er wissen.

»Keine Ahnung«, antwortete die Sekretärin. »Versuchen Sie es halt. Lehrer stehen in der Regel nicht im Telefonbuch. Weder Lehrer noch Ärzte.«

»Ja, so ist das wohl«, meinte Calle. »Vielen Dank für Ihre Hilfe.«

»Keine Ursache«, erwiderte die Sekretärin.

Calle legte auf und wählte Magnus Sellins Nummer.

»Selma Sellin«, meldete sich eine Stimme am anderen Ende mit solchem Nachdruck, dass Calle Habachthaltung annahm.

»Hallo, ich heiße Calle Collin und arbeite als Journalist. Ich ...«

»Worum geht es?«

Calle blinzelte nervös.

»Ich hätte gerne gewusst, ob Sie die Selma Sellin sind, die als Lehrerin in der Kulla-Schule tätig war.«

Tätig war statt gearbeitet hat. Wieso ließ er sich von einer alten Frau am anderen Ende der Leitung nur so einschüchtern?

»Worum geht es?«, wiederholte Selma Sellin.

»Also, ich arbeite als Journalist ...«

»Das haben Sie bereits gesagt.«

»Ja, Entschuldigung. Ich schreibe eine Artikelserie über Menschen, die zu früh aus dem Leben gerissen wurden.«

»Was Sie nicht sagen«, erwiderte Selma.

»Für das *Familienjournal*«, fügte Calle noch hinzu, als sei das von Belang.

Selma wartete ab.

»Ich habe Margit Svensson in Höganäs interviewt. Ihr Sohn Kent starb vor etlichen Jahren bei einem Autounfall. Ich habe in der Kulla-Schule angerufen, um mehr darüber zu erfahren und vielleicht auch mit jemandem zu sprechen, der sich an ihn erinnert. Wenn ich mich nicht irre, waren Sie seine Klassenlehrerin?«

»Jetzt kommen Sie endlich auf den Punkt.«

»Ja, Entschuldigung.«

»Und entschuldigen Sie sich nicht dauernd.«

»Nein, natürlich. Ich ...«

»Sie wollten wissen, ob ich mich an Kent erinnere?«

Calle erwog, sich zu setzen, hielt es dann aber für das Klügste, stehen zu bleiben.

»Ich erinnere mich an Kent«, sagte Selma und beantwortete damit ihre eigene Frage.

»Können Sie mir ein wenig über ihn erzählen?«

»Was wollen Sie wissen?«

»Was er für ein Mensch war«, sagte Calle und nahm nun doch vorsichtig wieder Platz. Er war zufrieden, dass er eine richtige Frage gestellt hatte.

Er nahm einen Stift und zog seinen Block an sich heran.

»Was er für ein Mensch war?«, wiederholte Selma. »Das ist eine seltsame Frage.«

»Wieso?«, wollte Calle wissen.

»Er war dreizehn, ein Kind. In dem Alter gleichen sich Kinder wie ein Ei dem anderen. Erst in der Pubertät entwickelt man so etwas wie eine Persönlichkeit, und dann meist aufgrund guter oder schlechter sexueller Erfahrungen.«

Calle wusste nicht recht, was er sagen sollte.

»Er unterschied sich also nicht von der Menge?«, sagte er schließlich bemüht.

»Doch, das tat er durchaus«, erwiderte Selma Sellin. »Aber Sie wissen schon: Über die Toten nur Gutes.«

»Jetzt verstehe ich Sie nicht recht.«

»Ich habe im Laufe der Jahre gelernt, keine übereilten Schlüsse über Menschen zu ziehen. Ich kann kaum einkaufen gehen, ohne ehemalige Schüler zu treffen. Sie erkennen mich sofort, aber ich muss oft tief in der Erinnerung nachgraben, ehe der Groschen fällt. Aus einigen ist was Ordentliches geworden, aus anderen nicht. Manchmal bin ich positiv überrascht, in der Regel nicht. Wenn Kent noch am Leben wäre, glaube ich nicht, dass er mich verblüfft hätte, wenn Sie verstehen, was ich meine.«

»Nein«, entgegnete Calle.

»Dieser Junge war für einige Schlagzeilen gut.«

»Schlagzeilen?«

»Bei ihm ging es mit hundert Stundenkilometern direkt in die Sackgasse. Es ist albern, Menschen im Nachhinein besser machen zu wollen, als sie waren. Kent war für seine Mutter sicher ein Verlust, aber ich glaube nicht, dass viele andere um ihn getrauert haben. Verstehen Sie jetzt, was ich sagen will, Herr Journalist?«

»Ich verstehe das schon«, meinte Calle. »Aber das kann ich irgendwie schlecht verwenden. Unsere Reportagen haben einen positiven Grundton. Über die Toten nur Gutes, wie Sie es selbst ausgedrückt haben.«

»Warum rufen Sie dann bei mir an?«

»Ich hatte gehofft, dass Sie mir etwas über Kent erzählen können.«

»Etwas Positives über seinen Charakter?«, fragte Selma. »Die unerträgliche Leere nach seinem Tod? Eine lustige Anekdote aus seiner Schulzeit? Wie damals, als er dem Mädchen den Pullover hochzog, das einen Busen bekommen hatte? Oder als er die neuen Turnschuhe eines Mitschülers mit Kot beschmierte? Aus dem ist übrigens was geworden. Er ist Journalist wie Sie, und ich sehe immer mal wieder sein Foto in der Zeitung. Irgend ein Anders. Richtig. Anders Malmberg. Meine Lieblingsanekdote ist jedoch, als Kent ein paar Meter Angelleine mitbrachte und auf die Haken an beiden Enden Brotstücke steckte. Es war wirklich lustig, dabei zuzusehen, wie die Möwen vor der Wurstbude sich gegenseitig erdrosselten. Wenn ich Ihnen einen guten Rat geben darf, Herr Collin, dann würde ich darauf verzichten, die Erinnerung an Kent Svensson aufzufrischen.«

13

Anders Malmberg arbeitete so wenig wie möglich, was sich als erfolgreiches Konzept erwiesen hatte. Zwei Abende in der Woche verfasste er Fernsehkritiken für eine Abendzeitung, drei Tage in der Woche verbrachte er in der Redaktion *Unterhaltung* derselben Zeitung.

Für seine Tätigkeit als Fernsehkritiker zappte Anders durch das gesamte Programmangebot des jeweiligen Abends, tippte seine Ansichten in den Computer und mailte diese vor Mitternacht der Redaktion. Fernsehkritiken machten Anders' Auffassung nach den wesentlichen Teil einer Boulevardzeitung aus. Sich im Namen der Allgemeinheit zu empören, ins gleiche Horn zu stoßen wie alle anderen, nur lauter. Am beliebtesten waren seine spitzen Kommentare. Tadel erfreute Millionen, Lob nur jene, denen es galt. Aber das war kein Problem, Gemeinheiten flossen ihm nach übermäßigem Fernsehkonsum leicht aus der Feder.

Anders hatte den Job zufällig bekommen. Er hatte als Sommervertretung bei der Konkurrenz gearbeitet, als sich der feste Kritiker ausgerechnet am Mittsommerabend hatte krankschreiben lassen. Anders bekam den Auftrag, 1200 Zeichen zu schreiben.

»Es ist egal, was du schreibst«, meinte der Nachrichtenchef, »an diesem Tag sitzt ohnehin niemand vor der Glotze.«

Anders hatte das große Zittern erfasst. Er hatte schon immer von einem Forum für seine Meinungen und seinen persönlichen Stil geträumt. Und so hatte er nicht 1200 Zeichen, sondern einen kleinen Roman verfasst. Platte und nichtssagende Worte, zusammengenommen die perfekte Methode, um sich für alle Zukunft für Aufträge dieser Art zu disqualifizieren. Schließlich hatte er sich an eine alte Regel für Schreiberlinge erinnert: Wenn du nicht weißt, wie du etwas sagen sollst, ruf deinen besten Freund an und erzähl ihm die Geschichte.

Anders schrieb die 1200 Zeichen in fünf Minuten. Der Text handelte von dem neuen Silikonbusen einer Moderatorin. Silikon sei für Frauen wie Viagra für die Männer. Es signalisiere Jugend und ein Interesse, das die Wirklichkeit überträfe. Zum Schluss stellte er die Frage in den Raum, was wohl geschähe, wenn die führenden Nachrichtensprecher des Landes mit einem Dauersteifen in ihren Khakihosen rumliefen.

Dass der Text überhaupt publiziert wurde, lag hauptsächlich daran, dass der Nachrichtenchef in seinem Ärger darüber, jetzt schon das dritte Jahr in Folge an Mittsommer arbeiten zu müssen, ermüdende Aufgaben wie das Durchlesen von Texten mit einem abwehrenden *Ja, ja, ja* beiseitegewischt hatte.

Am darauffolgenden Tag wurde Anders vor den Chefredakteur zitiert, ein fantasie- und humorloser alter Sack, der mit dem Zeigefinger auf den Text in der Zeitung geklopft und dann die Hand zum Abschied gehoben hatte. Anders musste noch am gleichen Tag seinen Platz räumen, erhielt aber für den ganzen Sommer seinen Lohn. Er war noch nicht zu Hause, als ihn schon das bracheneigene Klatschblatt anrief, um sich über die Vorkommnisse zu informieren. Anders antwortete wahrheitsgemäß, dass er anlässlich seiner ersten und einzigen Fernsehrezension gefeuert worden sei.

»Bereuen Sie, die Rezension geschrieben zu haben?«, fragte ihn der Reporter aufgeregt.

»Nein«, erwiderte Anders, der im Vakuum des Schocks weiterhin ehrlich blieb, »das war das einzig Vernünftige, was ich für dieses Blatt geschrieben habe.«

Zwei Tage später saß er in einem Fernsehstudio in Göteborg und wiederholte dieselben Worte. Die Moderatorin mit dem Silikonbusen hatte auf eine Teilnahme verzichtet. Auf dem Heimweg erreichte ihn die Chefredakteurin des Konkurrenzblattes im Zug und bot ihm eine feste Stelle an. Und hier saß er nun fast ein Jahr später und war im Begriff, sich einen Namen zu machen.

Der Chefredakteur des Unterhaltungsteils betrat die

Redaktion mit einem Papierstapel, den er auf Anders' Schreibtisch deponierte.

»Die neue HBO-Serie. Drei Spalten. Über ihn.«

Anders wusste, worum es ging, nämlich eine im Voraus gehypte Fernsehserie mit dem üblichen Mix aus nackter Haut und Verbrechen, von der behauptet wurde, sie würde das Medium revolutionieren. Das Pressematerial richtete seine besondere Aufmerksamkeit auf einen abgehalfterten sechzigjährigen Filmstar, der dank dieser Rolle wieder ins Rampenlicht zurückfand.

»Und das Mädchen?«, sagte Anders und meinte die zweiundzwanzigjährige weibliche Hauptrolle, die über Nacht berühmt geworden war, nachdem ein privates Sexvideo rein zufällig auf Abwege geraten war.

»Eine Bildunterschrift plus ein kurzer Text über das Nacktvideo.«

»Okay.«

»Morgen.«

»Klar.«

Der Chef der Unterhaltungsseiten ließ ihn allein, und Anders überlegte sich, wieso das Schicksal ausgerechnet ihm gnädig war, obwohl er es nicht verdient hatte.

14

Calle Collin schrieb den Text in einem Rutsch, einen Text, bei dem kein Auge trocken bleiben würde. Um den gerade einmal dreizehnjährigen Verkehrstoten, das Opfer eines flüchtigen Fahrers, trauerten seine Mutter und sein jüngerer Bruder. Kent war ein lebensfroher Junge gewesen, der gerne mit seinem Bruder angelte und die Natur liebte. Calle beschrieb Kent als selbstständig und abenteuerlustig, ein Junge, der die Gelegenheiten, die ihm das Leben bot, zu ergreifen wusste.

Calle schrieb über Margits Trauer, wies aber darauf hin, dass Kent in ihrer Erinnerung weiterlebte und dass sie für die gemeinsame Zeit dankbar war. Während seiner wenigen Jahre habe Kent jeden Tag ausgeschöpft und mehr erlebt als viele, denen ein längeres Leben vergönnt sei.

Calle druckte den sechs Schreibmaschinenseiten langen Artikel aus und las ihn noch einmal durch. Er strich einige zu sentimentale Sätze, die möglicherweise ironisch aufgefasst werden konnten, sowie ein halbes

Dutzend unbeabsichtigter Wiederholungen und ergänzte ein paar fehlende Anführungszeichen. Dann übertrug er die Änderungen in die Datei, druckte sie noch einmal aus, sah sie ein letztes Mal gründlich durch, schickte den Text per Mail an Margit, dankte für das nette Gespräch und bat sie, den beigefügten Artikel zu lesen. Anschließend rief er sie sicherheitshalber an, weil er das Gefühl hatte, dass Margit Svensson ihre Mails nicht täglich las. Er erreichte nur ihren AB.

»Hallo, Margit. Hier ist Calle Collin. Danke, dass ich vorbeikommen durfte. Das war sehr nett. Höganäs ist wirklich eine wunderbare Stadt. Ich wollte nur mitteilen, dass ich Ihnen jetzt den Text gemailt habe. Ich wäre Ihnen sehr verbunden, wenn Sie ihn lesen und sich dann dazu äußern könnten. Es schleichen sich immer mal Fehler ein. Lesen Sie also bitte den Text und schicken Sie mir dann eine Mail oder rufen Sie mich an, falls Sie etwas ändern wollen. Okay. Gut.«

Er wollte gerade auflegen, als ihm in den Sinn kam, dass er vielleicht etwas kurz angebunden geklungen hatte. Nach unzähligen Telefonaten mit der Redaktion in Helsingborg wusste Calle, dass Stockholmer als geschäftsmäßig und unpersönlich galten, kurz gesagt als versnobt. Ein bisschen Small Talk konnte nicht schaden.

»Übrigens«, sagte er dann, »soll ich von Familie Malmberg grüßen. Ihr Sohn Anders ist in Kents Klasse gegangen und arbeitet inzwischen als Journalist. Ich dachte, dass Sie sich vielleicht an ihn erinnern. Das war's.

Alles Gute. Ciao.«

Er legte auf und betrachtete das Telefon. War er zu weit gegangen? Hielt sie das mit dem Gruß von Malmbergs womöglich für Ironie? Laut der Lehrerin, mit der er sich unterhalten hatte, waren Kent und Anders nicht gerade beste Freunde gewesen.

Egal, das war fünfzehn Jahre her.

Margit stand in der Diele und starrte den Telefonhörer an. Sie wusste nicht, welchen Knopf sie drücken musste, um sich die Nachricht ein weiteres Mal anhören zu können. Calle Collin hatte so schnell gesprochen, dass sie nicht alles verstanden hatte. Ein Freund von Kent? Irgendein Anders? Sie kannte keinen Anders. Aber das bestätigte doch nur, was sie die vergangenen fünfzehn Jahre lang gedacht hatte. Kent lebte in der Erinnerung vieler Menschen weiter. Menschen, die Margit nicht einmal kannte, erinnerten sich an Kent. Er hatte Spuren hinterlassen. Margit wurde warm ums Herz. Sie spürte, dass es Zeit für eine Tasse Kaffee war.

Sie zog ihren Mantel aus, ging in die Küche und schaltete die Kaffeemaschine ein. Hatte der Journalist den Text geschickt? Sie ging ins Schlafzimmer, schaltete den Computer ein und öffnete ihre Mailbox. Sie las seine Nachricht und klickte auf den Anhang.

Ein Dokument wurde geöffnet.

Sie las den Text zwei Mal. Anschließend las sie ihren Lieblingsabsatz ein drittes Mal.

Als sie fertig war, merkte sie, dass sie weinte. Sie wusste nicht, wie dieser Reporter das angestellt hatte, aber irgendwie hatte er alles, was Kent ausmachte, auf den Punkt gebracht. Seine Lebensfreude, seine zupackende Art, seine Furchtlosigkeit, seine Ideen und seinen Stolz. Wie er seinen kleinen Bruder in der Schule stets beschützt hatte, obwohl sie sich zu Hause ständig stritten, wie es so die Art von Brüdern ist. Aber Matte hatte erzählt, dass ihn Kent in der Schule immer verteidigt hatte. Margit nickte nachdenklich. Blut ist eben doch dicker als Wasser, dachte sie.

Sie ging in die Küche, schenkte sich Kaffee in ihre Lieblingstasse, setzte sich auf ihren angestammten Platz, trank wie immer vorsichtig nippend und schaute dabei aus dem Fenster. Sie war zufrieden, hochzufrieden.

Margit dachte an ihre Arbeitskollegin Katta. Sie waren die einzigen Frauen in der Produktion und arbeiteten oft an derselben Maschine. Sie waren nicht nur die einzigen Frauen, sie waren im Großen und Ganzen auch die einzigen Schwedinnen, die Chefs einmal ausgenommen. In der Produktion arbeiteten überwiegend Einwanderer. Es wäre naheliegend gewesen, sich mit Katta zu verbünden. Das Problem war nur, dass sich Katta für etwas Besseres hielt. Sie versäumte keine Gelegenheit, vom Sommerhaus ihrer Mutter in Torekov zu erzählen. Es verging kaum eine Woche, ohne dass ihr Katta mit Torekov in den Ohren lag und allen reichen Stockholmern, die sie kannte. Endlich wusste Margit, wie sie ihre Kollegin zum Schweigen bringen konnte. Sobald die Illustrierte erschien, würde sie Katta den Artikel zeigen. Katta selbst hatte ihren Namen vermutlich noch nie in einer Zeitschrift gelesen.

Margit trank die Tasse aus, ging ins Schlafzimmer und las den Text ein viertes Mal. Sie beschloss, eine Antwort zu schicken.

Calle überflog die Abendzeitungen im Internet und blieb an einer idiotischen Reportage über einen Filmstar hängen, den er nicht kannte, weswegen er sich alt fühlte. Er googelte den Schauspieler und stellte fest, dass der Dreiundzwanzigjährige in etlichen, ihm ebenfalls unbekannten Filmen mitgewirkt hatte. Er fühlte sich noch älter. Seine deprimierende Internetsuche wurde von einem *Pling* unterbrochen. Er hatte eine Mail von Margit erhalten. Calle holte tief Luft und öffnete sie. Er wusste aus Erfahrung, dass sich die Interviewten nur selten im Text wiedererkannten. *Das kann ich doch wohl nicht gesagt haben? Ich meinte genau das Gegenteil. Wo haben Sie das eigentlich her?*

»Hallo, Calle. Ich habe Ihren Artikel gelesen. Er ist sehr gut. Ich habe keine Fehler gefunden. Ich freue mich schon darauf, ihn gedruckt zu sehen. Ich habe Ihre Nachricht auf dem Anrufbeantworter gehört, aber sie war schlecht zu verstehen. Wie hieß der von Ihnen erwähnte Freund von Kent? Noch einmal vielen Dank für den schönen Artikel. Ihre Margit.«

Calle war sich wie der größte Betrüger der Weltgeschichte vorgekommen, als er den Text verfasst hatte, ein Lügner bis in die Fingerspitzen, mit denen er den Text in die Tastatur hackte. Jedes Wort war eine Lüge, und trotzdem hatte sie keine Fehler gefunden. Vielleicht gerade deswegen.

Calle ohrfeigte sich selbst als Strafe dafür, wie zynisch und gemein er war. Er wusste nichts über den Jungen. Eine tyrannische Klassenlehrerin hatte sich abfällig über den seit fünfzehn Jahren toten Jungen geäußert, und er hatte den Köder geschluckt. Reiß dich zusammen, ermahnte er sich und beantwortete dann die Mail:

»Hallo, Margit! Freut mich, dass Ihnen der Text gefällt. Ich habe mit der Zeitschrift telefoniert. Sie sagen, dass die am Hafen aufgenommenen Fotos gut geworden sind. Ich bin mir nicht sicher, ob es sich wirklich um einen Freund von Kent handelt, aber sie sind in dieselbe Klasse gegangen. Er heißt Anders Malmberg und arbeitet bei einer Abendzeitung. Ich kenne ihn nicht persönlich, habe aber seine Eltern Åsa und Bengt über einen Freund kennengelernt, der ihr Sommernachbar auf einer Schäreninsel ist. Alles Gute und herzliche Grüße, Ihr Calle Collin.«

Sommernachbar? Das Wort hatte Margit noch nie gehört. Sie stellte sich einen Stockholmer im weißen Frotteebademantel vor. Katta hatte erzählt, dass sie so in Torekov herumliefen. Außerdem begrüßten sie sich mit Wangenküsschen.

Ein Klassenkamerad? Margit googelte Anders Malmberg und stellte zu ihrem großen Erstaunen fest, dass der Bursche es auf tausend Treffer brachte. Er hatte unendlich viel geschrieben, und es gab auch Fotos von ihm. Sie erkannte ihn nicht.

Plötzlich verspürte sie eine große Traurigkeit. Wenn es das Schicksal anders gewollt hätte, wäre Kent jetzt vielleicht an seiner Stelle gewesen.

15

Anders Malmberg suchte nach Hintergrundmaterial auf amerikanischen und englischen Webseiten, als er eine Hand auf seiner Schulter spürte. Er drehte den Kopf nach hinten und lächelte. Die Chefredakteurin sah ihn auffordernd an.

»Kann ich ein paar Worte mit dir wechseln?«

Anders schluckte.

»Jetzt?«

»Ja, jetzt.«

Anders erhob sich und folgte seiner Chefin in ein leeres Besprechungszimmer.

»Nimm Platz«, sagte sie und deutete auf einen der Stühle.

Anders setzte sich, und die Chefredakteurin nahm ihm gegenüber Platz. War aufgeflogen, dass er ein Bluff war? Dass er seine Meinungen über ausländische Serien größtenteils aus dem Internet bezog? Hatte sich irgendein Moderator, dem er auf die Zehen getreten war, gemeldet und beschwert? Nein, diese Gefahr bestand nur, wenn dieser Moderator zufällig mit der Chefredakteurin befreundet war, und diese hatte glücklicherweise für Promis nicht viel übrig.

»Okay«, sagte sie und schob ein Papier über den Tisch.

»Was ist das?«, fragte Anders und schaute auf das Blatt.

Es war eine Liste mit Zahlen in der rechten Spalte.

»Die meistgelesenen Artikel.«

Anders überflog die Artikelüberschriften und ihr Ranking nach Leserzahlen. Ein Lächeln, das er nicht zügeln konnte, breitete sich auf seinem Gesicht aus.

»Stimmt das?«, fragte er und versuchte, seine Stimme auf glaubwürdige Weise bescheiden zweifelnd klingen zu lassen.

»Das ist die reinste Klickorgie«, meinte die Chefredakteurin. »Es scheint keine Rolle zu spielen, worüber du schreibst.«

Anders schluckte und legte das Papier beiseite. Er wollte nicht zu lange in die Sonne starren und sich dem Risiko der Verblendung aussetzen.

»Es gibt aber auch andere Reaktionen«, meinte die Chefredakteurin, um die deutliche Sprache der Statistik auszubalancieren. »Aber so ist es immer. Man kann nicht von allen geliebt …«

Ein Klopfen unterbrach sie. Es war einer der Langgedienten, einst geachtet und gefürchtet, der jetzt ein

Dasein im Verborgenen fristete, nur noch über den Verfall der Zeitung klagte und daran erinnerte, wie viel besser alles zu seiner Glanzzeit gewesen war.

»Störe ich?«, fragte er. »Es gibt da eine Sache, die ich gerne mit dir besprechen würde.«

»Nicht jetzt«, erwiderte die Chefredakteurin spürbar verärgert.

»Später?«, erwiderte der ehemalige Starreporter.

Die Chefredakteurin zwang sich zu einem Lächeln. Der ausgediente Zeitungsmann auf dem absteigenden Ast setzte eine entschuldigende Miene auf und schloss die Türe hinter sich. Die Chefredakteurin nahm wieder einen natürlicheren Gesichtsausdruck an.

»Wo waren wir stehen geblieben?«

»Du sagtest etwas von Reaktionen«, meinte Anders.

Die Chefredakteurin schüttelte abwehrend den Kopf und wedelte mit der Hand vor dem Gesicht, als wolle sie eine lästige Fliege vertreiben.

»Alles nur Früher-war-alles-besser-Spinner«, meinte sie mit eindeutiger Anspielung auf den Reporter, der sie gerade unterbrochen hatte. »Nichts von Bedeutung.«

Sie klopfte mit dem Zeigefinger auf die Liste.

»Ich möchte mehr von dir. Was sagst du, hast du irgendwelche Ideen?«

Anders zuckte mit den Schultern.

»Fernsehen gefällt mir«, meinte er.

»Du hast zwei Abende pro Woche?«

Anders nickte.

»Ich glaube, drei wären zu viel. Das könnte zur Ermüdung deinerseits führen. So viel gibt es einfach nicht zu sehen. Was hältst du von der letzten Seite?«

Anders bekam einen trockenen Mund.

»Ich dachte an Sonntagen«, fügte die Chefredakteurin hinzu, und Anders hielt die Luft an.

»Aber«, erwiderte er schließlich, »an Sonntagen schreibt doch …«

»Darum kümmere ich mich«, sagte die Chefredakteurin. »Das ist mein Job, für den ich so wahnsinnig gut bezahlt werde. Na, was meinst du?«

Unter großer Willensanstrengung sammelte Anders sich so weit, dass er sich mit einer angedeuteten Verbeugung bedankte. Die Chefredakteurin erhob sich und hielt ihm die Hand hin.

»Gut«, sagte sie. »Dann sind wir uns einig. Ab nächster Woche. Du gibst den Text spätestens Freitag ab.«

»Danke.«

»Ich habe zu danken«, erwiderte die Chefredakteurin. »Ich freue mich schon auf deine Beiträge. Und, du, was am wichtigsten ist …«

Anders beugte sich aufmerksam vor. Er war ganz Ohr.

»Kein übertriebener Respekt. Trag dick auf, sei du selbst. Vergiss nicht, dass alles nur ein Spiel ist.«

16

Karin Utrecht hatte die Nachricht vom Tode ihres Bruders so sehr erschüttert, dass Karlsson und Gerdin sie ins Krankenhaus fahren mussten und beschlossen, die Befragung aufzuschieben.

Jetzt, knapp vierundzwanzig Stunden später, erwartete sie sie in ihrem Haus in Viken nördlich von Helsingborg.

»Okay«, sagte Karlsson. »Noch einmal eine Zusammenfassung.«

Gerdin blätterte in seinen Papieren.

»Einbruch, Körperverletzung, Drogenbesitz, schwere Körperverletzung, Widerstand gegen die Staatsgewalt ... Regelmäßiger Gast im Knast, ein echter Musterknabe.«

»Nichts Aufregenderes?«, fragte Karlsson.

Gerdin überflog den Text. Karlsson sah seinen Kollegen prüfend von der Seite an.

»Nur Bagatellen.«

»Hast du mal die Augen überprüfen lassen?«, fragte Karlsson.

Gerdin verstand nicht.

»Du kneifst die Augen zusammen und folgst den Zeilen beim Lesen mit dem Kopf. Wie das Publikum beim Tennisturnier. Es ist einfacher, die Augen zu bewegen, aber du drehst den ganzen Kopf.«

»Ach wirklich?«, sagte Gerdin.

»Ständig. Lass mal deine Augen untersuchen. Mach einen Sehtest. Das kostet nicht die Welt.«

Karlsson unterstrich seinen guten Rat mit einem Nicken.

»Und? Namen?«, fuhr er fort. »Was hatte er für Freunde?«

»Kleine Ganoven. Es heißt, dass er sich gerne unseren Kumpels in Hasslarp angeschlossen hätte.«

»Der Elite der schwedischen Jugend?«

»Ebenjene. Aber dafür reichte es offenbar nicht.«

»Ist das theoretisch überhaupt möglich?«, fragte Karlsson und bog nach Viken ab.

Karin Utrecht wohnte in einem Haus, in dem nichts auf einen Mann oder auf Kinder hindeutete. Ihre Augen waren gerötet und verquollen.

»Ich habe Kaffee gekocht. Möchten Sie eine Tasse?«

»Zu einer Tasse Java sage ich nicht nein«, meinte Karlsson.

»Danke, gerne«, erwiderte Gerdin und gab seinem Kollegen einen leichten Stoß in die Seite, damit er sich nicht wieder über wehenauslösenden Malaienschweiß und andere Synonyme für starken Kaffee ausließ, was in diesem Augenblick sehr unpassend gewesen wäre.

Karin Utrecht schenkte den Kaffee in große Ikea-Becher.

»Milch?«

»Bloß nicht«, erwiderte Karlsson. »Ich meine, nein danke.«

»Ich nehme gerne einen Tropfen Milch«, sagte Gerdin.

Karin Utrecht stellte eine Keksdose auf den Tisch und nahm Platz. Sie trocknete ihre Augen und fächelte sich anschließend mit der Hand Luft zu.

»Sie müssen entschuldigen«, sagte sie.

»Wir haben vollstes Verständnis«, erwiderte Karlsson.

»Es ist nicht so, dass wir uns nahegestanden hätten oder so, aber schließlich war er mein Bruder.«

»Natürlich«, sagte Gerdin, als sei Verwandtschaft eine Frage der Beurteilung, die Zustimmung erforderte.

»Er meldete sich immer nur, wenn er Hilfe benötigte, meist brauchte er Geld. Ich weiß nicht, wie oft ich ihm die Bekanntschaft aufgekündigt habe. Deswegen bin ich auch nicht ans Telefon gegangen, als er anrief.«

»Hat er angerufen?«, fragte Gerdin.

Karin sah die Polizisten an.

»Ja. Habe ich das nicht gesagt? Er hat letzten Sonntag versucht, mich zu erreichen. Mehrmals. Ich habe die Anrufe nicht angenommen. Wäre ich doch nur drangegangen.«

Sie schüttelte den Kopf über ihre eigene Dummheit und fasste sich dann ruckartig mit der Hand ins Gesicht. Gerdin streckte tröstend den Arm aus.

»Das konnten Sie nicht wissen.«

Karin atmete tief und stoßweise.

»Ich verstehe immer noch nicht, wieso er sich das Leben genommen hat. Wie ist er überhaupt zu diesem Rastplatz gekommen? Wenn ich es richtig verstanden habe, stand kein Auto dort.«

»Genau das wollen wir herausfinden«, sagte Karlsson und klang, als wäre er selbst an der Ermittlung beteiligt gewesen.

Natürlich war das eine Frage, auf die er gerne eine Antwort erhalten hätte, aber er würde nachts kaum schlaflos daliegen und darüber nachgrübeln. Das war die Aufgabe der Jönköpinger Polizei.

»Jemand muss ihn dorthin gefahren haben«, fuhr Karin fort.

»Ja, genau«, erwiderte Gerdin. »Wissen Sie möglicherweise, ob er in Begleitung war?«

»Sie meinen, eine Freundin?«

»Nein. Wissen Sie, mit welchen Leuten Ihr Bruder zusammenarbeitete?«

»Mein Bruder hatte keine Arbeit.«

»Ich glaube, Sie verstehen, was wir meinen.«

Karin ließ ihre Blicke zwischen Karlsson und Gerdin hin und her wandern.

»Gibt es jemanden, mit dem wir uns unterhalten könnten?«, meinte Gerdin.

»Ich weiß, dass er oft mit einem Typen namens Conny Bladh zusammen war.«

»Conny Bladh«, wiederholte Gerdin und schrieb den Namen auf seinen Notizblock.

17

Das Personal in dem berühmten Kopenhagener Restaurant verbarg persönliche Gedanken hinter einer Maske aus professioneller Höflichkeit, die übrigen Gäste beobachteten sie verstohlen. Niemand wagte es, offen zu ihnen hinüberzuschauen, aber allen war ihre Anwesenheit bewusst.

Mattes Tischmanieren waren einwandfrei, aber das Besteck wirkte in seinen Pranken wie Spielzeug. Seine Erscheinung war so geballte Körperlichkeit, dass man ihm keinerlei Fertigkeiten zutraute, die nicht mindestens sechs Monate Knast einbrachten.

»Ich finde einfach, dass es unnötig war«, meinte er, legte das Besteck beiseite und tupfte sich die Mundwinkel mit seiner Leinenserviette ab. Dann hob er sein Glas an die Lippen und trank.

Sara sah ihn amüsiert an.

»Unnötig?«

»Wir hätten einfach ihre Rückkehr abwarten, an ihrer Tür klingeln und uns mit ihr unterhalten können. So wie die Dinge jetzt liegen, kann sie uns jetzt beide anzeigen.«

Sara streckte die Hand nach ihrem Glas aus.

»Ich glaube nicht, dass sie uns anzeigt«, sagte sie und sah sich um.

Der Oberkellner bemerkte ihren Blick und sah dienstbeflissen zu ihr rüber. Routiniert ignorierte Sara ihn und wandte sich an Matte, der sie anstarrte.

»Ach nein?«, sagte er.

Sara griff zu ihrem Besteck und aß weiter. Es fiel ihr schwer, ernst zu bleiben. Matte runzelte die Stirn.

»Nein«, sagte er, »sag nicht …«

Sara kaute lange. Matte starrte sie an.

»Bist du …«

»Ja, was denn?«, wollte Sara wissen und aß weiter.

»… vollkommen übergeschnappt?«

»Das Fleisch ist perfekt durch«, sagte sie.

»Sie hatte doch verdammt noch mal nichts mit uns zu tun.«

»Überhaupt nicht trocken. Wie war dein Essen?«

»Sie hat als Putzfrau gearbeitet. Hörst du, was ich sage?«

»Ich glaube, keiner hier im Restaurant hört nicht, was du sagst.«

Sara sah sich im Restaurant um. Matte beugte sich über den Tisch.

»Du bist ja vollkommen verrückt«, flüsterte er.

»Sie wäre zur Polizei gegangen.«

»Warum hätte sie das tun sollen? Conny steckt in der Klemme, nicht wir.«

Sara trank einen Schluck Wein.

»Sie hat sich geweigert, die Pins rauszurücken«, sagte Sara und stellte ihr Glas wieder ab.

»Wovon redest du? Welche Pins?«

»Sie hat sich geweigert, die Pincodes der Alarmanlagen der Häuser, in denen sie putzt, rauszurücken. Sie war vom alten Schlag. Alles rechtens und ehrlich, reines Gewissen. Und hilfreich für uns.«

»Inwiefern? Erzähl mir das bitte mal.«

Mattes Gesicht hatte sich gerötet, und seine Stimme klang gepresst.

»Inwiefern hilft es uns, dass du Connys Freundin umgebracht hast? Sie ist vollkommen unschuldig und hat keiner Fliege was zuleide getan. Das ist Mord, ein verdammt heimtückischer Mord.«

»Tot aufgefunden, Freund verschwunden. Die Polizei wird ihn für uns finden.«

»Und was wird er wohl sagen?«, fragte Matte. »Der hängt uns doch alles an.«

Sara zuckte mit den Schultern.

»Das glaubst du also? Ist das wieder eine deiner Visionen? Bisher waren die nämlich nicht viel wert.«

Matte schüttelte den Kopf und atmete heftig.

»Du tötest also eine unschuldige Frau, um ihren Typen aus seinem Versteck zu locken? Ist das so? Begreifst du überhaupt, was du da tust? Hast du jeglichen Bezug zur Wirklichkeit verloren?«

Sara schlug ihm mit der flachen Hand fest ins Gesicht. Matte blinzelte überrumpelt.

Jegliche Geschäftigkeit im Saal kam zum Erliegen. Die Gäste starrten das seltsame Paar an. Das Personal wusste nicht, wie es sich verhalten sollte. Eingreifen? Aber wie? Die zierliche Frau hatte dem Riesen eine gepfeffert, und jetzt saß er verängstigt da. Sara verschwendete keinen Gedanken an sie.

»Es steht dir nicht zu, Dinge infrage zu stellen, deine Aufgabe ist es, zu tun, was ich dir sage. Dafür bezahle ich dich. Deine persönliche Meinung interessiert mich nicht, bloß weil wir miteinander schlafen.«

Matte wandte sich ab.

»Schau mich an«, sagte sie. »Und zwar ohne diesen trotzigen Blick, sei so gut. Du bist hier, solange es mir passt. Hast du das kapiert?«

Matte schwieg.

»Ich frage dich, ob du das kapiert hast.«

»Ja.«

»Gut. Dann sind wir uns ja einig.«

Sara griff zu ihrem Besteck.

»Sei froh, dass ich die Zeitschrift mitgenommen habe, in der du geblättert hast. Und dass ich die Türklinke abgewischt habe. Matte, du musst vorsichtiger sein.«

Sie lächelte nachsichtig. Matte atmete tief durch.

»Das war doch sowieso nur Zeitverschwendung«, sagte er schließlich. »Mehr sage ich ja gar nicht. Er wird schon wieder auftauchen. Das Geld reicht höchstens ein Jahr. Wir müssen uns um das eigentliche Geschäft kümmern.«

»Da hast du sicher recht«, meinte Sara. »Aber wir müssen auch zeigen, dass es Konsequenzen hat, wenn man gegen die Regeln verstößt. Es ist wichtig, eine gewisse Form von Recht und Ordnung aufrechtzuerhalten.«

»Aber was sollen wir tun?«, fragte Matte. »Ich meine, wenn die Polizei kommt.«

Sara legte ihr Besteck beiseite.

»Ich verstehe nicht, wovon du sprichst.«

Matte beugte sich über den Tisch.

»Wir brauchen einen Plan«, flüsterte er.

Sara wischte sich mit der Serviette über den Mund.

»Sei nicht so dramatisch«, erwiderte sie. »Warum sollten wir überhaupt etwas sagen?«

18

Conny Bladh, die Stütze der Gesellschaft, hatte sich schon eine geraume Weile nicht mehr gemeldet. Seine Mutter schien deswegen nicht übermäßig besorgt. Obwohl er offiziell bei ihr gemeldet war, war ihr Kontakt in den letzten Jahren eher sporadisch, um nicht zu sagen selten gewesen.

»Aber natürlich machc ich mir Sorgen, wenn Sie kommen und nach ihm fragen. Was hat er denn dieses Mal wieder ausgefressen?«

»Nichts. Es geht um einen seiner Bekannten.«

»Einen seiner Bekannten?« Conny Bladhs Mutter sah Karlsson und Gerdin forschend an.

»Henk Utrecht.«

Connys Mutter dachte nach.

»Klingt nicht bekannt«, meinte sie.

»Nein«, sagte Karlsson, »aber wenn Sie von Conny hören, können Sie ihn ja bitten, uns anzurufen.«

»Haben Sie mit seiner Freundin gesprochen?«

»Wer ist das?«

»Ich glaube, sie heißt Mona.«

»Und der Nachname?«

Connys Mutter schüttelte den Kopf.

»Ich und Namen. Ich glaube, sie arbeitet als Putzfrau bei dieser Firma, die damit wirbt, dass alle Schwedisch sprechen.«

Karlsson bedankte sich für die Hilfe. Gerdin und er hielten auf dem Rückweg kurz bei der Wurstbude am Kreisverkehr in Berga an, ehe sie zur Wache zurückkehrten und von dort aus *CleanSwedenNow* anriefen.

»Wieso haben die einen englischen Namen, wenn alle Schwedisch sprechen?«, überlegte Gerdin, als er die Nummer wählte.

Er wurde mehrmals weiterverbunden, bis er eine Person am Apparat hatte, die seine Fragen beantworten konnte.

»Wir wissen nur, dass sie Mona heißt«, sagte Gerdin, »und dass sie mit einem Conny Bladh liiert war. Eigentlich geht es uns um ihn ... Nein, niemand hat etwas verbrochen.«

Er ließ sich von seinem Kollegen einen Stift geben.

»Höstgatan 4 in Bjuv, ja. Haben Sie auch eine Telefonnummer? Sie geht nicht dran? Okay, danke.«

Gerdin legte auf und wandte sich an Karlsson.

»Er sagte, wenn wir sie erreichen, könnten wir ihr ausrichten, sie sei entlassen. Sie hat seit drei Tagen nicht von sich hören lassen und geht auch nicht ans Telefon.«

Karlsson reckte sich und gähnte ausgiebig, als das Telefon seines Kollegen klingelte. Gerdin ging ran, hörte zu und setzte sich auf.

»Noch einmal. Weder auf der Patronenhülse noch auf dem Magazin? Und nur eine Patrone? Eigenartig. Gut, ich weiß Bescheid. Wir setzen die hiesige Ermittlung fort. Ich rufe an, wenn ich mehr weiß. Moment, da wäre noch was. Henk hat letzten Sonntag kurz vor Mittag seine Schwester angerufen. Aber sie hat seine Anrufe nicht angenommen, wir wissen also nicht, was er wollte.«

Gerdin hörte zu.

»Das ist seltsam«, meinte er schließlich. »Ja, ja, wir bleiben in Kontakt.«

Gerdin beendete das Gespräch und wandte sich an Karlsson, der neugierig vorgebeugt auf der Kante seines Stuhls saß.

»Jönköping«, sagte Gerdin. »Henk hatte kein Handy bei sich.«

»Und das bedeutet?«

»Dass er es entweder weggeworfen hat, ehe er sich erschoss, oder dass es ihm jemand weggenommen hat. Was angesichts des leeren Magazins und der fehlenden Fingerabdrücke nicht ganz unwahrscheinlich klingt.«

»Unglaublich.«

Gerdin erhob sich.

»Zeit für einen Ausflug nach Bjuv.«

19

»Und plötzlich hat man alle Hände voll zu tun.«

Karlsson betrachtete die Leiche resigniert.

»Wie bei der Renovierung eines alten, baufälligen Hauses«, meinte Gerdin. »Fängt man einmal damit an, gibt's Arbeit ohne Ende.«

Sie hatten geklingelt, und niemand hatte geöffnet. Dann hatten sie durch den Briefkastenschlitz gerufen und den Gestank bemerkt. Ein Schlosser hatte geöffnet.

»Sie hat letzten Montag gearbeitet«, meinte Gerdin und konzentrierte sich darauf, durch den Mund zu atmen. »Am Dienstag ist sie nicht mehr aufgetaucht.«

Mona Björklund saß gefesselt auf einem Lehnstuhl. Sie sah aus wie ein Ballontier, ihr Körper war aufgedunsen, und ihr Kopf sah wie aufgeschraubt aus.

»Seltsam, wie schnell das geht«, meinte Gerdin.

»Was?«

»Die Verwesung. Als wäre der Körper voller Dreck, der nur darauf wartet, dass das Herz seine Arbeit einstellt.«

Die Kriminaltechniker trafen ein und lösten sie ab. Für Karlsson und Gerdin gab es nichts mehr zu tun, sie waren eher im Weg.

»Wann wurde Henks Leiche denn entdeckt?«, fragte Gerdin.

»Letzten Montag, aber da war er bereits vierundzwanzig Stunden tot.«

»Und Mona arbeitete letzten Montag noch. Henk ist also zuerst gestorben.«

Gerdin schüttelte den Kopf.

»Sie hat nicht einmal eine Strafe wegen Geschwindigkeitsüberschreitung. Sie putzt bei Leuten zu Hause.«

»Vielleicht eine Dreiecksgeschichte? Conny Bladh ist wie durch ein Wunder nicht antreffbar. Er kann sich doch nicht einfach in Luft auflösen. Wie oft hat er gesessen?«

Gerdin blätterte erneut in seinen Papieren.

»Fünf Mal. Zum ersten Mal 2001, zuletzt von 2009 bis 2010. Das war die lange Haftstrafe.«

»Ich will wissen, mit wem er gesessen hat. Es muss jemanden geben, mit dem wir uns unterhalten können.«

20

Margit Svensson arbeitete bei einem Verpackungsunternehmen. Sie stand an einer Maschine, die Schlüsselringe, Bücher, DVDs und andere Beigaben für Illustrierte in Folie verpackte. Die Arbeit war monoton, aber sie gefiel Margit. Die eintönigen Bewegungen verursachten nur selten Schmerzen, und nur wenige Minuten nach Schichtbeginn schaltete ihr Gehirn auf Ruhemodus, und sie konnte sich ihren Tagträumen über Dinge, die nichts mit der Arbeit zu tun hatten, hingeben. Manchmal hatte sie fast das Gefühl, frei zu haben, obwohl sie arbeitete und bezahlt wurde.

Sie fing um sieben an und hörte um vier auf. Um halb zwölf war Mittag. Es gab zwei Kaffeepausen, eine um halb zehn vormittags und eine um halb zwei nachmittags, beide Male eine Viertelstunde.

Sie verbrachte die Pausen mit Katta. Abgesehen von ihrer Prahlerei war Katta okay.

Oft waren es Kleinigkeiten über die Erfolge ihrer Kinder, über eine besondere Entdeckung im Internet oder einen Film, den sie im Kino gesehen hatte. Erzählte Margit von einem Film im Fernsehen, hatte Katta ihn bereits gesehen, und erstand Margit einen Mantel im Sonderangebot, hatte Katta ihn woanders noch billiger gesehen.

Von dem Haus von Kattas Mutter in Torekov ganz zu schweigen. Das war laut Katta Millionen wert, und Kattas Bruder wollte es behalten, aber Katta würde ihn zum Verkauf zwingen, wenn ihre Mutter den Löffel abgab.

»Dann rühre ich keinen Finger mehr, so viel steht fest, und kaufe eine Wohnung in Spanien oder so. Du kannst mich ja mal dort besuchen kommen. Das tut dir sicher gut, so wie du dich abrackerst. Ich glaube, das wäre eine gute Investition. Der Euro ist nichts mehr wert, und die haben diese Krise. Eine Zweizimmerwohnung mit Aussicht aufs Mittelmeer müsste spottbillig zu haben sein. Was übrig bleibt, reicht allemal zum Leben, und wenn es für mich an der Zeit ist, weiterzuziehen, dann kann ich die Wohnung ja den Kindern vererben.«

Kattas Leben klang in ihren eigenen Beschreibungen immer großartig und ließ das der anderen im Vergleich dürftig erscheinen.

Deswegen zahlte Margit es ihr gerne heim, wenn sich die Gelegenheit bot. Wie jetzt, als Margit die zweite Tasse eingegossen hatte und Katta in einer Abendzeitung blätterte. Margit blieb neben ihr stehen und deutete auf Anders Malmbergs Foto unter einem der Artikel.

»Das ist Kents Freund von früher«, sagte sie.

Katta blickte rasch zu ihr hoch, aber lang genug für Margit, um zu sehen, dass der Pfeil ins Schwarze getroffen hatte.

»Aha«, erwiderte Katta und vertiefte sich wieder in die Zeitung.

Margit nahm ihr gegenüber Platz und genoss den Augenblick.

»Sie sind in eine Klasse gegangen«, fuhr sie fort. »Der Journalist, der mich interviewt hat, hat mir Grüße von ihm ausgerichtet.«

Katta fehlten die Worte. Sie hielt den Blick auf den Artikel gerichtet und tat so, als würde sie lesen. Nach einer ewig währenden Sekunde faltete sie die Zeitung zusammen.

»Tja, Papier ist geduldig«, seufzte sie und schaute auf die Uhr. »Zeit, wieder zur Tagesordnung überzugehen.«

Von der Pause waren noch gute zwei Minuten übrig, aber Katta erhob sich, nahm ihre Tasse und stellte sie in die Spülmaschine.

»Ich muss noch mal auf die Toilette«, sagte sie, als sie einsah, dass sie zu früh aufgestanden war.

21

»Ja?«

»Mein Name ist Karlsson. Ich bin Kriminalkommissar bei der Polizei Helsingborg. Dies hier ist mein Kollege Gerdin.«

Der ehemalige Knacki Bjorn Stenman betrachtete Karlssons ausgestreckte Hand, als handele es sich um eine Giftschlange.

»Worum geht es?«

»Wir ermitteln in einem Mordfall und würden gerne ein paar Fragen stellen.«

»Jetzt ist aber mal genug. Ich habe nun schon zwei Jahre lang nichts mehr angestellt. Ich arbeite und zahle Unterhalt.«

Karlsson hob beide Hände.

»Nur keine Panik. Der einzige Grund, weswegen wir hier sind, ist, dass Sie mit Conny Bladh in einer Zelle gesessen haben.«

»Ist Conny tot?«

»Warum sollte Conny tot sein?«

»Sie sagten, es ginge um einen Mord …«

Björn verstummte.

»Geht es etwa um sie?«, sagte er dann. »War das seine Freundin, über die in der Zeitung berichtet wurde? Die tot in ihrer Wohnung in Bjuv gefunden wurde?«

»Dürfen wir reinkommen?«

Björn hielt die Tür auf und ließ sie eintreten.

»Ziehen Sie aber bitte die Schuhe aus. Ich habe heute Morgen gesaugt.«

Die Polizisten kamen seinem Wunsch nach und folgten ihm dann ins Wohnzimmer. Sie schauten sich um und nickten anerkennend. Es war erstaunlich gemütlich eingerichtet, an den Wänden hingen gerahmte Bilder, vor den Fenstern standen Topfpflanzen und im Regal Bücher. Björn deutete auf die Couch und nahm selbst auf dem Sessel Platz. Er schüttelte den Kopf.

»Ich traue ihm so etwas nicht zu«, sagte er. »Klar, Conny ist in vielerlei Hinsicht ein ungemütlicher Zeitgenosse, der gerne seine Umgebung nervt, aber er ist nie gewalttätig. In der Zeitung stand, sie sei erdrosselt worden?«

Karlsson antwortete mit einer Gegenfrage.

»Sie wissen also nicht, wo er ist?«

»Keine Ahnung. Wir haben keinen Kontakt. Ich glaube, ich habe ihn nun schon über ein Jahr nicht mehr gesehen.«

Gerdin deutete fragend auf eine gerahmte Fotografie im Bücherregal.

»Meine Tochter«, sagte Björn. »Sie ist sieben. Sie wohnt jedes zweite Wochenende hier. Mein Leben ist in Ordnung, ich nehme keine Drogen und trinke nicht. Höchstens gelegentlich mal ein Bier. Wenn ich einen von den alten Kumpels in der Stadt sehe, mache ich mich unsichtbar.«

»Ab und zu werden Sie doch immer noch ein paar Worte mit ihnen wechseln?«

Björn antwortete nicht.

»Sie haben also keine Ahnung, mit welchen Leuten Conny zusammenarbeitet?«

Björn beugte sich vor und stützte sich mit den Ellbogen auf den Oberschenkeln ab.

»Ich weiß auch nicht mehr als Sie. Er trieb sich mit Henk Utrecht rum. Fragen Sie den doch, das wäre mein Tipp. Aber grüßen Sie ihn nicht von mir. Es ist auch so schon schwer genug, sich rauszuhalten.«

»Das könnte schwierig werden«, meinte Karlsson.

Björn sah ihn verständnislos an.

»Henk ist auch tot«, sagte Gerdin. »Er wurde letzten Montag auf einem Rastplatz gefunden. Offenbar hatte er sich das Leben genommen.«

Björn zog den Kopf zurück.

»Das glaub ich jetzt nicht! Er war doch immer gut drauf. Zumindest, als ich ihn kannte. Er hatte Erfolg, hatte irgendeinen Superjob in Kopenhagen gefunden, war richtig übermütig, wenn ihr mich fragt.«

»Um was für einen Job handelte es sich?«

»Job ist vielleicht zu viel gesagt. Er arbeitete für die Dänin.«

»Für wen?«

Björn sah Karlsson unsicher an.

»Die Dänin«, wiederholte er.

Karlsson und Gerdin schwiegen.

»Sie wissen nicht, wer die Dänin ist?«, fragte Björn. »Sara Vallgren.«

Die Beamten sahen sich fragend an.

»Ihr gehören ein halbes Dutzend Clubs in Kopenhagen, und auch sonst hat sie überall ihre Finger drin«, fuhr Björn fort. »Heißt es zumindest. Sie ist mit einem Schweden zusammen, ich weiß aber nicht, wie der heißt. Er ist riesig und sieht gefährlich aus. Ich kann nicht sagen, ob er ihr Leibwächter oder ihr Freund ist oder beides. Im Gegensatz zu ihm ist sie klein, zierlich und fröhlich. Aber vor ihr muss man sich wirklich in Acht nehmen.«

Björn sah Karlsson und Gerdin an.

»Und Sie haben wirklich noch nie von der Dänin gehört?«

»Nein.«

»Wie ist das nur möglich? Alle wissen, wer die Dänin ist.«

»Nie gehört«, meinte Gerdin.

»Sie ist als Kind im Fernsehen aufgetreten«, meinte Björn. »Also in Dänemark.«

»Im Fernsehen?«, sagte Gerdin.

»Kinderstar. In einer Serie, die *Die schwedische Familie* hieß. Sie musste immer sagen: ›Ich verstehe nicht, was du sagst, sprich Schwedisch‹, und das war offenbar in Dänemark wahnsinnig lustig.«

»Sie spricht also Schwedisch?«

»Ein Elternteil war oder ist aus Schweden.«

»Sie scheinen sie ja recht gut zu kennen«, meinte Karlsson.

»Alle wissen, wer die Dänin ist. Erstaunlich, dass Sie nie von ihr gehört haben«, sagte Björn und erhob sich. »Jetzt habe ich mehr gesagt, als ratsam gewesen wäre. Ich zähle darauf, dass Sie meinen Namen nicht erwähnen, wenn Sie diese Sache weiterverfolgen.«

Karlsson erhob sich ebenfalls.

»Machen Sie sich keine Sorgen.«

22

Barbusige Frauen, die immer an der richtigen Stelle lachten. Die vorgaben, zuzuhören, und die Männer berührten. Eine Hand auf der Schulter genügte. Je mehr sie mit Körperkontakt geizten, desto eher ließen sich die Kunden melken.

Sara Vallgren hatte ihr Imperium auf männlicher Eitelkeit errichtet, einer der stärksten Triebkräfte der Natur. Es gab nicht viele Politiker in der dänischen Hauptstadt, die nie in einem ihrer Clubs gewesen waren. Die männlichen Vertreter der Medienelite waren leicht betreten, wenn ihre Kolleginnen Moral predigten.

Wer zum ersten Mal kam, konnte sich kaum sattsehen und verfolgte mit offen stehendem Mund und großen Augen die Show, die rund um die Uhr lief. Matte saß auf einem Barhocker und füllte einen Lottoschein aus.

Sara trat auf ihn zu.

»Alles im Lack?«, fragte sie.

»Ja«, antwortete er kurz, ohne sie anzuschauen.

»Immer noch sauer?«

»Ich bin nicht sauer.«

»Und was soll das dann?«

Matte murmelte etwas Unverständliches. Sara drehte sich um, lehnte sich mit dem Rücken gegen den Tresen und zwang ihn, sie anzusehen.

»Was?«, sagte Matte.

Sara musste lachen.

»Was denn?«, sagte Matte störrisch wie ein Teenager.

»Liebster Matte, du benimmst dich wie ein kleines Kind. Doch nicht etwa wegen der Sache in Bjuv?«

Matte antwortete nicht.

»So geht das nicht weiter«, sagte Sara und drehte sich zum Tresen um.

»Inwiefern?«, fragte Matte.

»Mir blieb nichts anderes übrig. Sie hätte uns angezeigt, und wir wären wegen dieser Bagatelle hinter Gitter gekommen. Begreifst du das denn nicht?«

»Wir hätten uns damit begnügen können, bei ihr anzuklopfen.«

»Das haben wir auch getan. Und als niemand aufgemacht hat, sind wir reingegangen. Ihr Pech, dass sie ausgerechnet da nach Hause kommen musste.«

»Sie kannte uns nicht einmal. Das war nicht okay.«

»Schon möglich, aber wir können keine Zeugen hinterlassen. Leichen meinetwegen, aber keine Zeugen.«

Matte schwieg, und Sara atmete mit einem deutlichen Seufzer aus und rempelte ihn dann mit der Schulter an.

»Du fehlst mir«, sagte sie. »Das Bett ist sehr groß und leer, wenn du nicht da bist.«

Matte schüttelte sich.

»Komm schon«, sagte Sara. »Wir müssen miteinander reden können. Solche Sachen dürfen nicht zwischen uns stehen. Morgen gehen wir ins Kino. Du darfst den Film aussuchen.«

23

»Robert Wells«, schrie Jörgen und haute sich auf die Knie. »Einfach wunderbar, herrlich. Noch einmal.«

»Letzten Sommer war Robert Wells hier«, wiederholte Calle Collin im Schonendialekt des Taxifahrers.

»Gott, wie lustig, ganz fantastisch. Da mussen wir hinziehen. Wie hieß der Ort?«

»Höganäs.«

Jörgen nickte im Takt zu »I will survive«.

»Und sonst? Zufrieden mit dem Interview?«

»Unbedingt. Genauer gesagt war es eine Katastrophe, aber der Text ist okay. Der Bruder war auch da, ein richtiger Gangster. Er ist mit einer Nachtclubkönigin aus Kopenhagen liiert. Richtig unangenehme Frau.«

»Wieso?«

Calle zuckte mit den Achseln.

»Weiß nicht. Sie hat mir Angst eingejagt.«

»Ich dachte, dir könnte nichts Angst einjagen«, sagte Jörgen und betrachtete die Menge, die überwiegend aus durchtrainierten jungen Männern bestand.

»Übrigens«, meinte Calle, »du weißt schon, deine Nachbarn auf dem Land, die uns zu dem Glas Wein eingeladen haben.«

»Bengt und Åsa?«

»Ja. Ihr Sohn ist mit Kent in eine Klasse gegangen.«

»Wer ist Kent?«

»Der Verstorbene, dessen Mutter ich interviewt habe.«

»Der Tote ging also in dieselbe Klasse wie Anders Malmberg?«

»Ja, und ich habe mir sagen lassen, dass sie nicht unbedingt die besten Freunde waren. Jedenfalls hat Kents Lehrerin das angedeutet.«

»Du hast dich mit der Lehrerin dieses Jungen unterhalten?«

Calle nickte.

»Ich hatte gehofft, dass sie was Nettes über ihn sagen würde. Das tat sie nicht.«

»Er war also eine Nervensäge?«, fragte Jörgen.

»Scheint so. Wahrscheinlich haben deine Freunde auch deswegen kein Wort über ihn verloren, nachdem ihnen klar war, wen ich meinte. Weil sie nichts Gutes über ihn zu sagen hatten.«

»So könnte es gewesen sein«, meinte Jörgen desinteressiert, während er sich umschaute. »Ist dieser Song nicht ein wenig gay? *I've got all my life to live, I've got all my love to give ...*«

Calle sah ihn an, als wäre er nicht ganz bei Trost.

»Ein wenig? Das ist die Nationalhymne.«

Jörgen strahlte.

»Ich mag Schwulenbars. Sie sind so ...«

Er unterbrach sich mitten im Satz, sah an Calle vorbei, drückte die Brust raus und lächelte dümmlich.

»Ja, wie denn?«

Jörgen hörte nicht zu, sondern flirtete mit jemandem hinter Calles Rücken.

»Jetzt reiß dich aber verdammt noch mal am Riemen«, sagte Calle und drehte sich um, um zu sehen, für wen sein Heterofreund schwul spielte.

Der Mann wirkte bekannt, aber Calle konnte ihn nicht einordnen.

»Darf ich mich zu euch setzen?«, fragte er mit schonischem Dialekt.

»Natürlich«, meinte Jörgen und schlug die Beine übereinander. Vermutlich hielt er das für eine verführerische Pose.

Der Mann wandte sich an Calle.

»Flugplatz Ängelholm«, sagte er, ohne sich zu setzen.

»Richtig«, sagte Calle. »Richard Gere.«

Der Mann streckte seine Hand aus, und Calle schüttelte sie.

»Hallo. Ich heiße David.«

»Richard Gere?«, fragte Jörgen.

Calle schüttelte den Kopf.

»Lange Geschichte.«

»Nicht wirklich«, meinte David. »Ich habe erzählt ...«

»Calle.«

»Ich habe Calle erzählt, dass meine Mutter im Lebensmittelladen bei uns zu Hause in Vejbystrand Richard Gere begegnet ist. Darauf hielt Calle mich für einen dieser Irren, denen Namedropping ganz wichtig ist.«

»Das stimmt so nicht ganz«, meinte Calle.

David sah ihn provozierend an.

»Nicht? Wie war es dann?«

Calle dachte nach.

»Du hast recht«, sagte er. »Es stimmt. Aber das lag nur daran, dass mir unmittelbar vorher ein Taxifahrer erzählt hatte, er hätte Robert Wells gesehen.«

»Hm«, sagte David.

»Setz dich doch«, meinte Jörgen.

David nahm Platz und lächelte Calle an.

»Tut mir leid, aber das ist trotzdem meine beste Geschichte. In Vejbystrand gibt es nicht viele Promis.«

»Es ist eine gute Geschichte«, gab Calle zu.

»In der Regel kann ich damit punkten«, sagte David und betrachtete ihn lächelnd.

»Du meinst, du hast mir Avancen gemacht?«

»Was denn sonst?«, erwiderte David.

Calle blinzelte nervös, streckte die Hand nach seinem Glas aus und versteckte sich dahinter. David ließ ihn nicht aus den Augen.

»Und ich dachte schon, du hättest es auf mich abgesehen«, sagte Jörgen.

David drehte den Kopf zur Seite und sah ihn an.

»Du bist nicht schwul.«

»Und woher wisst ihr das alle so genau?«

24

Gerdin klopfte an Kriminalkommissar Karlssons offene Tür und wurde hereingewunken.

»Hast du mit Kopenhagen gesprochen?«

Gerdin nickte.

»Sie haben mir die Akte gemailt, liest sich wie eine Kriminalreportage, in der Tat recht unterhaltend.«

»Und was steht drin?«

»Mal sehen«, meinte Gerdin. »Schwedischer Vater, dänische Mutter. Beide Ärzte. Privilegierte Kindheit in Kuwait. Die Eltern Intellektuelle. Sie pflegten Einladungen mit anschließender Hetzjagd zu veranstalten.«

»Hetzjagd?«

»Unterhaltung im Geiste Strindbergs. Nach dem Essen durfte Sara, die damals acht Jahre alt war, die Wahrheit über die Gäste der Eltern sagen. Sehr unangenehm, sagen die Leute, die dabei waren, sich von jemandem kritisieren zu lassen, den man nicht selbst kritisieren konnte. Die Familie musste fliehen, als Saddam Kuwait besetzte, und kam nach Dänemark. Sara besuchte eine

Privatschule und hatte gute Noten, bis sie in der Fernsehserie auftrat, von der Björn Stenman gesprochen hat.«

»Die schwedische Familie?«

»Ja«, antwortete Gerdin. »Damals wussten fast alle in Dänemark, wer Sara Vallgren war. Der Typ, mit dem ich mich unterhalten habe, meinte, dass es von dem Zeitpunkt an mit ihr abwärtsging. Als die Serie eingestellt wurde, bewarb sie sich sowohl in Dänemark als auch in Schweden für neue Rollen. Ohne Erfolg.«

»Stand das im Bericht aus Kopenhagen?«

»Ja, so ungefähr«, erwiderte Gerdin und kehrte zum Polizeibericht zurück. »Anschließend zogen die Eltern wieder ins Ausland, aber Sara blieb bei ihren Großeltern mütterlicherseits. Sie nahm Schauspiel- und Tanzunterricht, wurde jedoch von keiner der Schulen aufgenommen, an denen sie sich bewarb. Im Alter von achtzehn begann sie, in Nachtclubs aufzutreten, und ab da stand sie wieder im Rampenlicht. Und plötzlich war sie wieder ein Star. Sara tat sich mit dem Clubbesitzer zusammen.«

»Der später erschossen wurde?«

»Ja. Sara war inzwischen vierundzwanzig.«

Karlsson seufzte skeptisch.

»Könnte sie etwas damit zu tun gehabt haben?«

»Sie profitierte zumindest davon. Offenbar eine listige Rochade, die die Clublandschaft von Grund auf veränderte. Als sich der Pulverdampf gelegt hatte, war eigentlich nur noch Sara übrig.«

Karlsson faltete die Hände hinter dem Kopf und lehnte sich zurück.

»Und wann war das?«

»2004.«

Karlsson schob beeindruckt die Unterlippe vor.

»Sie schmeißt ihren Laden schon zehn Jahre lang? Das ist eine Ewigkeit in dieser Branche. Warum haben wir nie von ihr gehört?«

Gerdin zuckte mit den Achseln.

»Inzwischen wird alles über die Brücke abgewickelt, und wir merken in unserer Naivität nichts davon.«

»Und was betreibt sie eigentlich?«

»Schwerpunkt? Geldwäsche. Die Clubs sind nur die Fassade. Kopenhagen sagt, dass sie fast überall ihre Finger drin hat.«

»Und Conny und Henk?«

»Arbeiteten wahrscheinlich als Kuriere. Für solche Aufgaben benötigt sie Fußvolk. Henk kannten sie, von Conny wussten sie nichts.«

Karlsson setzte sich auf.

»Ja, ja, ja, jetzt wollen wir uns nicht in die dänische Kriminalgeschichte vertiefen. Wir müssen Conny finden. Wenn die Gangsterkönigin was weiß, gut. Hast du eine Adresse bekommen?«

Gerdin nickte.

»Dann fahren wir«, sagte Karlsson und erhob sich.

25

Calle Collin erwachte mit einem trockenen Mund. Er öffnete die Augen, schloss sie aber rasch wieder. Das war so ein Tag, den er nicht recht in Angriff nehmen wollte. Er zog die Decke über den Kopf und versuchte, die Welt zu verdrängen. Vergeblich. Sein Gehirn spulte auf sadistische Art Bilder vom Vorabend ab. Zu bereuen gab es nichts, er hatte einfach zu viel getrunken. Jörgen hatte Spendierhosen angehabt und tablettweise Cocktails bestellt.

Calle hielt die Hand vor den Mund und atmete aus. Widerlich.

Er schlug die Decke beiseite, erhob sich aus dem Bett und wankte zur Toilette. Er pinkelte, drückte Zahnpaste auf die Zahnbürste und betrachtete sich im Spiegel. Die Zahncreme schäumte unzureichend. *The Day After*.

David hatte ihm Avancen gemacht, und Jörgen hatte ihn dabei angefeuert. Seine unumwundene Erklärung, nicht interessiert zu sein, hatte ihm nichts genützt.

»Er ziert sich nur«, hatte Jörgen gesagt. »Glaub mir, ich kenne ihn schon mein ganzes Leben. Man muss ihn immer dreimal bitten. Komm schon, Calle. David begehrt dich. Gib dich hin.«

Das Handy klingelte. Calle spülte sich rasch den Mund aus. Jörgen, verriet das Display.

»Guten Morgen.«

»Nein«, erwiderte Jörgen, »überhaupt nicht. Haben sie uns gestern rausgeschmissen?«

»Sie fanden, dass wir genug getrunken hatten.«

»Sind wir ausfällig geworden?«

»Nicht wir.«

»Aber ich?«

»Nein. Du hast nur versucht, die Rausschmeißer zu umarmen.«

»Stimmt das?«

»Erinnerst du dich nicht?«

»Oh, oh, oh. Ich bin im Taxi nach Hause eingeschlafen. Der Fahrer hat mich geweckt, als wir am Ziel waren. Da wusste ich kaum noch meinen Namen. Das ist nicht gut. Ich darf einfach nicht so viel trinken. Das ist deine Schuld, Calle, du ziehst mich in den Schmutz.«

»Vor allen Dingen.«

»Du schleppst mich in unterirdische Schwulenbars. Aber jetzt ist Schluss mit solchen Liederlichkeiten, lass dir das gesagt sein.«

»Klingt gut.«

Jörgen wechselte den Tonfall und wurde ernst.

»Der Mann aus Schonen war nett.«

»Allerdings.«

»Ihr seid euch sehr ähnlich.«

»Inwiefern?«, wollte Calle wissen.

»Äußerlich.«

»Stimmt doch gar nicht.«

»Dieselbe Frisur, derselbe Körperbau. Ihr wärt ein schönes Ehepaar. Fast schon unanständig symbiotisch.«

»So weit kommt es sowieso nicht«, meinte Calle.

»Ich verstehe nicht, warum du es immer so kompliziert machen musst. Du bist wie ein Teenager. Sobald dich einer will, ist er uninteressant. Der Typ ist Arzt.«

»Na toll. Das hat er einem auch rasch verklickert.«

»Was soll das denn heißen?«

»Der eitelste Berufsstand, den es gibt. Die Definition einer Nanosekunde lautet folgendermaßen: die Zeit, die es dauert, bis einem ein Arzt erzählt, dass er Arzt ist.«

Jörgen seufzte.

»Jetzt bist du gemein. Ich habe mich nach seinem Beruf erkundigt. Er hat geantwortet, dass er im Südkrankenhaus arbeitet. Dann habe ich ihn gefragt, als was. Er hat geantwortet, er sei in der Notaufnahme. Ich habe gefragt, als Pfleger, und erst da hat er gesagt, als Arzt. Ich musste ihm das förmlich aus der Nase ziehen.«

»Ja, ja, okay.«

»Er ist schwer in Ordnung, Calle.«

»Möglich, aber ich bin nicht interessiert.«

»Warum nicht?«

»Ich bin es einfach nicht.«

»Okay, okay. Ich will nicht mit dir streiten.«

»Gut.«

»Ich sage nur ...«

»Nein, Jörgen.«

»Okay, okay.«

Ein paar Sekunden lang war es still.

»Ja, ja«, schloss Jörgen. »Ich wollte mich nur vergewissern, dass die Lage unter Kontrolle ist. Ich hatte jedenfalls gestern meinen Spaß.«

»Danke für die Drinks. Das muss ja ein Vermögen gekostet haben.«

»Kein Problem, ich kann mir das leisten. Pass auf dich auf, wir telefonieren bald wieder.«

»Machen wir. Ciao.«

Calle legte das Handy beiseite und ging ins Badezimmer. Er drehte das Wasser der Dusche auf und hielt seine Hand darunter, ehe er in die Kabine trat. Er schloss die Augen, als ihn der Wasserstrahl im Gesicht traf, und erinnerte sich an das Ende des Abends.

David und er hatten Jörgen in ein Taxi gesetzt. Als die Rücklichter in der Dunkelheit verschwunden waren, hatte ihn David so überraschend geküsst, dass er nicht schnell genug hatte protestieren können.

»Ich wohne um die Ecke«, hatte David gesagt.

»Danke, das ist nett, aber ich muss nach Hause. Ich möchte gerne in meinem eigenen Bett aufwachen.«

»Selber schuld.«

David hatte Calles Angst vor dem Leben beinahe höhnisch belächelt. Calle hasste diese amateurpsychologischen Analysen.

Verdammter Idiot.

26

Das Büro befand sich in einer besseren Gegend im Zentrum Kopenhagens, und es dauerte eine Weile, bis sie einen Parkplatz fanden. Gerdin hatte von unterwegs angerufen und ihren Besuch angekündigt. Ein Sekretär hatte ihre Namen notiert und erklärt, sie seien willkommen, Sara Vallgren sei im Büro und werde der schwedischen Polizei, soweit es in ihrer Macht stehe, natürlich gerne behilflich sein.

Ein Summer ertönte, und die Tür mit der Milchglasscheibe öffnete sich. Der Sekretär bat sie, Platz zu nehmen, und erkundigte sich, ob er ihnen etwas zu trinken bringen könne. Fünf Minuten später öffnete sich die Tür zum Büro, und Sara Vallgren trat lächelnd auf sie zu und stellte sich vor.

»Entschuldigen Sie bitte die Verzögerung. Aber ich hatte ein Telefonat, das sich in die Länge gezogen hat. Sollen wir in mein Büro gehen?«

Sie hielt die Tür auf, bedeutete ihnen einzutreten und bat dann den Sekretär, eventuelle Anrufe nicht mehr durchzustellen. Vermutlich sollte das sehr professionell wirken.

»Nehmen Sie bitte Platz«, sagte Sara, deutete auf die beiden Besucherstühle und setzte sich dann selbst an den Schreibtisch. »Also, lassen Sie hören. Inwiefern interessiert sich die schwedische Polizei für mich?«

»Ja, das ist Ihnen sicher ein Rätsel«, meinte Karlsson.

Sara lächelte.

»Allerdings.«

Ihr Erstaunen war gut gespielt, aber sie machte auch kein Geheimnis daraus, dass es sich um ein Spiel handelte.

»Wir ermitteln im Mord an Mona Björklund«, sagte Karlsson.

Sara tat, als müsse sie nachdenken, und schüttelte dann den Kopf.

»Ich glaube nicht, dass ich jemanden mit diesem Namen kenne.«

»Sie war die Lebensgefährtin von Conny Bladh.«

»Der Name kommt mir irgendwie bekannt vor.«

»Wir haben gehört, dass Conny für Sie gearbeitet hat. Zusammen mit Henk Utrecht.«

»Henk kenne ich. Conny bin ich, glaube ich, nie begegnet. Und Sie sagen, seine Lebensgefährtin ist tot? Sie wurde ermordet?«

»Wann haben Sie zuletzt mit Henk gesprochen?«

Sara beugte sich über den Schreibtisch.

»Sie müssen entschuldigen, aber jetzt komme ich nicht ganz mit. Ich bin gerade von einem kurzen Urlaub zurückgekommen. Was hat Henk damit zu tun? Wird er verdächtigt?«

»Henk Utrecht wurde tot auf einem Rastplatz bei Jönköping gefunden.«

»Wie bitte?«

»Das war nicht misszuverstehen.«

Sara sah von einem Beamten zum anderen.

»Tot? Wie das?«

»Erschossen. Ein Schuss in den Mund.«

Sara zuckte zurück und sah die Polizisten verstört an.

»Das ist ja furchtbar«, meinte sie schließlich. »Wann ist das passiert?«

»Laut vorläufigem Bericht letzten Sonntag.«

»Was Sie nicht sagen! Und Conny?«

»Was meinen Sie?«

»Ist er auch tot?«

»Es ist uns nicht gelungen, ihn ausfindig zu machen.«

Sara schluckte und beugte sich dann vertraulich vor.

»Glauben Sie, dass er der Täter war?«, flüsterte sie.

Gerdin nahm ein Blatt aus einer Mappe und reichte es ihr.

»Sagt Ihnen das was?«

Sara betrachtete die Zahlen auf dem Papier und schüttelte den Kopf.

»Ist das eine Telefonnummer?«

»Allerdings. Aber Sie kennen sie nicht?«

Sara schüttelte langsam den Kopf.

»Ich kann das natürlich nicht beschwören. Ich speichere die Nummern immer unter dem Namen und kann mir die Zahlen nie merken. Soll ich nachschauen?«

»Das wäre nett.«

Sara zog die Schreibtischschublade heraus und holte ein Handy hervor. Sie schaltete es ein und lächelte entschuldigend, während es anging.

»Mal sehen«, sagte sie dann und tippte die Ziffern in ihr Handy. Dann hielt sie ihnen das Handy triumphierend hin. »Da taucht kein Name auf. Also niemand, den ich kenne.«

Gerdin nickte amüsiert.

»Liegt Ihr Handy immer ausgeschaltet in der Schublade?«

Sara betrachtete ihn gelassen.

»Das kommt vor«, meinte sie. »Wieso?«

»Nichts«, meinte Gerdin. »Sie hatten von ein paar Tagen Urlaub gesprochen. Wo waren Sie?«

»In Schweden. Ihrer Heimat.«

»Allein?«

»Nein, in Begleitung eines Mannes.«

»Eines Mannes?«

»Mattias Svensson. Wir arbeiten zusammen.«

»Aha«, sagte Gerdin. »Es handelte sich also um eine Geschäftsreise?«

»Das würde ich nicht sagen. Mattias und ich sind zusammen.«

»Sie sind ein Paar?«

»Ich verstehe zwar nicht, was das die schwedischen Ordnungshüter angeht, aber durchaus, gelegentlich.«

»Und wo führte Ihr romantischer Kurzurlaub hin?«

»Wir waren mit dem Auto in Südschweden unterwegs. Unter anderem haben wir Mattias' Mutter in Höganäs besucht.«

»Sieh mal einer an«, meinte Gerdin.

»Ja, sieh mal einer an«, erwiderte Sara Vallgren.

»Waren Sie die ganze Zeit zusammen?«

»Mehr oder weniger. Wieso?«

Gerdin zuckte mit den Achseln.

»Nur so. Waren Sie in Bjuv?«

»Bjuv? Ich weiß nicht mal, wo das liegt. Aber beschwören könnte ich das nicht. Wir sind einfach durch die Gegend gefahren. In einem Hotel sind wir auch abgestiegen. Wieso?«

»Wir sind nur neugierig«, meinte Gerdin.

Sie sahen sich lange an. Karlsson brach das Schweigen.

»Haben wir erwähnt, dass Henk auf einem abgelegenen Rastplatz gefunden wurde?«

»Ja.«

»Es befand sich kein Fahrzeug in der Nähe. Er hatte auch kein Handy bei sich.«

»Das klingt merkwürdig«, sagte Sara. »Wirklich rätselhaft. Aber ich verstehe nicht, was das mit mir zu tun haben soll. Wenn Connys Partner und seine Freundin tot aufgefunden werden, dann sollten Sie sich doch eher mit Conny unterhalten.«

»Schon möglich«, meinte Gerdin.

Sie schwiegen erneut. Sara hob fragend die Hände und lächelte freundlich.

»War das alles?«

Karlsson und Gerdin erhoben sich.

»Im Augenblick schon«, sagte Gerdin. »Aber irgendetwas sagt mir, dass wir uns wiedersehen. Bis dahin überlassen wir Sie Ihrer Trauer.«

»Danke, zu freundlich.«

27

Die Chefredakteurin wollte, dass Anders Malmberg frisch von der Leber weg schrieb, und sein Vater lag ihm in den Ohren, sich mit niemandem zu überwerfen.

»So etwas kommt immer als Bumerang zurück«, sagte er.

Das stimmte zwar, aber das Problem war, dass sein Vater einfach nicht begreifen wollte, dass das der Preis des Entertainments war. Manchmal war es unvermeidlich und notwendig, einige wenige zu kränken, um viele zu unterhalten. Personen des öffentlichen Lebens riskierten es immer, durch den Kakao gezogen zu werden. Eine gesunde Gesellschaft zeichnete sich durch eine Führungselite aus, über die auch mal gelacht werden durfte.

Anders wusste, dass sein Vater es gut meinte, und er pflichtete ihm bei, dass er mit seinen Texten manchmal zu weit ging. Andererseits trafen seine Entgleisungen, wenn man sie denn so nennen wollte, ins Schwarze und trugen zu seinem guten Namen bei.

Warum sich klug und zurückhaltend äußern, wenn man in ein Megafon brüllen konnte? Es gab genug begabte Glossenschreiber, die, als sie bekannt geworden waren und ein größeres Forum erhalten hatten, ängstlich und dadurch langweilig geworden waren.

Nein, er würde weitermachen wie bisher. Gemein sein nicht um der Gemeinheit willen, aber auch nicht davor zurückschrecken, seine Meinung zu sagen und zu seinen Ansichten zu stehen. Ehrlich und aufrichtig. Und distanziert.

Gute Vorsätze konnten ihm im Übrigen gestohlen bleiben. Anders brauchte eine Idee, und zwar schleunigst, weil sonst seine Karriere als Glossenschreiber vorüber war, noch ehe sie begonnen hatte.

Er ging in den Zeitungsladen in der Götgatan, schlenderte langsam an den Regalen mit den englischen und schwedischen Zeitschriften entlang und überflog die Themen in der Hoffnung auf Inspiration. Es gab eine Unmenge Käseblätter über Luxusjachten, Beauty, Mode, Sprachen, Computer, Handys, Tätowierungen, Basteln und diverse andere abwegige Interessen. Er ertappte sich dabei, dass er rasch an der Pornografie vorbeieilte.

Eine junge Verkäuferin stellte einen Stapel Illustrierte in ein Regal.

»Kann ich Ihnen behilflich sein?«, fragte sie.

»Nein, danke. Ich sehe mich nur um«, sagte Anders und ging beschämt weiter.

Wie die meisten Kioskbesucher blätterte er gerne, ohne was zu kaufen. Sein Blick blieb an der Illustrierten hängen, die die Verkäuferin gerade ins Regal geschoben hatte. Rezepte für junges Gemüse und Grillideen. Ein kleines Foto am Rand zeigte eine ältere Frau, die übers Meer blickt. *Margit aus Höganäs verlor ihren Dreizehnjährigen. »Die Trauer wächst täglich.«*

Anders nahm eine Illustrierte aus dem Ständer und schlug die entsprechenden Seiten auf. Da war er. Das war Kent. Anders spürte, wie sein Puls beschleunigte. Er wurde in die Vergangenheit zurückkatapultiert und von einem großen Unbehagen erfasst. Er blinzelte ein paar Mal heftig und wandte sich dann an die Verkäuferin.

»Ich nehme diese Zeitschrift«, sagte er, als handele es sich um eine lebenswichtige Entscheidung.

»Einen Moment bitte«, erwiderte die Verkäuferin, füllte den Ständer auf, nahm Anders die Zeitschrift aus der Hand, begab sich zur Kasse und scannte den Strichcode ein. »Dreißig Kronen, bitte. Quittung?«

»Nein, nein. Oder doch, vielleicht.«

Anders nahm die Illustrierte, begab sich ins nahe gelegene Waynes Coffee, bestellte einen Caffè Latte und überflog die Reportage. Die hübsche Bedienung erkannte ihn wieder, das merkte er an ihrem Blick. Als sie sah, was er las, lächelte sie nachsichtig, und Anders fühlte sich alt. Das Mädchen hinter dem Tresen war höchstens zweiundzwanzig und fand ihn offensichtlich fossil, was durch seine Lektüre nur noch bestätigt wurde.

»Unfassbar«, sagte er und hielt die Illustrierte in die Höhe.

Die junge Schönheit verstand ihn nicht.

»Dieser Artikel handelt von einem meiner ehemaligen Mitschüler, einem ganz üblen Typen.«

Das Mädchen sah ihn verständnislos an, als sei er nicht nur uralt, sondern außerdem noch verrückt, und zwar auf eine ungute Art.

»Er ist früh gestorben«, fuhr Anders fort, »und jetzt bringen sie eine Herzschmerzstory. Ach, schwer zu erklären.«

Das Mädchen stellte ihm seinen Kaffee hin und nahm das Geld entgegen. Sie wirkte nicht im Geringsten beeindruckt, obwohl sie wusste, wer Anders war. Enttäuscht nahm er seine Tasse, ging zum Fenster und setzte sich. Er klappte sein Notebook auf und begann zu schreiben.

Über die Toten nur Böses

Dänen und Finnen lachen über uns Schweden, weil unsere Kühe nach ihrem Ableben eine Geschlechtsumwandlung durchlaufen und zu Rinderfilet werden. Aber nicht nur die Tiere in unserem Land machen eine Wandlung durch, wenn sie sterben, auch die Menschen verwandeln sich. Aber nicht in Bezug aufs Geschlecht, sondern auf den Charakter …

Er brauchte zehn Minuten, um den Text zu schreiben, und fünfzehn und einen fast kalten Kaffee, um ihn zu redigieren. Er las ihn ein zweites Mal auf dem Heimweg in der U-Bahn durch und ein drittes Mal, ehe er ihn abschickte. Es gab nichts zu beanstanden. Der Text war persönlich, überzeugend und packend. Einen Augenblick erwog er, seinem Vater die Glosse zu mailen, ließ es aber bleiben. Sein Vater würde sich vermutlich nur maßlos aufregen, und Anders war alt genug, eigene Entscheidungen zu treffen.

28

»Und was haben wir in der Hand?«, fragte Karlsson.

Gerdin seufzte schwer.

»Konkret? Nichts.«

»Alle Nachbarn werden verhört?«

»Ja.«

»Und die Spurensicherung?«

»Hat auch nicht viel ergeben. Irgendein Puder auf Monas Wange, vermutlich von Latexhandschuhen.«

»Mit Fingerabdrücken ist nicht zu rechnen?«

»Nein.«

»Überwachungskameras?«

»Das hier ist Bjuv, nicht das Zentrum von London. Aber Sara Vallgren und Mattias Svensson wurden auf der Öresundbrücke erfasst. Sowohl auf dem Weg nach Schweden als auch auf dem Nachhauseweg.«

»Stimmt der Zeitraum?«

»Nur zu gut.«

Karlsson nickte.

»Und Conny ist immer noch verschwunden?«

»Leider. Aber will man seinen Freunden Glauben schenken, gehört er nicht zu der gewalttätigen Sorte. Er ist ein notorisch untreuer, lächerlicher Nuttenficker, aber kein Mörder.«

»Du glaubst also, dass seine Leiche irgendwo herumliegt und nur darauf wartet, entdeckt zu werden?«, fragte Karlsson und rülpste.

Gerdin nickte.

»Henk hat seine Schwester vom Restaurant in Brahehus aus angerufen. Das wissen wir dank der Überwachungskameras und der Zeugenaussagen des Personals.«

»Können sich die Angestellten wirklich an einzelne Gäste erinnern? Da kehren doch täglich Tausende ein.«

»Durchaus, aber kaum einer bleibt fast fünf Stunden. Außerdem wirkte er nervös.«

»Aha.«

»Beim Vergleich von Monas und Henks Anrufliste sind wir auf die Nummer eines Prepaidhandys gestoßen, das aller Wahrscheinlichkeit nach Conny gehört. Anhand der Mobilfunkmasten lässt sich feststellen, dass Conny und Henk vergangenen Sonntag von Stockholm nach Brahehus gefahren sind. Ab Brahehus war das Handy ausgeschaltet. Das ergibt folgendes Szenario: Henk und Conny fahren vermutlich mit Geld im Gepäck von Stockholm aus nach Süden. Sie halten in

Brahehus, um etwas zu essen. Anschließend werden sie entweder überfallen, oder Conny verschwindet mit dem Geld. Egal was, Henk bekommt Angst und ruft erst seine Schwester an, die nicht drangeht, und dann eine dänische Nummer.«

»Sara?«

Gerdin zuckt mit den Achseln.

»Kurz darauf fahren Sara und Mattias nach Schweden.«

»Und?«

»Mutmaßung: Beide begeben sich nach Brahehus, um Henk abzuholen. Sie bringen ihn zu dem Rastplatz. Hier erhält er die Möglichkeit, seine Schuld zu begleichen, indem er sich das Leben nimmt.«

»Zu welchem Zweck?«, fragte Karlsson.

»Um ein Exempel zu statuieren?«, erwiderte Gerdin.

»Das ist das Dümmste, was ich je gehört habe.«

Gerdin hob die Hand, um fertig reden zu dürfen.

»Anschließend fahren Sara und Mattias nach Höganäs und besuchen Mattias' Mutter, um sich so ein Alibi zu verschaffen. Am nächsten Tag fahren sie nach Bjuv weiter …«

Karlsson hob die Hand.

»Eine Frage.«

»Ja.«

»Wenn sie Conny verdächtigt hätten, das Geld geklaut zu haben, dann wären sie doch wohl direkt nach Bjuv gefahren? Zwischen den beiden Todesfällen liegen mehr als vierundzwanzig Stunden.«

»Vielleicht wussten sie ja nicht, mit wem Conny zusammen war«, meinte Gerdin.

Karlsson seufzte.

»Ich finde, das klingt an den Haaren herbeigezogen. Mona wird tot in ihrer Wohnung gefunden. Ihr geliebter Lebensgefährte ist unauffindbar. End of story, wenn du mich fragst. Henk Utrechts Schicksal ist mir wirklich scheißegal, weil Jönköping dafür zuständig ist, nicht wir. Aber ich weiß deine lebhafte Fantasie zu schätzen. Sie ist wirklich ... wie soll ich sagen, blühend.«

29

Calle verließ seine Wohnung. Das Wetter war zu schön, um drinnen zu bleiben. Vor der Haustür hielt er inne. Er wusste nicht, welchen Weg er einschlagen sollte. Einst hatte ein derartiges Gefühl unendliche Möglichkeiten beinhaltet, jetzt war er einfach nur unentschlossen.

Er ging Richtung Bibliothek. Dorthin trugen ihn seine Beine meist im Winterhalbjahr. Um die Zeitungen zu lesen, in denen er gerne blätterte, für die er aber nur ungern bezahlte, oder um in einem der Lesesäle zu arbeiten. Manchmal fiel es ihm leichter, sich von Menschen umgeben zu konzentrieren als allein zu Hause in der Küche.

Die Sonne wärmte und erfüllte ihn mit einem unbeschreiblichen Wohlbefinden. Er strich die Bibliothek von seinem Plan und setzte seinen Weg Richtung Handelshochschule fort.

Calle hörte Jörgens Stimme: *Sobald dich einer will, wird er uninteressant.*

Das stimmte einfach nicht. Oder doch?

Er sah sich nach etwas um, womit er sich ablenken konnte. Die meisten Leute trugen Sonnenbrillen, und zwar teure. Die Leute gaben Tausende von Kronen dafür aus, sich hinter einer Sonnenbrille der richtigen Marke zu verstecken. Die trendängstlichen Stockholmer. Falsch. Vermutlich kamen die wenigsten aus Stockholm, wohnten nur in der Hauptstadt, waren aus Norrland oder Schonen zugezogen ...

Da war er schon wieder. Dieser verdammte Arzt wollte ihm einfach nicht aus dem Kopf gehen.

Calle folgte dem Sveavägen weiter bis zur Kungsgatan und bog dann links Richtung Stureplan ab. Er machte jetzt größere Schritte, denn ein vager Plan nahm in seinem Kopf Gestalt an. Ein richtig langer Spaziergang um ganz Djurgården herum, sofern er dazu genug Kraft hatte. Vielleicht würde er ja auf dem Rückweg ein Straßencafé finden und sich auf ein Getränk in die Sonne setzen.

Die Kinos in der Kungsgatan waren ebenso ausgestorben wie die Schulhöfe. Diese Jahreszeit hatte keine aufregenden Filmpremieren zu bieten. Er warf einen Blick auf die Plakate: ein Film mit Richard Gere ...

Langsam fühlte er sich verfolgt.

Er hielt inne und betrachtete sein Spiegelbild in einem Schaufenster. Jörgen hatte behauptet, sie würden einander ähneln. Inwiefern? Er sah doch viel besser aus als dieser wie immer er hieß. Ha! Er hatte bereits seinen Namen vergessen. Das ist ein sicheres Zeichen von Desinteresse!

David. So hieß er.

Ja, ja, auch egal.

Calle ging hinunter an den Strandvägen und blinzelte in die blendende Sonne über Södermalm. Der Kai war angefüllt mit Flaneuren, elegante Seniorenpaare, junge Liebespaare, Familien mit Kindern.

Kaum jemand war allein unterwegs. Nur vereinzelte Halbpromis aus irgendwelchen Vorabendserien, aber mit Schauspielern ließ es sich ja auch nicht zusammenleben, die waren ja noch schlimmer als Schriftsteller. Sie tranken zu viel und mussten ständig im Mittelpunkt stehen. Die einzige noch unsympathischere Berufsgruppe waren die Ärzte. So grenzenlos selbstgefällig und von der Ehrfurcht der anderen verwöhnt.

Das Klingeln seines Handys schreckte ihn aus seinen Gedanken auf. Calle schaute auf das Display. Die Nummer war ihm unbekannt, was nur eins bedeuten konnte: Der hartnäckige Kerl aus Schonen hatte den erstohlenen Kuss fälschlicherweise als Interesse gedeutet. Wenn er nicht von Anfang an deutlich war, dann würde er ihm ewig nachlaufen.

»Ja?«, sagte Calle so kurz angebunden wie nur möglich.

»Calle?« Eine Frauenstimme. »Hier ist Anna. Anna Stenberg vom *Familienjournal*.«

»Oh, hallo«, sagte Calle freundlich-beschwichtigend.

»Störe ich gerade?«

»Nein, nein, kein Problem. Ich dachte, es sei jemand anderes.«

»Verstehe. Tut mir leid, dass ich dich an einem Sonntag anrufe und störe ...«

»Kein Problem.«

»... aber ich habe die heutige Ausgabe der *Abendzeitung* vor mir liegen und, tja, ich glaube, da schreibt jemand was über dich.«

»Wer?«

»Anders Malmberg. Die Glosse auf der letzten Seite. Aber ich muss dich warnen. Es ist nicht nett.«

30

Åsa Malmberg hängte ihren Mantel auf einen Bügel, wechselte ein paar beiläufige Worte mit einem Kollegen und ging dann in ihr Büro. Sie legte ihre Handtasche auf den Schreibtisch, nahm Platz und weckte ihren Computer aus seinem digitalen Schlummer.

»Alles wird gut«, murmelte sie.

Dieses stille Flehen hatte sie einen großen Teil ihres erwachsenen Lebens begleitet, eine abgedroschene Phrase, von der sie sich aus Aberglauben nicht zu trennen wagte.

Sie leitete den Tag mit einem langen, einfühlsamen Brief ein. Eine Ablehnung zwar, aber auf eine sympathische und hoffentlich ermunternde Art, also fast wie eine Zusage. Die junge Frau, die das Manuskript eingesandt hatte, würde definitiv früher oder später etwas veröffentlichen. Aber was sie jetzt geliefert hatte, war noch nicht ganz fertig. Åsa hoffte, dass die labile Frau, die meisten schreibenden Menschen waren Nervenwracks, die Nachricht richtig verstehen würde.

Anschließend rief sie den Zeitungsmann an und überbrachte ihm eine ähnliche Botschaft. Der Zeitungsmann hatte sich während einer Einladung an Åsa rangemacht. Das war eher die Regel als die Ausnahme. Åsa konnte sich nirgends hinsetzen, ohne von Leuten belästigt zu werden, die sich berufen fühlten und rein zufällig das eine oder andere zu Hause in der Schublade liegen hatten.

Wie vermittelte man solchen Leuten am geschicktesten, dass sie sich zum Teufel scheren sollten, ohne sie zu sehr gegen sich aufzubringen?

Der Zeitungsmann schrieb natürlich normalerweise keine Bücher, auf keinen Fall, das war so ganz nebenher entstanden und unerklärlicherweise bislang weder angenommen noch herausgegeben worden.

»Jetzt habe ich es gelesen«, sagte Åsa fröhlich, nachdem sie ihren Namen genannt hatte. »Es hat mir in vielerlei Hinsicht durchaus gefallen.«

Sie zog Anrufe vor, weil sie verlogene Stellungnahmen ungern schwarz auf weiß lieferte. Dafür musste sie sich ihre Worte sehr genau überlegen und durfte nicht zu positiv rüberkommen. Wenn sie unvorsichtig war, schlug der Zeitungsmann womöglich vor, das Buch umzuschreiben, und Åsa hatte keine Lust, den Unsinn mehrere Male zu lesen.

»Das Problem ist eher, dass bei uns bereits ähnliche Bücher eingeplant sind. Ich meine, Bücher mit demselben Thema.«

Mit geschlossenen Augen hörte sie sich die Einwände und Vorschläge für Alternativlösungen an. Åsa tat der Zeitungsmann leid. Während der Lektüre seines pointenlosen Textes hatte sie einen Augenblick lang erwogen, ihm die Wahrheit zu sagen, dass seine Liebe zum Schreiben, trotz seines Berufs, unerwidert blieb und dass ihm ganz offenbar das Zeug zum Schriftsteller fehlte.

»Nein, nein«, sagte Åsa stattdessen, »es war überhaupt nicht schlecht, ganz und gar nicht.«

Gewissermaßen sagte sie damit die Wahrheit. Es war nicht schlecht, es war lausig.

»Sie haben das gewisse Etwas«, fuhr sie fort und spürte, dass ihre Nase immer länger wurde. »Wissen Sie was, an Ihrer Stelle würde ich es bei einem anderen Verlag versuchen.«

Das war regelrecht niederträchtig, würde es doch nur zu weiteren Monaten voller falscher Hoffnungen auf seiner Seite führen.

»Wir müssen dieses Mal leider dankend ablehnen.«

Verstehen Sie mich bitte nicht falsch, ich will ja nur nett sein.

»Aber vielen Dank, dass ich das Buch lesen durfte.«

Bitte belästigen Sie mich nicht wieder.

Sie beendete das Gespräch und legte auf. Åsa hatte Tausende undruckbare, viel zu private Geschichten abgelehnt, die fast ausnahmslos von jungen Männern geschrieben worden waren, deren unglückliche Jugendjahre offenbar nur mit einem schwermütigen Entwicklungsroman bewältigt werden konnten. Nicht das Schreiben interessierte diese Männer, sondern der Ruhm und der Schriftstellerstatus. Die meisten von ihnen erwartete bestenfalls eine Handvoll freundlicher Rezensionen, vielleicht auch Interviews, vielleicht auch ein paar Minuten im Fernsehen, alles über einen so großen Zeitraum verteilt, dass es keinem von ihnen vergönnt war, den Ruhm zu genießen, ehe er schon wieder verflogen war. Sobald sich das allgemeine Interesse verflüchtigte und das Rampenlicht andere beschien, stellten sich Verzweiflung und Bitterkeit ein. Je größer die anfängliche Aufmerksamkeit, desto härter der Rückschlag, wenn sie später ausblieb.

Åsas Handy klingelte. Sie zog es aus der Tasche. Bengt, las sie auf dem Display.

»Ja?«

»Hast du gesehen, was er geschrieben hat?«

Die Stimme klang erbost. Die Gemeinheiten ihres Sohnes dominierten mittlerweile ihre Gespräche.

»Nein, was ist jetzt wieder?«, fragte Åsa und wandte sich ihrem Monitor zu.

»Schau halt mal nach.«

Sie öffnete den Browser und klickte auf die Homepage der *Abendzeitung*. Neben dem Namen und Foto ihres Sohnes stand die Überschrift »Über die Toten nur

Böses«. Sie überflog die ersten Zeilen, und ihr Atem beschleunigte sich.

»Ich rufe gleich zurück«, sagte sie und beendete das Gespräch, ohne den Blick vom Text zu nehmen.

31

Es würde der Tag des Triumphes werden. Das neue Heft des *Familienjournals* hatte auf dem Fußboden der Diele gelegen, als Margit am Freitag von der Arbeit nach Hause gekommen war. Mit ihrem Foto auf dem Cover, noch dazu mit einem guten Foto. Margit war sich sicher, dass Katta die Illustrierte am Wochenende gesehen hatte, und sie war sich ebenso sicher, dass sie so tun würde, als sei nichts. Diesmal würde Margit sie aber nicht so leicht davonkommen lassen. Sie hatte zwei weitere Exemplare gekauft, und zwar in zwei verschiedenen Läden, um nicht aufzufallen. Eines davon wollte sie ihrer Arbeitskollegin schenken.

Margit hatte die Zeitschrift in ihrer Handtasche liegen und begrüßte Katta wie immer. Erst beim Kaffeetrinken, als sie den Kaffee eingegossen und den ersten Schluck getrunken hatten, erinnerte sie sich plötzlich.

»Ach ja, fast hätt ichs vergessen. Ich habe am Freitag die Zeitschrift bekommen.«

Katta sah sie an und tat ahnungslos.

»Mit dem Interview«, sagte Margit, zog das *Familienjournal* aus ihrer Handtasche und reichte es ihr. »Ich dachte, dass du es vielleicht lesen willst.«

»Danke.«

Katta lächelte verbissen.

»Ganz am Anfang«, sagte Margit und blätterte die entsprechende Seite auf.

Katta betrachtete die Doppelseite und nickte.

»Schön.«

»Die ist für dich«, sagte Margit großzügig. »Ich habe ein paar Hefte extra. Die erhält man als Beleg.«

»Danke. Ich lese den Artikel heute Abend.«

»Tu das.«

Katta schob die Illustrierte beiseite, trank einen Schluck Kaffee und schaute weg. Mehr konnte Margit nicht erwarten, das wusste sie. Katta würde den Artikel später eingehend lesen, jedes Wort und jede Formulierung, in der Hoffnung, etwas Negatives zu finden. Aber sie würde nichts finden und daher den Artikel auch nicht kommentieren.

Der Erfolg hätte nicht größer sein können, und daher war Margit auch sehr erstaunt, als sie am Nachmittag ins Pausenzimmer kam und Katta ihr freudestrahlend entgegenblickte.

»Hast du den Artikel gelesen?«, fragte Katta.

»Natürlich«, erwiderte Margit. »Ich habe ihn gelesen, bevor er gedruckt wurde.«

Um die Wahrheit zu sagen, hatte sie auch die gedruckte Version mehrmals gelesen, ohne dass ihr nur das Geringste aufgefallen wäre.

»Nicht den«, sagte Katta und wedelte mit der *Abendzeitung* vom Vortag. »Den hier.«

Margit verstand sie nicht.

»Kents Klassenkamerad Anders Malmberg, von dem du gesprochen hast. Er schreibt über dich.«

Margit begriff immer noch nicht, worum es ging, wurde aber zusehends nervös. Was Katta mit solcher Freude erfüllte, hatte in der Regel die entgegengesetzte Wirkung auf Margit.

»Da, lies.«

Widerstrebend nahm Margit die Zeitung. Die Überschrift war gelinde gesagt beunruhigend: »Über die Toten nur Böses.« Sie überflog die ersten Zeilen, und die Welt stürzte ein, fiel wie ein Kartenhaus in sich zusammen.

32

Der Anruf überraschte ihn nicht. Calle hatte gehofft, dass Margit Anders Malmbergs geschmacklosen Erguss nicht lesen würde, war sich aber auch der Vergeblichkeit dieses Wunsches bewusst gewesen. Schlechte Neuigkeiten sprachen sich immer schnell herum, diesem Gespräch würde er also nicht entgehen.

Er hob nach dem zweiten Klingeln ab.

»Haben Sie den Artikel gelesen?«

Margits Stimme klang eher hasserfüllt als traurig.

»Ja, das ist wirklich empörend«, erwiderte Calle mitfühlend. »Ich weiß nicht, was ich sagen soll, nur dass es auf ihn selbst zurückfällt.«

»Sie haben gesagt, er hätte Grüße ausrichten lassen. Ich wusste ehrlich gesagt nicht mal, wer das war.«

»Ich bin seinen Eltern begegnet.«

»Und die haben Grüße ausrichten lassen?«

»Nicht direkt. Aber als mir aufging, dass Kent und Anders in dieselbe Klasse gegangen waren, dachte ich, dass ...«

»Sie dachten, was? Darf man überhaupt so etwas schreiben? Woher wussten Sie überhaupt, dass sie dieselbe Klasse besucht haben?«

»Das hat mir seine Lehrerin erzählt.«

»Welche Lehrerin?«

»Selma Sellin.«

»Der Name sagt mir nichts.«

»Sie war die Klassenlehrerin. Ich habe sie angerufen, um etwas mehr über Kent zu erfahren.«

»Sie haben eine Lehrerin angerufen? Ohne mich zu fragen? Warum das? Sie haben doch mit mir und mit Mattias gesprochen.«

»Ich mache das gern, wegen der unterschiedlichen Blickwinkel. Die Lehrerin hat Anders erwähnt, und ich hatte wie gesagt seine Eltern in der Woche zuvor durch einen gemeinsamen Bekannten kennengelernt. Was er da geschrieben hat ...«

»Das kann nicht erlaubt sein. Es kann nicht erlaubt sein, so über einen Toten, der sich nicht verteidigen kann, herzuziehen, noch dazu ein Kind. Verstehen Sie, was Sie getan haben? Begreifen Sie überhaupt, wie sehr Sie mich verletzt haben?«

»Hören Sie, Margit, damit habe ich nichts zu tun. Ich weiß kaum, wer dieser Anders Malmberg ist. Ich bin ihm nie begegnet.«

»Sie haben mir Grüße von ihm ausgerichtet«, wiederholte Margit.

»Wie hätte ich wissen sollen, dass Kent und Anders verfeindet waren?«

»Und was hat die Lehrerin gesagt?«

»Nichts Konkretes.«

»Und wie kamen Sie dann auf Anders zu sprechen?«

»Ich weiß nicht. Sie hat ihn erwähnt. Weil er Journalist ist, glaube ich. Wie ich.«

»Jetzt lügen Sie. Ich höre, dass Sie lügen. Sie haben mir Grüße ausgerichtet.«

»Das war nur so dahingesagt.«

»Was soll das heißen?«

»Bitte, Margit. Er greift mich an. Er schreibt, mein Text sei ein verlogenes, heuchlerisches Machwerk.«

»Ich will wissen, was Sie zu tun gedenken.«

»Tun?«, fragte Calle. »Leider lässt sich da nicht viel machen.«

»Sie wollen die Sache also auf sich beruhen lassen und sich feige damit abfinden?«

»Margit, bitte. Er nennt Kent nicht namentlich. Wir können nicht viel tun.«

»Sie vielleicht nicht.«

»Margit ... Hallo?«

Sie hatte aufgelegt.

33

Sara Vallgren hatte bereits siebzehn Tote gezählt, und es war mindestens noch eine Stunde übrig. Gewalt auf der Leinwand war uninteressant. Was eine Frau nicht alles in Kauf nehmen musste, um für gutes Wetter zu sorgen.

Matte war jetzt seit vier Jahren an ihrer Seite, aber sie konnte sich keine Zukunft mit ihm vorstellen. Seine moralischen Bedenken waren ihr neu und passten schlecht zu seiner Aufgabe.

Sara betrachtete ihn von der Seite. Seine Hand, die in den Popcornkübel griff. Immer wieder. Die aufgerissenen Augen, der mahlende Unterkiefer. Kein erstrebenswertes DNA-Material.

Er zuckte zusammen und zog sein vibrierendes Handy aus der Hosentasche, schaute auf das Display, nahm den Anruf nicht an und wandte sich wieder dem Popcorn zu.

Neuer Anruf, dieselbe Prozedur.

Beim dritten Mal nahm er den Anruf flüsternd an.

»Ich bin im Kino.«

Der Besucher hinter ihr seufzte vernehmlich.

»Mama, ich rufe zurück«, sagte Matte.

Der Kinobesucher hinter ihm murmelte etwas über *dumme Schweden*. Die Dramatik im Saal begann die auf der Leinwand allmählich in den Schatten zu stellen.

»Nein, habe ich nicht gesehen. Weinst du, Mama?«

Der Hintermann trat gegen Mattes Rückenlehne.

»Verdammt, kannst du nicht einfach die Klappe halten?«

Der andere Zuschauer war mager und hitzig. Neben ihm saß eine gut aussehende Frau, was auf Selbstvertrauen schließen ließ. Da die Umrisse von Mattes Rücken auch im Kinodunkel zu erkennen waren, vermutete Sara, dass der andere nichts gegen Schlägereien einzuwenden hatte und sich bewusst war, dass man in den meisten Fällen mit Aggression schon recht weit kam.

Matte drehte sich um.

»Nicht noch einmal«, sagte er.

Der andere wurde unsicher, aber es war zu spät, um einen Rückzieher zu machen. Er begann mit einem langen Erguss über dumme Schweden, die sich nur mit sanitären Katastrophen vergleichen ließen. Um seinen Worten Nachdruck zu verleihen, versetzte er Mattes Kopf einen Stoß.

»Mama, kannst du einen Augenblick warten?«

Matte reichte Sara das Handy und das Popcorn. Sie nahm beides entgegen und stellte fest, dass kaum noch jemand dem Geschehen auf der Leinwand folgte.

Der andere Zuschauer stellte sich hin. Er hoffte vergeblich, dass sein kampflustiges Auftreten Matte einschüchtern würde. Also musste er notgedrungen als Erster zuschlagen. Matte wich geschmeidig aus, packte den ausgestreckten Arm des Mannes und zog ihn über die Stuhllehne in seine eigene Reihe. Er packte den Mann an den Haaren und knallte seinen Kopf zweimal auf die Armlehne, dann hob er ihn über den Kopf und warf ihn über zwei Bankreihen.

Matte setzte sich. Sara reichte ihm sein Handy.

»Jetzt noch mal von Anfang an, Mama. Und bitte langsamer, damit ich dich verstehe.«

Die Freundin des abservierten Kinobesuchers packte ihre Sachen zusammen und verließ den Saal. Sara nahm sich eine Handvoll Popcorn aus dem Kübel.

34

Fast alle Beschlüsse in Conny Bladhs kurzem Leben waren unüberlegt, überstürzt und dumm gewesen. Falsch, um es unumwunden zu sagen. Es gab keinen Grund, sich was anderes einreden zu wollen, jetzt, wo ohnehin bald alles vorbei war. Wenn er auf sein Leben zurückblickte, sah er nur unablässiges Versagen. Er hatte nichts zustande gebracht. Ein paar Lacher hier und da, einzelne Situationen und Augenblicke. Die meisten waren schon eine Sekunde später vergessen gewesen.

Er ließ nichts zurück, nicht einmal eine trauernde Lebensgefährtin. Mona hatte alles für ihn getan, sie war trotz seiner Exzesse immer für ihn da gewesen. Ein letzter Nothafen. Seine einzige Sicherheit. Wozu auch immer das gut war.

Er war nicht abgehauen, um sie zu schonen. Es war nicht der hehre Gedanke gewesen, ihr sein langsames Dahinsiechen zu ersparen, der ihn dazu veranlasst hatte, das Geld zu nehmen und das Land zu verlassen. Er wollte einfach nur saufen und ficken, sich so tief in den

Sumpf begeben, wie es nur menschenmöglich war, bis ihn die Schmerzen übermannten. Dann würde er in ein Hotel gehen, das Bitte-nicht-stören-Schild außen an die Klinke hängen und seinem Leben auf eine passende Art ein Ende machen. Vielleicht sollte er sich vorher seines Ausweises entledigen, um der Polizei und den Behörden noch ein letztes Mal ein Rätsel aufzugeben. Das war kein schlechter Gedanke. Schließlich war das seine Aufgabe im Leben gewesen. Keine dankbare Rolle, aber wichtig für das Gleichgewicht in der Gesellschaft. Ohne ihn konnte sich der Durchschnittsschwede nicht in die Brust werfen und für etwas Besseres halten. Ohne ihn wäre die Welt schwerer zu verstehen.

Er wollte mit einem Knall sterben. Connys Vater war langsam dahingeschwunden. Der starke und gefürchtete Mann hatte sich im Laufe zweier Jahre in eine kümmerliche, lächerliche Figur verwandelt. Das war kein wünschenswerter Verlauf. Krank war man insgeheim.

Der erste Stopp war die Reeperbahn. Conny war als Teenager einmal dort gewesen, und das Wiedersehen enttäuschte ihn. Sie hatte sich in eine Touristenattraktion verwandelt. Conny fragte sich ernsthaft, ob die Nutten von der Stadt bezahlte Schauspielerinnen waren. Er nahm ein Taxi in ein abgelegenes Bordell. Die Frau wusch sich mit einem nassen Handtuch zwischen den Beinen und rieb sich dann mit Gleitcreme ein. Als er in sie eindrang, begann sie wenig glaubwürdig zu stöhnen. Trotzdem funktionierte es. Conny bewegte sich immer aggressiver, bis er kam, und war in diesem Augenblick von seiner eigenen Unsterblichkeit überzeugt. In der nächsten Sekunde übermannte ihn eine große Leere.

Als sie sich verabschiedeten, befielen Conny Zweifel, ob seine geplante Abschiedstournee eine sonderlich gute Idee gewesen war. Aber er hatte keine wirkliche Alternative, nachdem er der Dänin einen Sack mit Geld geklaut hatte. Er überlegte, was Henk wohl dachte. Wenn er die Nachricht von seinem Tod erhielt, würde er ihn verstehen. Dann würde alles in einem anderen Licht erscheinen.

Conny nahm sich in einem Hotel in der Nähe ein Zimmer, aber seine Magenschmerzen zwangen ihn, die halbe Nacht auf der Toilette zuzubringen. Die Tabletten, die ihm der Arzt verschrieben hatte, halfen vorübergehend, machten ihn aber müde.

Am nächsten Morgen fühlte er sich besser. Er kam ohne größere Schwierigkeiten nach Köln. Hier trank er eine Unmenge Bier aus kleinen Gläsern und lernte die nächste Frau kennen, die ihn sogar anlächelte und im Bett liegen blieb, während er verschnaufte. Conny hätte sie fast gefragt, ob sie ihn nicht nach Spanien begleiten wolle. Sie könnten Sangria in der Sonne trinken und sich einen Nachmittagsfick in einem kühlen Hotelzimmer gönnen, ehe sie irgendwo Tapas essen gingen. Aber dann erhob sie sich aus dem Bett, und Conny sah, dass ihrem Körper jede Spannkraft fehlte. An jeder Straßenecke konnte er eine bessere auflesen. Warum überhaupt sich nur mit einer begnügen, wo die Zeit ohnehin begrenzt war? Eine Frau machte einem nur Scherereien. Monas ewiges Gerede von Thailand. Warum hätte er sie dorthin mitnehmen sollen, bei der unendlichen Auswahl, die es dort gab?

Hätte er es sich aussuchen können, wäre er nach Amsterdam weitergefahren, aber er befürchtete, dass die Dänin dort Leute kannte. In Brüssel sah es schon anders aus. Graue, übergewichtige Anzugtypen mit fragwürdigen Neigungen. Er fuhr in die Stadt und durch sie hindurch. Was er vom Machtzentrum der EU zu Gesicht bekam, war hässlich und ohne Leben. Die Leute, die gezwungen waren, ihr Leben in dieser Welt zu verbringen, konnten einem leidtun. Kein Monatslohn der Welt war diesen hohen Preis wert.

Vollkommen erschöpft nahm er sich ein Zimmer außerhalb der Stadt. Die einzige Frau in der Bar betrank sich dort offenbar regelmäßig mit Wein. Sie begleitete Conny auf sein Zimmer, aber als er seine Brieftasche zückte, begann sie zu zetern und mit den Armen zu fuchteln. Wie hätte er denn wissen sollen, dass sie kein Profi war. Da wollte er nur korrekt sein und musste sich dafür auch noch beschimpfen lassen.

Der nächste Tag war der beste. Sein Magen fühlte sich wohl, und das Bewusstsein, eine Frau gratis gefickt zu haben, befriedigte ihn. Eine Trinkerin zwar, die ihre besten Tage hinter sich hatte, aber trotzdem. Conny Bladh wusste immer noch, wo der Hammer hing.

Er stellte fest, dass er das Geld, obwohl die Belgierin keines angenommen hatte, in rasendem Tempo durchbrachte. Hotels waren nicht umsonst, und wenn er mitteilte, keinen Pass bei sich zu haben, verlangten sie eine ordentliche Kaution.

Er frühstückte auf dem Zimmer und machte dann einen Spaziergang die Landstraße entlang. Lastwagen und Personenwagen rasten an ihm vorbei. Dieser Ort mochte durchaus als der hässlichste Ort Europas gelten, aber es ging ihm so fürchterlich gut, dass er einen Augenblick lang erwog, eine weitere Nacht zu bleiben. Schließlich entschied er sich aber dagegen.

Er fuhr nach Paris und musste sich ungemein konzentrieren, um keinen Unfall zu verursachen. Die Franzosen fuhren wie die Irren, und Regeln schien es im Straßenverkehr nicht zu geben. Er parkte ein Stück vom Eiffelturm entfernt, nahm den Rucksack mit dem Geld und begab sich zu der Sehenswürdigkeit. Er hatte keine Lust, sich beim Lift anzustellen. Es genügte ihm, dort gewesen zu sein und den Turm aus der Nähe gesehen zu haben.

Es war dunkel, als er die Stadt verließ und Richtung Süden fuhr. Er nahm sich ein Zimmer in einem Motel am Stadtrand. Ihm fehlte die Kraft, sich auf lange Verhandlungen wegen des fehlenden Passes einzulassen. Er hielt es für unwahrscheinlich, dass er von der Polizei gesucht wurde. Und wenn schon. Es war besser, wenn die Polizei ihn fand als Sara. Das war im Übrigen sein Plan B. Sich der Polizei zu stellen. Er musste schließlich niemanden verpfeifen, konnte genügend eigene Sünden gestehen und den Schutz der Polizei anfordern. Aber sobald er in den Knast käme, war sein Leben in Gefahr. Sara Vallgren kannte alle.

Conny schlief gut, wurde von einem Albtraum wach, schlief aber wieder ein. Am nächsten Morgen aß er ein schlechtes Frühstück in einem langweiligen Speisesaal. Er trank eine zweite Tasse Kaffee und sehnte sich plötzlich nach Gesellschaft, nach irgendeiner Form von Interaktion. Er leerte seine Kaffeetasse und begab sich in die Rezeption.

»Computer, Internet?«, fragte er.

Der Mann hinter dem Tresen deutete auf einen Computer in der Ecke der Lobby.

»Thank you.«

Conny schenkte dem Portier ein Lächeln und setzte sich an den Computer. Er googelte denkbare Reiseziele und surfte dann durch die schwedische Klatschpresse. Etliche Artikel handelten von Fernsehsendungen, die so ähnlich waren, dass man sie kaum auseinanderhalten konnte. Er klickte sich durch eine Fotogalerie halb nackter Promis im Urlaub und überflog neue

Forschungserkenntnisse über Krebsursachen. Zu spät, dachte Conny, als sein Blick an einer kleinen Notiz hängen blieb: »Frau erdrosselt in ihrer Wohnung aufgefunden«. Er wusste nicht recht, warum er die Schlagzeile anklickte, eigentlich interessierte ihn so etwas überhaupt nicht.

Das Foto zeigte das Mietshaus, in dem Mona wohnte. Er erkannte es sofort. Sogar das im Weg stehende schwarze Fahrrad vor der Haustüre war auf dem Bild zu sehen.

Eine 32-jährige Frau wurde gestern in ihrer Wohnung in Bjuv bei Helsingborg erdrosselt aufgefunden …

Conny stockte der Atem. Er überflog die Zeilen.

Die Frau ist polizeilich unbescholten, nicht jedoch ihr verschwundener Lebensgefährte, mit dem sich die Polizei vergeblich in Verbindung zu setzen versucht.

Er füllte die Lunge mit Luft, als wäre er eine längere Strecke getaucht, und las weiter.

Kriminalkommissar Karlsson von der Helsingborger Polizei fand die Tote in Bjuv. Er beschreibt das Verbrechen als »grauenvoll«.

»Ich glaube nicht, dass ich jemals was Schlimmeres gesehen habe«, sagt der erfahrene Mordermittler.

Conny erhob sich. Er konnte nur mit Mühe das Gleichgewicht halten und musste sich an der Wand des Korridors abstützen, um zurück in sein Zimmer zu gelangen.

Er hielt sein Gesicht unter kaltes Wasser und betrachtete sich geistesabwesend im Spiegel. Er hatte einen pochenden Kopfschmerz, und es fiel ihm schwer, einen klaren Gedanken zu fassen.

Ihm konnte in dieser Sache nichts vorgeworfen werden, nicht dafür. Das Schwein. Warum zum Teufel Mona? Das war nicht gerecht, vollkommen unakzeptabel.

Conny packte seine Sachen zusammen und suchte die Rezeption auf.

»Can I use your phone? Telephone? Ring ring. I pay.«

Conny wedelte mit einem Fünfzig-Euro-Schein vor der Nase des Franzosen. Dieser nahm ihm den Geldschein ab und stellte ein Telefon auf den Tresen.

35

»Karlsson.«

»Ich habe da einen Conny Bladh am Apparat. Er will wissen, wer für die Ermittlung des Mordes an Mona Björklund in Bjuv zuständig ist. Soll ich ihn durchstellen?«

»Ja, verdammt!«

»Einen Augenblick, mal sehen. Bitte!«

»Hallo? Conny?«

»Nein, das war offenbar der falsche Knopf. Ich versuche es noch einmal. Jetzt aber.«

Es klickte.

»Hallo? Conny Bladh?«

»Ich hätte gerne die Person gesprochen, die die Ermittlung zum Mord an Mona Björklund leitet.«

»Am Apparat. Aber ich höre Sie schlecht. Wo sind Sie?«

»Der Mann, nach dem Sie suchen, ist Henk Utrecht.«

»Henk Utrecht ist tot.«

»Bitte?«

»Henk Utrecht ist tot«, wiederholte Karlsson. »Er wurde auf einem Rastplatz bei Jönköping gefunden, und zwar mindestens vierundzwanzig Stunden, ehe Mona Björklund in ihrer Wohnung in Bjuv ermordet wurde.«

Conny Bladh verschlug es die Sprache.

»Sie verstehen jetzt vielleicht, warum wir unbedingt mit Ihnen sprechen wollen.«

»Henk ist tot?«

»Leider. Wo sind Sie?«

»Wie?«

»Es deutet fast alles auf einen Selbstmord hin, bis auf wenige Umstände, die für einen anderen Hergang sprechen.«

»Die Schweine, die haben sie doch nicht mehr alle. Dreihunderttausend, das ist doch nichts.«

»Wir brauchen Sie hier vor Ort.«

»Reden Sie mit Bäckelin im Krankenhaus in Helsingborg.«

»Mit wem?«

»Mit Bäckelin, er ist Arzt.«

Conny Bladh legte auf. Karlsson drückte die Taste vom Empfang.

»Ich brauche die Nummer des letzten Anrufers. Und nächstes Mal stellst du ihn sofort durch. Verstanden?«

»Ja, ja, ja, du musst ja nicht gleich so unfreundlich werden. Ich tu, was ich kann.«

»Tus einfach.«

Karlsson knallte den Hörer auf die Gabel und ging auf den Korridor.

»Gerdin«, schrie er.

Sein Kollege schaute aus seinem Büro.

»Conny Bladh hat angerufen, aber die Verbindung wurde unterbrochen. Ich glaube, er ist im Ausland.«

Karlssons Telefon klingelte, er hastete zurück in sein Büro und riss den Hörer hoch.

»Ja?«

»Du brauchst nicht zu schreien.«

Die Dame aus der Zentrale klang gekränkt.

»Was willst du?«

»Du hast dich nach der Nummer erkundigt.«

»Ja.«

»Willst du sie jetzt oder nicht?«

»Sag sie einfach«, sagte Karlsson und griff zu Papier und Kugelschreiber.

Die Empfangsdame leierte die Zahlen herunter.

»Danke«, sagte Karlsson, um das Gespräch so schnell wie möglich zu beenden.

»Willst du nicht wissen, wo das ist?«

»Das weißt du?«, fragte Karlsson.

»Die Ländervorwahl ist Frankreich, die Ortsvorwahl Paris.«

»Und woher weißt du das?«

»Ich habe als Au-pair-Mädchen dort gearbeitet.«

»Er hat aus Frankreich angerufen?«, fragte Karlsson.

»Soll ich eine Verbindung für dich herstellen?«

»Natürlich.«

»Jetzt?«

»Ja!«

»In Ordnung. Einen Moment. Mal sehen. So. Nee. Dann halt anders. Warte, jetzt.«

Das Freizeichen ertönte, jemand sagte etwas auf Französisch.

»Eh, yes, my name is Inspector, Chief Inspector Karlsson from the Swedish police and I would like to talk to Conny Bladh. Swedish guy.«

Er erhielt eine lange Antwort auf Französisch.

»Speak English?«, sagte Karlsson versuchsweise.

»No«, sagte die Stimme. Dann wurde aufgelegt.

Karlsson verharrte mit ans Ohr gedrücktem Hörer.

»Hello? Can you hear me?«

Er wandte sich an Gerdin, der ihm gefolgt war.

»Er hat aufgelegt. Conny muss sich das Telefon von jemand anderem geliehen haben. Was hat er nur in Paris verloren? Er meinte, wir sollen uns mit jemandem im Krankenhaus unterhalten, Backlund oder so ähnlich.«

36

Sie steckte dahinter. Selbst wenn sie es nicht selbst getan hatte, steckte sie dahinter. Nichts geschah ohne die Zustimmung Sara Vallgrens, das wusste jeder. Es spielte keine Rolle, wer die Tat ausführte, es war immer ihr Beschluss.

Conny begann bereits, Mona in einem verklärten Licht zu sehen. Das Lächeln zu Beginn ihrer Beziehung, wie sie ihm das Gefühl gegeben hatte, auserwählt, was Besonderes zu sein. Die erste Zeit hatten sie praktisch im Bett gewohnt, die Samstagabende in der Pizzeria verbracht. Ihre Geschichten über die Reichen, für die sie putzte, die aufgesetzte Freundlichkeit, die verständnisvoll zur Seite geneigten Köpfe, waren komisch: *Sie wohnen in Bjuv? Ich weiß gar nicht, ob ich da schon mal war. Aber Schonen ist schön, da gibt es was für jeden.*

Wenn sie so ihre Arbeitgeber nachahmte, liebte er sie beinahe. Oder etwas in der Art. Er hätte mit ihr nach Thailand fahren sollen. Ihr stand Sonnenbräune. Sie hätten wieder zueinanderfinden können.

Sich der Polizei zu stellen war keine Alternative. Klar, er konnte die Karten auf den Tisch legen, und vielleicht würden sie ihm sogar glauben, aber was spielte das für eine Rolle? Sie konnten ihn mit einem Mikrofon ausrüsten, ihn in die Höhle der Löwin schicken und hoffen, dass sie was Brauchbares mitschneiden konnten. Dazu würde es aber nicht kommen. Weil er viel zu feige und Sara Vallgren zu gerissen war.

Conny erinnerte sich an einen entscheidenden Augenblick in seinem Leben. Er hatte die fünfte Klasse besucht, kaum Freunde gehabt und in der Hierarchie recht weit unten rangiert. Mit ein paar anderen Jungs war er auf das geteerte Schuldach geklettert, hatte sich ihnen wie üblich unauffällig angeschlossen. Manchmal sagten sie zu ihm, er solle verschwinden, meist kümmerten sie sich jedoch nicht weiter um ihn. Solange er keine Ansprüche stellte, akzeptierten sie seine Anwesenheit.

Die Frühlingssonne hatte die schwarze Teerpappe erwärmt. Conny genoss die Gesellschaft der taffen Jungs. Einer schaute über die Dachkante und sagte etwas über die Höhe. Sie ermunterten sich gegenseitig, zu springen, aber niemand wagte es. Wortlos stand Conny auf und trat über die Kante ins Nichts. Er brach sich das Bein, aber er war gesprungen. Als seine Mutter im Krankenhaus auftauchte, bezog er eine Tracht Prügel, weil er so bescheuert gewesen war. Ein paar Tage später kam seine Klasse zu Besuch. Das war nach wie vor eine seiner schönsten Erinnerungen. Der Junge, der in der Klasse das Sagen hatte, hatte ihm respektvoll gegen die Schulter geboxt, ehe er ging. Anschließend gab es keine Diskussion mehr: Conny gehörte dazu und duckte sich nicht mehr. Er hatte seine Angst überwunden, und das war die Schmerzen wert gewesen.

Jetzt stand er vor einer neuen Aufgabe.

37

»Yes, yes. I understand. Thank you.«

Karlsson legte auf. Gerdin sah ihn fragend an.

»Verdammte Froschfresser. Er hat bereits ausgecheckt und ist uns durch die Lappen gegangen.«

»Was machen wir jetzt?«

»Keine Ahnung.«

»Wie ist er da hingekommen? Ich meine, zu dem Hotel?«

Karlsson zuckte mit den Achseln.

»Könnte er mit dem Auto unterwegs sein?«, fuhr Gerdin fort. »Das Hotel liegt nicht gerade im Zentrum von Paris. Wenn er Auto gefahren ist, hat ihn vielleicht eine Überwachungskamera erfasst.«

»Erklär das mal den Franzosen. Die verstehen kein Wort Englisch.«

»Sollen wir hinfahren?«

Gerdin schob den Kopf auf eine, wie er hoffte, demütige Art vor. Er hatte schon immer mal nach Paris fahren wollen.

»Tja«, meinte Karlsson. »Das ist dann vielleicht doch nicht nötig.«

»Wenn wir ihn nicht zu fassen kriegen, haben wir kaum was in der Hand.«

»Wahr.«

»Wer spricht Französisch?«

»Helga am Empfang soll anrufen und fragen, ob das Hotel mit Überwachungskameras ausgerüstet ist. Mit etwas Glück kommen wir so zu einem Kennzeichen. Jetzt müssen wir erst einmal diesen Arzt auftreiben, von dem Conny gesprochen hat. Wie hieß er noch gleich? Irgendwas mit B.«

»Ich glaube, du hast Bäckström gesagt.«

Karlsson schaute auf die Uhr.

»Wenn wir sofort aufbrechen, können wir anschließend noch in der Stadt Mittag essen. Der Italiener in der Drottninggatan soll gut sein.«

»Welcher?«

»Ecke Tâgagatan.«

»Ist der nicht etwas vornehm?«

»Das Essen soll gut sein.«

»Okay, wenn du meinst.«

38

»Mama?«

Åsa Malmberg saß vor Anders' Wohnung auf der Treppe. Als ihr Sohn aus dem Fahrstuhl trat, erhob sie sich.

»Hallo, mein Junge.«

Sie umarmten sich. Anders sah sie an.

»Was machst du hier?«

»Ich warte auf dich. Ich muss mit dir reden.«

»Okay«, sagte Anders und legte den Kopf in den Nacken. »Das klingt ernst.«

»Keine Sorge.«

Seine Mutter lächelte wenig überzeugend. Anders zog das Schlüsselbund aus der Hosentasche und schloss auf. Er zog die Schuhe aus und hängte seine Jacke auf.

»Ich weiß nicht, ob ich dir was anbieten kann«, sagte er und ging in die Küche.

»Kein Problem.«

»Kaffee?«

»Gerne«, sagte Åsa, »wenn du auch einen trinkst.«

Anders spülte die Kanne aus, füllte Wasser ein, nahm einen Papierfilter aus dem Schrank und füllte ihn mit Kaffee. Åsa sah sich in der Wohnung um.

»Schön ist es hier«, sagte sie. »Und so aufgeräumt.«

»Danke.«

»Du warst schon immer ordentlich. Selbst als du klein warst, mussten wir dich nie ermahnen.«

Anders schaltete die Kaffeemaschine ein, die sofort zu gurgeln begann.

»Wo ist Papa?«

»Zu Hause.«

»Ist was passiert?«

»Anders, du weißt, dass Papa und ich stolz auf dich sind.«

»Aha, jetzt kommt's! Geht es um einen meiner Texte? Ich muss meine Meinung sagen dürfen. Das ist mein Stil, ich kann nicht anders.«

»Natürlich sollst du dich ausdrücken, wie es dir gefällt. Da bin ich ganz deiner Meinung, das weißt du. Und Papa auch, jedenfalls grundsätzlich. Er nörgelt nicht um des Nörgelns willen. Aber dieses Mal liegen die Dinge anders, und das hat nichts mit dir zu tun.«

Anders wandte sich ab und atmete angestrengt. Åsa nahm auf einem der Küchenstühle Platz und sah ihn an.

»Inhaltlich kann ich dir nur beipflichten«, sagte sie. »Kent Svensson besaß keine guten Eigenschaften. Ehrlich gesagt war er wohl das unangenehmste Kind, dem ich je begegnet bin. Ich weiß nicht, inwieweit du dich daran erinnerst, aber für Papa und mich ist alles immer noch sehr präsent. Dir vom Fenster aus nachzusehen, wenn du in die Schule gingst, und nicht zu wissen, was dich dort erwartete, was du wieder würdest ertragen müssen. Du wirst das besser verstehen, wenn du selber einmal Kinder hast.«

Anders sah sie an.

»Hat Papa dich geschickt?«

Åsa sah ihn mit glänzenden Augen an.

»Wir wollen nur dein Bestes.«

39

Oberarzt Bäckelin saß auf der Stuhlkante, den Unterarm auf einen kleinen Schreibtisch gestützt, in einem fensterlosen Büro. Das Regal war randvoll mit medizinischen Nachschlagewerken, Berichten und Papierstapeln. Es gab einen Computer und ein altmodisches Tonbandgerät. Bäckelin betrachtete die beiden Beamten in Zivil, die soeben ihr Anliegen vorgebracht hatten.

»Nein, in dem Fall gibt es eigentlich keinen Grund, weshalb ich mich auf die Schweigepflicht berufen sollte«, sagte er und fuhr mit dem Zeigefinger über den Schreibtisch. »Conny Bladh wurde vor gut zwei Monaten an mich überwiesen. Er fühlte sich abgespannt und hatte Kopfschmerzen. Seine Blutwerte waren katastrophal, und die Untersuchung ergab einen Tumor in der Bauchspeicheldrüse, der bereits in die Aorta, die Leber und die Nieren metastasiert war. Es war nichts mehr zu machen.«

»Er bekam also ein Datum?«

»Gewissermaßen.«

»Und wie viel Zeit bleibt ihm noch?«

»Interessant, damit liegen mir immer alle in den Ohren. Ich habe Conny erklärt, dass man das nie mit Sicherheit wissen kann, weil es Ausnahmen gibt. Grob geschätzt habe ich ihm maximal ein halbes Jahr gegeben. Und das war wie gesagt vor zwei Monaten.«

»Und es gibt keine Therapie?«, fragte Karlsson.

Bäckelin faltete die Hände und drehte Däumchen.

»In solchen extremen Fällen geht es nur noch um Palliativpflege, also um Schmerzlinderung.«

»Wie hat er reagiert?«, wollte Gerdin wissen.

»Beherrscht. Die wenigsten Patienten können diese Art von Information unmittelbar verarbeiten. Einige nicken nur interessiert, als würde man ihnen eine spannende Geschichte erzählen, andere brechen zusammen. Conny Bladh war gesammelt. Er wollte wissen, wie viele gute Tage ihm noch vergönnt sein würden. Diese Frage konnte ich natürlich genauso wenig beantworten, aber er machte deutlich, dass er keinen Wert auf eine Chemotherapie lege. Er schien sich recht gut auszukennen, und ich fragte ihn, wie das käme. Er erzählte, sein Vater sei an Darmkrebs gestorben, als er ein Teenager gewesen sei.«

Bäckelin schlug sich auf die Knie und sah die Beamten interessiert an.

»Die Tote in Bjuv, von der die Zeitungen berichtet haben, war also Connys Freundin? Glauben Sie, dass er die Tat begangen hat?«

»Jetzt nicht mehr«, sagte Karlsson.

40

Calle und Jörgen saßen beim Chinesen oberhalb von Slussen. Große, schmutzige Fenster aufs Wasser, das Bier der Woche unter fünfzig Kronen pro Halbliterflasche. Sie hatten jeder bereits zwei intus.

»Was für ein Albtraum.«

Calle stimmte kopfschüttelnd zu.

»Wie kann er nur so etwas über einen Menschen schreiben, der sich nicht mehr wehren kann?«, fuhr Jörgen fort. »Und dich derart anzugreifen.«

»Er war offenbar ein Aas«, meinte Calle.

»Der Tote, meinst du? Ganz bestimmt. Aber trotzdem gibt es Grenzen. Soll ich mit ihnen reden?«

»Mit den Eltern, meinst du? Nein, was sollte das bringen?«

»Das ist denen sicher wahnsinnig peinlich. Ich würde mich jedenfalls schämen«, meinte Jörgen und seufzte resigniert. »Manchmal kommt es mir so vor, als wäre die Welt voller Leute, auf denen früher rumgehackt wurde und denen jetzt nichts Besseres einfällt, als ihrerseits auszuteilen. Wer hatte denn keine ätzende Kindheit? Man muss doch nur etwas an der Oberfläche kratzen, und schon findet sich was, worüber sich jammern lässt.«

»Ich bin ja eigentlich selber schuld«, sagte Calle. »Was richte ich auch Grüße aus, obwohl mir klar war, dass Kent und Anders nicht die besten Freunde waren. Das war halt nur so dahingesagt.«

Jörgen winkte der Kellnerin zu und hielt zwei Finger in die Höhe.

»Ich verstehe nicht, worüber sich Kents Mutter aufregt«, sagte er, nachdem ihm die Kellnerin zugenickt hatte.

»Ich glaube, die Reportage war ihr sehr wichtig«, sagte Calle. »Ich hatte so ein Gefühl. Außerdem hat es sie gefreut, als ich ihr die Grüße von einem halbwegs bekannten Zeitungsfuzzi ausgerichtet habe. So kommt es mir zumindest vor.«

Die Kellnerin brachte das Bier. Jörgen schenkte sich sofort ein.

»Wie sieht's mit der Liebe aus?«

»Was meinst du?«

»Hast du mit dem Mann aus Schonen gesprochen?«

»Warum hätte ich mit ihm sprechen sollen?«

»Er war nett und wirkte interessiert.«

»Das muss noch lange nicht heißen, dass ich das auch bin.«

Jörgen atmete tief durch.

»Nein«, sagte er, »natürlich nicht. Aber ich verstehe nicht, warum du so negativ bist. Schließlich war er sehr aufgeschlossen. Allein schon, dass er auf uns zugekommen ist. Schließlich lassen wir uns nicht von jedem x-Beliebigen anquatschen. Wenn jemand bereit ist, sich zu uns durchzukämpfen, finde ich, sollte man das respektieren.«

Calle murmelte etwas Unhörbares. Jörgen legte ihm eine Hand auf den Arm.

»Erinnerst du dich, als wir mit dem Dampfer nach Hause gefahren sind? Da warst du nicht so selbstbewusst. Wenn du was willst, musst du auch was geben. Da nützt es wenig, in deinem Kämmerlein zu sitzen und dich in Selbstmitleid zu suhlen.«

»Das tue ich nicht.«

»Doch, das tust du. Sobald jemand nur das geringste Interesse zeigt, ergreifst du die Flucht. Ich begreife nicht, wovor du eigentlich Angst hast.«

»Und ausgerechnet von dir muss ich mir diesen amateurpsychologischen Dr.-Phil-Scheiß anhören.«

Calle trank hastig einige Schluck Bier und sah sich aufgebracht um. Die Klientel war nicht sonderlich erbaulich. Die meisten Gäste hingen über ihren Gläsern wie beschützende Pinguinmütter. Billiges Bier zog einen bestimmten Menschenschlag an.

»Was ist es dann?«, fragte Jörgen.

»Ich weiß nicht«, sagte Calle. »Vermutlich bin ich einfach zu bequem. Ich habe keine Lust, Rücksicht zu nehmen, ich will mich nicht anpassen. Ich will nicht die schmutzigen Unterhosen eines anderen vom Fußboden aufheben. Nein danke. Möglicherweise könnte ich mir einen Partner vorstellen, mit dem ich nicht zusammenwohne. Eventuell.«

Jörgen nickte und hob sein Glas.

»Das ist doch immerhin ein Anfang.«

Calle ließ den Kopf hängen.

»Das ist eh nur rein hypothetisch«, murmelte er. »Schließlich hat er nicht angerufen oder so.«

»Und du?«

»Ich habe nicht mal seine Nummer.«

»Und wie schwer kann es sein, die rauszukriegen? Du weißt, wo er arbeitet. Krankenhaus Söder, Notaufnahme. Brich dir ein Bein oder so.«

41

Karlsson hatte ein Whiteboard in sein Büro geschoben, Namen daraufgeschrieben, sie eingekreist und mithilfe von Strichen und Pfeilen verbunden. Er hielt einen Stift in der Hand und war bereit, das Ganze noch unübersichtlicher zu machen. Gerdin mochte seinen Kollegen, aber dessen Leidenschaft für Whiteboards näherte sich definitiv der Grenze des Unzumutbaren.

»Okay, folgendermaßen.« Karlsson dachte laut und das nicht zum ersten Mal. »Henk und Conny arbeiten für die Dänin. Irgendwie geraten sie aneinander. Conny hat was von dreihunderttausend gefaselt, die doch nicht der Rede wert wären. Wir gehen also davon aus, dass Conny Henk um diese Summe erleichtert hat und mit dem Geld nach Frankreich gefahren ist, um dort zu sterben.«

»Aber das Geld gehört Sara Vallgren, und die beschuldigt Henk«, meinte Gerdin und unterdrückte verstohlen ein Gähnen.

Er begriff nicht, warum alles noch einmal wiederholt werden musste.

»Und deswegen hat Henk sich das Leben genommen?«, fragte Karlsson. »Weil er sauer war und ihn sein Freund enttäuscht hat?«

»Das war ja wohl kaum Selbstmord«, meinte Gerdin. »Falls er nicht zu dem Rastplatz geflogen ist und aus unerfindlichen Gründen die Fingerabdrücke von der Patrone beseitigt hat, ehe er sie ins Magazin schob und sich selbst in den Mund schoss. Nachdem er sein Handy weggeworfen hat.«

»An seiner Hand waren Schmauchspuren.«

»Er wurde gezwungen.«

»Du meinst, dass jemand neben ihm stand und ihm Anweisungen gab?«, fragte Karlsson skeptisch. »Erschieß dich, sonst mache ich das?«

Gerdin zuckte mit den Achseln.

»Hast du eine bessere Theorie?«

»Nein«, sagte Karlsson. »Ich frage mich nur, wie man jemanden dazu bringt, sich das Leben zu nehmen. Wenn Henk mit geladener Waffe in der Hand dasteht, könnte er sie doch auch gegen seine Angreifer richten. Ich begreife das nicht. Aber egal. Gehen wir einmal davon aus, dass du recht hast. Conny klaut das Geld, und die Dänin gibt Henk die Schuld und tötet ihn.«

Karlsson malte ein Kreuz hinter Henks Namen, malte einen weiteren Kreis um das Wort *Dänin* und fuhr dann fort:

»Anschließend nimmt Sara Vallgren Connys Verfolgung auf.«

Karlsson zeichnete eine Linie.

»Sara fährt zu der Freundin in Bjuv …«

Noch eine Linie.

»… die, als sie nicht preisgeben will, wo Conny ist, ebenfalls ihr Leben lassen muss. Warum? Damit wir Conny für die Dänin aufspüren.«

Karlsson drückte die Kappe auf den Filzstift, und Gerdin seufzte erleichtert. Verfrüht, wie sich zeigte. Karlsson zog die Verschlusskappe erneut ab, malte einen Rahmen um die *Dänin* und schrieb sicherheitshalber noch den Namen Sara Vallgren darüber.

»So muss es sich zugetragen haben«, schloss er. »Anders kann es nicht gewesen sein.«

Er klopfte mit dem Stift auf die Tafel, um seine Schlussfolgerung zu unterstreichen.

»Und um das zu beweisen, müssen wir Conny ausfindig machen«, sagte Gerdin.

»Genau.«

»Und der versteckt sich in Frankreich.«

»Vielleicht«, meinte Karlsson. »Oder glaubst du, dass er seine Reise fortgesetzt hat?«

»Ich glaube gar nichts. Ich versuche nur, mich in seine Situation hineinzuversetzen. Er klaut Henks Geld, lässt ihn an einer Raststätte zurück und fährt nach Süden. Dort liest er, dass seine Freundin tot ist. Er geht davon aus, dass Henk der Täter ist, und ruft uns an. Als er erfährt, dass auch Henk tot ist, legt er auf.«

»Und?«

»Ich versuche mir vorzustellen, was ich in seiner Situation tun würde. Wenn ich sterbenskrank wäre und erfahren würde, dass meine Freundin und mein Partner wegen eines Diebstahls, den ich begangen habe, ermordet worden sind.«

»Ja?«

»Ich glaube, ich würde das Gesetz in die eigene Hand nehmen«, meinte Gerdin.

42

Janina war siebenundzwanzig, kam aus Litauen und arbeitete seit anderthalb Jahren für Sara. Sie war nicht neu in dem Gewerbe und nicht unter falschen Vorspiegelungen hergelockt worden, jedenfalls nicht von Sara, und besaß relativ viel Erfahrung. Deswegen war ihr Ausbruch am Vorabend umso unerklärlicher. Der Tumult hatte zur Folge, dass Matte den betreffenden Freier am Ende rauswerfen musste, und solche Szenen waren nie gut fürs Geschäft.

»He from Russia. Call me bad things.«

»Meinetwegen, aber du wirst nicht dafür bezahlt, dass ...«

»He bad man.«

»Hör mal, lern endlich Dänisch.«

Die Gegensprechanlage unterbrach sie. Sara hob die Hand und drückte auf die Lautsprechertaste.

»Du hast Besuch«, sagte ihr Sekretär. »Die beiden schwedischen Polizisten.«

»Schon wieder? Bitte sie zu warten.«

Sie legte auf. Kling und Klang. Was wollten die jetzt schon wieder? Sie wandte sich wieder an Janina.

»I don't like Russians«, sagte diese und zog einen Flunsch wie ein genervter Teenager.

»Und ich mag keine Nutten mit Vorurteilen. Von jetzt an kümmerst du dich persönlich um jeden Russen, der zur Tür reinkommt, und zwar mit einem dankbaren Lächeln.«

»No.«

»Schon lustig, du verstehst genau, was ich sage, und trotzdem sprichst du nur einsilbig Englisch. Entweder tust du, was ich dir sage, oder du fängst im Hotel gegenüber an ...«

Die Tür wurde aufgerissen, und Karlsson stiefelte herein, dicht gefolgt von Gerdin. Hinter ihnen tauchte Saras besorgter Sekretär auf, dem es nicht gelungen war, die beiden aufzuhalten. Sara hob die Hand und bedeutete ihm, das sei schon okay. Karlsson sah die junge Frau an und wandte sich dann an Sara.

»Stören wir bei einer wichtigen Besprechung?«

»Kein Problem. Janina wollte ohnehin gerade gehen.« Sie nickte in Richtung Tür. Janina stürmte aus dem Raum und knallte die Tür hinter sich zu.

»Probleme?«, fragte Karlsson munter.

»Nur eine Nutte mit Vorlieben«, antwortete Sara gleichgültig. »Und? Was wollen die schwedischen Ordnungshüter dieses Mal?«

43

Der Fernseher lief. Anders Malmberg musste das Angebot des Abends rezensieren. Seine Ansichten würden am nächsten Tag in der Zeitung nachzulesen sein.

Es lief eine Literatursendung, in der ernste Leute ohne jede Selbstkritik eine Plattitüde nach der anderen von sich gaben. Der Moderator war unsympathisch selbstgefällig. Anders schaute zerstreut auf den Bildschirm und war in Gedanken ganz woanders.

Anders hatte seine Mutter noch nie so um Fassung ringend, so außer sich erlebt. Dieses lästige Gerede über den Unterschied, einen Gedanken zu denken und ihn auch auszusprechen. Darüber, sich der eigenen Privilegien bewusst zu sein und nicht auf wehrlosen Menschen ohne Stimme herumzutrampeln.

Anders wollte gerne wissen, warum sein Text über den Quälgeist von früher solche Gefühlsstürme in ihr auslöste, worauf seine Mutter sagte, sie habe Kent Svensson so intensiv gehasst, dass sie seinen Tod gewünscht habe. Nachdem sich ihr Wunsch erfüllt hatte, war sie von schweren Schuldgefühlen heimgesucht worden, als habe sie sich mit ihren Gedanken irgendwie mitschuldig an seinem Tod gemacht. Ein paar Monate nach dem Unfall sei sie Kents Mutter im Supermarkt begegnet, was sie derart aus der Bahn geworfen habe, dass sie den vollen Einkaufswagen einfach stehen gelassen habe und aus dem Laden gerannt sei.

Aber warum?

»Das hättest du sein können. Er war ein Kind. Ein schrecklicher Balg, ja, aber ein Kind. Er muss auch eine andere Seite gehabt haben, eine, die wir nicht gesehen haben. Gleichzeitig war ich richtig froh, dass er weg war. Es wurde anders ohne ihn, besser.«

Seine Mutter erinnerte ihn an die Schuhe. Er hatte den Vorfall verdrängt, und ihm wurde fast übel, als die Erinnerung daran zurückkehrte. Die Schuhe, die sein Vater für teures Geld gekauft hatte und über die er so glücklich gewesen war. Er hatte sie den ganzen Abend getragen und konnte sich gar nicht daran sattsehen. Gekaufter Status sei besser als überhaupt keiner, hatte sein Vater gemeint. Eine Pause hatte er sich in der Schule an ihnen erfreuen können. Nach der nächsten Unterrichtsstunde hatte er sie mit Scheiße eingeschmiert vor der Klassentür gefunden.

»Wir waren beim Rektor, erinnerst du dich? Er hat es runtergespielt. Niemand hat sich gekümmert.«

»Dann ist mein Text doch nicht so verwunderlich?«

»Verwunderlich nicht, aber unangebracht. Unangebracht und unwürdig. Du hast mehr Format.«

»Nein, das habe ich nicht.«

»Doch, das musst du einfach haben.«

Åsa erzählte von ihrer Begegnung mit Calle Collin, dem Journalisten, der den Artikel über Kent geschrieben hatte. Er sei eng mit Jörgen Petersson befreundet, ihrem Nachbarn auf der Insel. Der Journalist sei sympathisch. Er habe Anders' Texte gelobt.

»Okay, okay. Und was soll ich jetzt tun? Ein Dementi schreiben und um Entschuldigung bitten? Kents Mutter anrufen? Oder diesen Journalisten von der Illustrierten?«

»Um Gottes willen. Gar nichts sollst du machen. Du sollst dir nur der Konsequenzen bewusst sein.«

»Was sagt Papa?«

Åsa antwortete nicht.

»Er hat dich doch wohl hergeschickt?«

Åsa holte tief Luft und nickte dann.

»Wir finden beide, dass du zu weit gegangen bist.«

»Der Text wurde gelobt.«

»Von Außenstehenden, ja. Er ist gut geschrieben, sehr privat, und es steckt Herzblut darin. Du kannst was. Du bist wirklich talentiert. Ich sage einfach nur, dass es unpassend, wenn nicht gar gefährlich ist. Du musst an dich denken. Die Leute, die dir jetzt auf die Schulter klopfen, stehen dir nicht bei, wenn es ungemütlich wird. Sei klug, sei vorsichtig, mehr sage ich ja gar nicht.«

Während der letzten Tage war Anders das Gespräch in Gedanken immer wieder durchgegangen. Manchmal fand er, dass seine Mutter recht hatte, dann wieder, dass sie nicht wusste, wovon sie sprach. Feige Schreiberlinge hatten nichts beizutragen, egal, wie gut sie sich ausdrückten.

Diese Glossen waren seine Chance. Wenn er dabei jemandem auf die Zehen trat, ließ sich das nicht ändern. Eine gut formulierte Gemeinheit erfreute die meisten, eine harmlose Nettigkeit niemanden. Und überhaupt, inwiefern war es sympathischer, über Leute herzuziehen, die noch lebten? Die konnten sich auch nur in den seltensten Fällen verteidigen. Und den Toten konnte es doch egal sein. Obwohl er einsah, dass es etwas anrüchig war, schlecht über sie zu reden.

Andererseits hatte er Kent an keiner Stelle namentlich genannt. Weder ihn noch den Journalisten, der den Artikel verfasst hatte. Er hatte nicht einmal erwähnt, in welcher Zeitschrift der verlogene Blödsinn erschienen war.

Anders schaltete den Computer ein und begann zu schreiben.

Literaturkritiker erinnern an Sportkommentatoren. Sie verbreiten Allgemeinplätze, regen sich künstlich auf und übertreiben ständig. Ist etwas nicht fantastisch, dann ist es lausig, dazwischen gibt es nichts. In der Bastion der Kultur versammelte sich gestern eine Gruppe selbstgefälliger Exhibitionisten, die sämtlich …

44

»Also, was sollen wir tun?«, fragte Matte.

»Tun?«, fragte Sara. »Nichts. So wenig wie möglich. Wenn Conny langsam krepiert, ist es ja wohl kaum unsere Aufgabe, sein Leiden zu verkürzen. Aber wir tun klug daran, die Augen offen zu halten.«

»Du meinst, dass er zurückkommen könnte?«

»Ich traue ihm das zwar nicht zu, aber mit dem baldigen Tod vor Augen hat er nichts zu verlieren. Man kann nie vorsichtig genug sein. Hat er irgendwelche Freunde?«

Matte zuckte mit den Achseln.

»Weiß nicht. Henk hat ihn angeschleppt.«

»Er hing in den Clubs rum?«

Matte nickte.

»Hör dich doch noch mal bei den Mädchen um«, meinte Sara und senkte die Stimme, um zu signalisieren, dass die Diskussion beendet war.

»Klar.«

Matte nickte beflissen, machte jedoch keine Anstalten zu gehen. Sara sah ihn fragend an.

»Ja?«

Matte trat von einem Fuß auf den anderen.

»Was, wenn die Polizei Fragen stellt?«

Sara lehnte sich auf ihrem Bürostuhl zurück.

»Du meinst, wann wir wo waren? Dann ist es das Beste, sich an nichts zu erinnern.«

»Und wenn uns jemand gesehen hat?«

»In Bjuv? Dann hätten sie sich schon längst gemeldet. Sollte es ihnen wider Erwarten doch gelingen, einen Zeugen aufzutreiben, sagen wir, dass wir Conny in einer anderen Angelegenheit sprechen wollten, aber wieder kehrtgemacht haben, weil niemand zu Hause war.«

»Und das fällt uns erst ein, wenn sie uns mit Beweisen konfrontieren?«

»Weil wir Angst hatten, verdächtigt zu werden, in Monas Tod verwickelt zu sein. Wir haben schließlich auch die Zeitung gelesen und waren genauso schockiert wie alle anderen.«

»Die Überwachungskameras auf der Öresundbrücke haben uns sicher erfasst.«

»Ja und? Wir waren bei deiner Mutter und haben uns von dieser Schwuchtel interviewen lassen. Du erinnerst dich ebenso vage, wie wenn dich jemand fragt, was du letzten Mittwoch gemacht hast.«

»Letzten Mittwoch?«

»Siehst du, die Tage verschwimmen.«

Sara legte die Füße auf den Schreibtisch und fuhr fort.

»Wie geht es ihr denn? Hat sie sich von der Glosse erholt?«

»Mama? Nein, sie jammert immer noch und verlangt, dass ich was unternehme, das nicht auf sich beruhen lasse.«

Sara sah ihn an.

»Was?«, sagte Matte. »Ich kann verdammt noch mal nichts unternehmen.«

Sara hob beschwichtigend beide Hände, aber Matte ließ sich nicht beruhigen.

»Sag schon. Er ist Journalist. Wenn ich ihm auch nur ein Härchen krümme, gibt das Schlagzeilen.«

Sara musterte ihn eingehend, sicherlich eine halbe Sekunde zu lang und ganz offenbar kritisch, ehe sie die Füße vom Schreibtisch nahm und ohne Überzeugung nickte.

»Du hast sicher recht.«

Sie schaute auf ihre Papiere.

»Ich muss arbeiten.«

Das Gespräch war beendet. Es spielte keine Rolle, dass sie miteinander schliefen. Matte konnte ohne Saras Zustimmung nicht ungebeten in ihrer Gesellschaft verweilen oder sich auch nur hinsetzen. Das Machtverhältnis war deutlich definiert. Sara hatte das Sagen, Matte gehorchte. Nur wenn er gekränkt war, warf sie ihm zum Trost gelegentlich einen Knochen hin. Jetzt hatte sie ihre Unzufriedenheit erkennen lassen.

Matte erhob sich, um zu gehen.

Du hast sicher recht.

Das bedeutete das Gegenteil. Es war verdammt falsch und feige. Der Schreiberling dieser *Abendzeitung* hatte seine Mutter und seinen toten Bruder beleidigt. Und Matte wollte nichts dagegen unternehmen? Sara hatte ihr Erstaunen ausgedrückt, als hätte sie mehr von ihm erwartet. Das war nicht gut. Sobald sie seiner überdrüssig wurde, lebte er gefährlich. Und vermutlich hatte sie recht. Dieser Journalist hatte eine Grenze überschritten. Der Text war ganz und gar geschmacklos. Von einem erwachsenen Mann verfasst, der für eine der größten Zeitungen des Landes schreiben durfte? Ein kleines, dummes Arschloch war das.

Matte drehte sich in der Tür um.

»Ist es okay, wenn ich ein oder zwei Tage freinehme?«

»Wozu?«

»Um einen kleinen Abstecher nach Stockholm zu machen.«

Sara sah ihn an, ohne den Kopf von ihren Papieren zu heben.

»Klingt klug«, sagte sie.

»Ich könnte ja mal mit ihm reden«, meinte Matte und lächelte versuchsweise.

Sara ließ das Lächeln unbeantwortet.

45

Keine weiteren Exzesse. Conny Bladh hatte eine letzte Chance erhalten, einmal in seinem Leben etwas Anständiges zu vollbringen. Wer nichts Gutes beizutragen hatte, musste sich darauf konzentrieren, das Schlechte zu beseitigen.

Er war unvorsichtig gewesen. Das Telefongespräch vom Hotel hatte verraten, wo er sich befand. Wenn er seinen großartigen Plan in die Tat umsetzen wollte, musste er besser aufpassen.

Im Augenblick hatte er keinerlei Schmerzen. Der Gedanke daran, dass er schon bald sterben musste, war nur sehr schwer zu begreifen. Zwischendurch bildete er sich manchmal ein, dass die Ärzte sich geirrt hatten.

Er hatte Belgien erreicht, als er anhalten und tanken musste. Er aß eine Bockwurst an der Tankstelle und betrachtete die anderen Kunden. Das Leben ging weiter, und er war ein Teil davon. Zwar nur als Zuschauer, aber immerhin. Er bunkerte Softdrinks und Süßigkeiten und kaufte eine CD mit Schlagern. Dann setzte er sich schwungvoll ins Auto, drehte die Lautstärke auf und sang die Refrains mit.

46

»Anders.«

Er drehte sich um.

»Gute Glosse.«

»Danke.«

Beschwingt setzte Anders Malmberg seinen Weg durch die Redaktion fort. Er ging wie auf Wolken und musste sich regelrecht ermahnen, damit ihm das Lob nicht zu Kopf stieg. Anders legte seine Computertasche auf den Schreibtisch und hängte seine Jacke über den Stuhl.

»Kaffee«, sagte er laut, wahrend er nachdachte.

Auf dem Weg zur Küche bemühte er sich um ein bescheiden lässiges Auftreten. Das war schwer. So schwer, wie sich ob der verzückten Begeisterung ausländischer Touristen über die Aussicht von der Stockholmer Fjällgatan das Lachen zu verkneifen oder unberührt zu bleiben.

Er nahm eine Tasse aus dem Schrank, stellte sie unter den Automaten und wählte die noch erträglichste Alternative aus dem breiten Angebot, worauf die Maschine mit lautem Fauchen und Zischen zum Leben erwachte.

Anders nahm die Tasse, hob sie an den Mund, nippte vorsichtig, drehte sich um und stieß mit der dreiundzwanzigjährigen Praktikantin zusammen, die hinter ihm stand und darauf wartete, an die Reihe zu kommen.

»Ich wollte dir keinen Schrecken einjagen«, sagte sie.

»Kein Problem.«

Anders schüttelte den Kaffee ab, der ihm über die Hand gelaufen war.

»Jetzt muss ich wenigstens nicht mehr eine ganze Tasse von dieser Plörre trinken.«

Die Praktikantin lächelte ihn an, als hätte er etwas Lustiges gesagt. Es gefiel ihm, dass sie ihm zum Kaffeeautomaten gefolgt war und nicht umgekehrt. Kein Mann in der Redaktion ließ seinen Blick auf den Monitor gerichtet, wenn die Praktikantin vorbeiging.

»Ich habe deine Fernsehglosse gelesen«, sagte sie. »Du schreibst witzig.«

»Danke.«

Natürlich hätte er an dieser Stelle gehen sollen, statt stehen zu bleiben, blöd zu grinsen und sich was einzubilden. Es hatte keinen Sinn, um die Gunst einer Frau zu betteln. Schönheiten waren grundsätzlich belegt, das hatte er inzwischen gelernt, obwohl es bis zu seinem Dreißigsten noch ein paar Jährchen hin waren.

Dreh dich um und geh, ermahnte er sich selbst. Mach

dir keine Hoffnungen, fordere das Schicksal nicht heraus, sei zufrieden. Anders lächelte entschuldigend, ging an seinen Schreibtisch, schaltete den Computer ein und surfte uninteressiert auf den mit einem Lesezeichen versehenen Seiten.

Manchmal war das Leben einfach schön, dachte er und wünschte sich, dass dieses Gefühl ewig währte. Dafür wäre er inzwischen fast bereit, den Traum von Familie und Kindern zu opfern. Er wollte im Zentrum der Ereignisse stehen und seine Spalten schreiben. Das war viel besser, als in seinem einsamen Kämmerlein Bücher zu schreiben, Bücher, die niemand las und deren Haltbarkeit sich mit der von Sauerrahm vergleichen ließ.

Im nächsten Moment fiel sein Blick auf einen in die Jahre gekommenen Musikkritiker. Er hatte dieselbe Frisur und dieselben Kleider wie die Künstler, die er zu seiner großen Zeit einmal interviewt hatte. Das war traurig und lächerlich.

Anders schüttelte sich, und er gelobte, die Zeitung spätestens im Laufe der nächsten drei Jahre wieder zu verlassen.

47

Matte nahm die Schnellbahn von Arlanda zum Stockholmer Hauptbahnhof. Er fand ein Café mit Aussicht über den Eingangsbereich des Zeitungshauses. Dann rief er in der Telefonzentrale der Redaktion an und bat darum, mit Anders Malmberg verbunden zu werden.

»Und wen darf ich melden, bitte?«

»Sven Niemand.«

Die Telefonistin stellte das Gespräch durch.

»Anders.«

Die Stimme klang unbeschwert und selbstsicher.

»Hallo, ich heiße Sven Niemand und bin von der Polizei Stockholm. Ehe ich weiterspreche, hätte ich gerne gewusst, ob Sie der Anders Malmberg sind, der in der Odengatan 40 wohnt?«

Matte hatte den Namen im Internet gegoogelt, und nur einer der Treffer war im selben Jahr wie sein Bruder geboren. Es gab eine Adresse, aber keine Telefonnummer.

»Das stimmt«, sagte Anders. »Worum geht es?«

»Entschuldigen Sie die Störung, aber einer Ihrer Nachbarn hat uns alarmiert, dass Ihre Wohnungstür offen steht. Offenbar hatten Sie ungebetene Gäste, und es sieht etwas unordentlich aus. Ich wollte gerade hinfahren und dachte, dass es gut wäre, wenn wir uns dort treffen und eventuell die Anzeige vor Ort aufnehmen könnten.«

»Ja, ja, natürlich.«

Jetzt klang Anders gestresst.

»Was meinen Sie … wie lange brauchen Sie etwa?«

»Ich breche sofort auf. Ich bin in zwanzig Minuten dort.«

»Okay, aber regen Sie sich nicht auf. Vermutlich ist es nicht so schlimm.«

Matte schaute auf die Uhr. Exakt eine Minute und vierzig Sekunden später verließ Anders Malmberg mit raschen Schritten das Zeitungshaus und hielt auf der Straße ein Taxi an. Matte trank einen letzten Schluck von seinem Kaffee, trat auf die Straße und tat es ihm nach.

Als Matte die Adresse erreichte, war Anders bereits in der Haustür verschwunden. Matte drückte auf die Klingel der Gegensprechanlage.

»Ja?«

»Sven Niemand, Polizei Stockholm.«

»Kommen Sie rein.«

Matte nahm den Fahrstuhl und klingelte an der Wohnungstür. Anders Malmberg, der wie die meisten Journalisten in Wirklichkeit hässlicher war als auf dem offiziellen Foto, öffnete ihm.

»Kommen Sie rein«, sagte er. »Sehr seltsam. Die Tür war abgeschlossen, und von einem Einbruch ist auch nichts zu sehen.«

Er schaute Matte an, und ihm dämmerte erstmals, dass irgendetwas nicht stimmte. Der angebliche Polizist sah nicht aus wie ein Polizist. Außerdem lächelte er. Matte trat auf Anders zu und packte ihn an den Haaren.

»Du hast eine Menge Mist geschrieben«, sagte er und knallte Anders' Gesicht gegen die Wand.

Der Knorpel seines Nasenbeins gab laut knirschend nach.

»Kapierst du, was ich sage?«

Matte knallte Anders' Gesicht ein weiteres Mal gegen die Wand und bewegte es dann hin und her, als wollte er mit seinem Blut die Wand bemalen.

»Ich habe gesagt: Kapierst du, was ich sage?«

Anders versuchte lallend zu bejahen, konnte aber nicht einmal mehr aufrecht stehen. Als Matte seine Haare losließ, brach er zusammen. Breitbeinig stellte sich Matte über ihn.

»Wie soll ich wissen, ob du mich verstanden hast, wenn du nicht ordentlich antwortest? Vielleicht solltest du erst einmal ordentlich reden lernen und anderen das Schreiben überlassen? Warte! Mal sehen, ob ich dir helfen kann.«

Matte ging in die Hocke. Er nahm Anders' rechte Hand, öffnete sie und packte seine Finger. Ehe er sie ihm brach, drückte er seine andere Hand auf Anders' Mund, um den Schrei zu dämpfen, der unweigerlich kommen würde. Er ließ seine Hand auf Anders' blutigem Mund liegen, bis der Schrei in Wimmern überging.

»Beachte, dass ich deinen Daumen verschont habe«, sagte Matte, ging in die Küche und spülte sich die Hände ab.

Er zog seinen Ärmel herunter und wischte eventuelle Fingerabdrücke vom Wasserhahn, als er ihn zudrehte.

»Ich hoffe, dass ich nie mehr was von dir höre. Das hier ist nur eine Kostprobe dessen, was dich erwartet, wenn du weitermachst. Kapierst du, was ich sage? Noch ein Wort von dir, und ich bin nicht mehr so nett.«

Er wischte die Türklinke mit seinem Pulloverärmel ab, öffnete die Tür und schloss sie hinter sich.

48

»Söderkrankenhaus.«

»Hallo, ich heiße Calle Collin und hätte gerne einen Arzt von der Notaufnahme gesprochen.«

»Was haben Sie für Beschwerden?«

»Das ist es nicht. Ich versuche nur einen Mann zu erreichen, den ich vor etwa einer Woche kennengelernt habe. Ich weiß nur, dass er David heißt und in der Notaufnahme arbeitet. Er ist Arzt.«

»Und worum geht es?«

»Das ist privat.«

»Dann schlage ich vor, dass Sie ihn zu Hause anrufen.«

»Das Problem ist nur, dass ich nicht weiß, wo er wohnt. Ich kenne nicht einmal seinen Nachnamen. Ich würde ihn gerne bitten, zurückzurufen.«

»Einen Augenblick.«

Er wurde zur Notaufnahme durchgestellt und brachte sein Anliegen erneut vor.

»David ist gerade beschäftigt. Kann ich ihm etwas ausrichten.«

Calle nannte seinen Namen und seine Telefonnummer.

»Und er weiß, worum es geht?«

»Nein.«

»Aber er weiß, wer Sie sind?«

Calle zögerte.

»Ich hoffe es«, sagte er unsicher und legte auf.

Er betrachtete sein Handy und spürte sein Herz schlagen. Was für eine dämliche Idee, vollkommen idiotisch von Anfang bis Ende. Und alles war wie immer Jörgens Schuld. Was mischte er sich in Calles Leben ein?

Calle gefiel die Vorstellung gar nicht, wie der bornierte Doktor seine Nachricht erhielt, während er mit um den Hals baumelndem Stethoskop durch die Gänge hastete, eine Krankenschwester auf den Fersen.

»Doktor David, ein Calle Collin hat für Sie angerufen.«

Sie musste rennen, damit er sie nicht abhängte.

»Wer?«, fragte David, ohne sie anzusehen.

»Calle Collin. Er klang verwirrt.«

Sie befanden sich jetzt in einem Behandlungszimmer, in dem Doktor David einem todkranken Kind das Leben rettete.

»Ich kenne keinen Calle Collin.«

Die Krankenschwester wich zurück und machte einen untertänigen Knicks. Doktor David eilte an ihr vorbei aus dem Behandlungszimmer, um den nächsten Patienten zu retten.

Calle kontrollierte, dass sein Handy nicht auf lautlos geschaltet war, trat ans Fenster und schaute hinaus. Schönes Wetter. Schon wieder. Und er stand da wie ein unsicherer Teenager.

Das Telefon klingelte. Calle eilte zur Kommode. Unterdrückte Nummer. Er schluckte und wartete das zweite Klingeln ab, um nicht eifrig zu wirken.

»Calle«, sagte er so würdevoll wie möglich.

»Hallo, Calle, hier ist David.«

»Na so was«, erwiderte Calle, als wäre der Anruf eine vollkommene Überraschung.

»Du hast angerufen.«

»Ja, genau.«

Calle fehlten die Worte, er hatte sich einige Sätze zurechtgelegt und sogar vor dem Badezimmerspiegel geübt, aber das war alles wie weggeblasen.

»Hallo?«, sagte David.

»Ich bin noch dran.«

»Witzig, ich wollte dich eigentlich längst anrufen, aber neulich hast du so desinteressiert gewirkt.«

»Ach so, nein, ich war einfach nur müde.«

»Ist dein Freund gut nach Hause gekommen?«

»Ja, ja, absolut.«

»Das war ein netter Abend.«

»Ja, absolut.«

Wiederholung, verdammt ungeschickt. Und das ihm, dessen täglich Brot die Sprache war.

»Also, was wolltest du?«

Calle zögerte.

»Ich wollte einfach nur fragen, ob du Lust auf ein Bier hättest oder so.«

»Ein Bier?«, erwiderte David.

»Ja.«

»Nein, mindestens ein Abendessen, sonst können wir es gleich bleiben lassen.«

Calle lachte erleichtert.

»In Ordnung.«

»Was ist eigentlich für Wetter? Ich war den ganzen Tag noch nicht draußen.«

»Es ist schön. Die Sonne scheint.«

»Es gibt ein nettes Lokal am Årstaviken, am Wasser, fast bei Eriksdal. Kennst du das?«

»Eigentlich nicht.«

»Okay, aber du weißt, wo das Söderkrankenhaus ist?«

»Absolut.«

Das dritte Mal.

»Gut, gegen vier Uhr vor dem Haupteingang, dann gehen wir zusammen.«

»Absolut.«

Verdammt, schon wieder.

»Gut, abgemacht.«

Calle beendete das Gespräch und begann zu tanzen. Er hatte vier Mal absolut gesagt, aber das war egal. Er hatte endlich mal was Unüberlegtes getan. Er schaute auf die Uhr, bis zu seiner Verabredung waren es noch einige Stunden. Was tun? Zum Arbeiten fehlte ihm die Muße. Was sollte er anziehen? Er öffnete den Kleiderschrank und stellte fest, dass sein bestes Hemd in der Wäsche lag. Egal, er konnte ein neues kaufen. Er wollte die Gelegenheit nutzen, sich zur Abwechslung einmal etwas herauszuputzen. Gute Idee. Eine hervorragende Art, sich die Zeit zu vertreiben.

Er zog seine Schuhe an, nahm die Jacke vom Bügel und eilte leichtfüßig die Treppe hinunter. Vor der Tür blieb er stehen und drehte sein Gesicht ein paar Sekunden in die Sonne, dann ging er weiter. In der Odengatan sah er zu dem Haus, in dem Anders Malmberg wohnte. Calle war ihm zwar noch nie über den Weg gelaufen, rechnete aber damit, dass dies früher oder später geschehen würde. Er hatte sich noch nicht entschieden, ob er ihn dann ansprechen wollte oder nicht.

Jörgen hatte über Anders Malmbergs Glosse geschimpft wie ein Rohrspatz und sie als den erbärmlichsten und egozentrischsten Scheiß bezeichnet, den er je gelesen habe. Seine Entrüstung tröstete Calle, der großzügig und verständnisvoll darauf hingewiesen hatte, dass der überfahrene Junge vermutlich alles andere als lammfromm gewesen sei.

»Kein Mensch ist nur schwarz oder weiß«, meinte Jörgen. »Alle sind sowohl als auch. Diese Vereinfachungen in den Abendzeitungen verdummen die Welt, machen sie hässlicher und machen die Menschen zu Duckmäusern. Für ihn spielt das im Übrigen keine Rolle mehr. Er ist schließlich tot. Aber seine Mutter kriegt es voll ab.«

»Sie war ehrlich gesagt auch nicht sehr einnehmend«, meinte Calle.

»Umso wichtiger ist es, sie in Ruhe zu lassen. Die Boulevardpresse ist schamlos, aber bei der geringsten Kritik gehen sie an die Decke und ziehen alles ins Lächerliche. Wie all die Schlappschwänze auf dem Schulhof, die immer überall mitlachen, um nicht selbst Ziel des Spottes zu werden.«

Calle war beinahe vor Anders Malmbergs Haustür angelangt, als diese aufging und ein großer Mann ins Freie trat. Calle erkannte ihn. Ihre Blicke begegneten sich einen Augenblick lang, und Calle hob die Hand zum Gruß.

Wortlos ging Mattias Svensson an ihm vorbei.

49

»Nach dir wird gefahndet.«

»Ich weiß.«

Conny Bladh sah sich den Lauf an. Er hatte nie recht verstanden, worauf man dabei achten sollte.

»Und das Zielfernrohr funktioniert?«

»Damit triffst du einen Tennisball auf hundert Meter Entfernung. Aber der Rückstoß ist beträchtlich.«

Conny Bladh nickte und gab seinem Gegenüber das Gewehr zurück. Der Verkäufer schraubte das Zielfernrohr ab und legte alles wieder in den Koffer. Er ging zu einer Kommode, nahm eine Schachtel Patronen heraus und legte sie neben den Koffer.

»Reichen fünfzig? Du brauchst nicht mehr?«

»Nein.«

Der Verkäufer sah ihn forschend an.

»Ich hoffe, du weißt, was du tust.«

»Was hatten wir ausgemacht? Zwanzig?«

»Plus fünf für das Zielfernrohr. Die Patronen gibt's gratis dazu.«

»In Euro?«

»Den europäischen Peseten?«

Der Verkäufer griff zu einem Taschenrechner und errechnete die Summe mithilfe eines lausigen Kurses. Conny sah ihn an, und der Verkäufer zuckte nur mit den Achseln.

Conny öffnete seinen Rucksack und nahm ein Hunderterbündel Fünfziger heraus.

»Passt schon.«

Der Verkäufer schlug das Geldbündel gegen die Tischkante. Dann zählte er es rasch mit dem Daumen durch.

»Dann wünsche ich viel Glück bei deinen Plänen«, schloss er. »Ich vermute, dass ich von dem Ergebnis in der Zeitung lesen werde.«

Conny Bladh nahm das Gewehr und ging. Er wollte nicht länger als nötig warten, denn er hatte nur eine Chance.

50

Calle gefiel sich in seinem neuen Hemd. Er fühlte sich selbstbewusst und ausgelassen, bis David frisch geduscht aus dem Krankenhaus kam. Sie sahen sich schon aus der Ferne und lächelten sich an. Plötzlich war Calles Selbstbewusstsein wie weggeblasen. David wirkte so relaxed, und dies war sein Revier. Calle befand sich auf fremdem Terrain. Ein Muskel in seinem Gesicht zuckte unsicher. Umarmung oder Händeschütteln? Schwer zu entscheiden. Calle zögerte, David streckte die Hand aus.

»Hallo! Nett, dich wiederzusehen.«

»Gott, ich bin richtig nervös«, meinte Calle.

David trat einen halben Schritt zurück und sah ihn verständnislos an.

»Ich musste das einfach sagen«, sagte Calle. »Sonst wäre es nur noch schlimmer geworden.«

David ließ seine Hand los und klopfte ihm freundlich auf die Schulter.

»Immer mit der Ruhe. Du hast mich angerufen. Das war mutig.«

Calle nickte dankbar.

»Jörgen hat mich gezwungen.«

»Das hat er gut gemacht«, erwiderte David. »Los, gehen wir.«

Sie lenkten ihre Schritte an der Schrebergartenkolonie vorbei Richtung Wasser, wo ein reges Treiben herrschte. Fahrradfahrer, Jogger und Spaziergänger mit Hunden, Leute, die ihre Füße ins Wasser hielten. Alle genossen die Sommerwärme. Calle sah David an.

»Kommst du oft hierher?«

»Nicht so oft, wie ich gerne würde. Manchmal zum Mittagessen, wenn ich Zeit habe.«

»Stressiger Beruf?«

David zuckte mit den Achseln.

»Geht so, aber die Schichten sind recht lang.«

»Was machst du eigentlich genau?«

»Ich flicke Leute zusammen. Cut and paste.«

»Klingt spannend.«

»Gelegentlich ist es das. Ich glaube, es ist eine dankbare Arbeit. In moralischer Hinsicht einfach und unangreifbar.«

Calle verstand ihn nicht.

»Wir werden gebraucht, und man schätzt uns, und deswegen sind wir auch etwas eingebildet. Das ist übrigens nicht der Beruf, von dem ich als Kind geträumt habe. Ich wollte Sportjournalist im Radio werden, weil man da unablässig reden und einfach beschreiben kann, was man sieht. Ich habe mich an der Hochschule für Journalismus beworben, bin aber nicht genommen worden. Im Gegensatz zu dir schreibe ich lausig.«

Calle schüttelte den Kopf.

»Das kannst du nicht wissen.«

»Du schreibst wahnsinnig gut. Einfühlsam. Ich habe das *Familienjournal* gekauft, und mir sind fast die Tränen gekommen, als ich den Text über den toten Jungen gelesen habe.«

Calle sah ihn skeptisch von der Seite an.

»Danke«, sagte er, als ihm klar wurde, dass das Lob aufrichtig gemeint war.

»Ich sage einfach, wie es ist. Da vorne ist das Restaurant. Restaurant ist vielleicht zu viel gesagt, eher ein Clubhaus mit Kiosk. Aber das Essen ist gut und die Lage einfach fantastisch.«

Sie stellten sich an der Ausgabe an und bestellten zwei Krabbenbrote und eine Flasche Rosé.

»Du bist eingeladen«, sagte David.

Calle hob die Hand.

»Aber es war mein Vorschlag.«

»Sicher?«

»Absolut. Ja, meine ich.«

»Gut, dann zahle ich nächstes Mal. Ich suche uns schon mal einen Tisch.«

David fand einen Tisch direkt am Wasser. Die Sonne glitzerte in den Bugwellen der Boote, die Richtung

Schleuse fuhren. Calle stellte das Tablett ab und schenkte Wein ein.

»Rosé«, sagte er, hielt das Glas in die Höhe und betrachtete die Farbe. »Es ist lange her, dass ich Rosé getrunken habe.«

»Was tut man nicht alles, um den Vorurteilen zu entsprechen.«

Sie stießen an und tranken. David erkundigte sich nach dem Artikel, den er gelesen hatte. Calle erzählte ihm die Wahrheit über die verlogene Reportage. Er erzählte von der wütenden Mutter, dem einsilbigen Schlägerbruder und dessen psychotisch lächelnder Freundin. Dann erzählte er von Anders Malmbergs Glosse und Margits Anruf.

»Als ich heute an Anders' Haus vorbeiging, habe ich den Gangsterbruder aus der Haustür kommen sehen. Ich habe ihn gegrüßt, aber er ist einfach an mir vorbeigegangen.«

»Meinst du, er war dort und hat den Journalisten verprügelt?«, fragte David.

Calles Miene wurde ernst, als sei ihm dieser Gedanke noch gar nicht gekommen.

»Nein«, meinte er schließlich. »So schlimm wird es doch wohl nicht sein ...«

David zuckte mit den Achseln.

»Deiner Beschreibung nach wirkte der Bruder nicht sonderlich gesprächig.«

Der unschöne Gedanke nistete sich bei Calle ein. Das Klingeln seines Handys unterbrach weitere Spekulationen. Calle zog es aus der Jackentasche – unbekannte Nummer. Er sah David an, der zustimmend nickte. Calle fuhr mit dem Finger über den Monitor.

»Ja?«

»Hallo, Calle, wie geht's Ihnen?«

»Mit wem spreche ich?«

»Hier ist Sara Vallgren. Wir sind uns in Höganäs begegnet.«

»Seltsam, dass Sie gerade jetzt anrufen. Ich habe gerade einem guten Freund erzählt, dass ich …«

»Ich habe Ihren Artikel gelesen«, unterbrach ihn Sara mit selbstverständlicher Liebenswürdigkeit. »Ich habe ihn sogar mit großem Interesse gelesen. Ich werde Sie in Zukunft genauestens im Auge behalten.«

»Jetzt verstehe ich nicht, was …«

»Ich glaube, Sie verstehen mich sehr wohl. Wie gesagt, Sie scheinen ein kluger und einsichtiger junger Mann zu sein. Einer, der nicht aus dem hohlen Bauch heraus abwegige Vorwürfe erhebt. Wir haben Freunde in Stockholm. Vielleicht möchten Sie ja einige von denen kennenlernen?«

Calle brachte kein Wort heraus.

»Dann wünsche ich Ihnen weiterhin viel Erfolg beim Schreiben«, schloss Sara. »Passen Sie auf sich auf, seien Sie vorsichtig.«

Die Verbindung wurde unterbrochen. Calle starrte ins Leere.

»Calle?«, sagte David. »Ist was passiert?«

Calle hob die Hand und klickte auf die Nachrichten-App. Ganz oben stand:

Journalist in seiner Wohnung schwer misshandelt

51

David kannte einen Pfleger in der Notaufnahme der St.-Göran-Unfallklinik.

»Du kannst dir gar nicht vorstellen, wie wir von Journalisten belagert werden. Man muss die Worte sorgsam wählen. Aber viele der jüngeren Leute fühlen sich geschmeichelt und erzählen frisch drauflos. Das gefällt mir wirklich überhaupt nicht.«

»Das hier ist Calle Collin. Er ist ein enger Freund der Familie Malmberg und würde gerne mit den Eltern sprechen. Ich vermute, dass sie hier sind.«

»Ja. Ich habe den Vater eben gesehen. Die Mutter ist vermutlich beim Patienten.«

»Ist er schwer verletzt?«

»Nasenbeinfraktur, aufgeplatzte Lippe, vier gebrochene Finger an der rechten Hand.«

»Autsch.«

»Ja. Aber nichts Lebensbedrohliches.«

»Ist die Polizei hier? Mein Freund hat eine Information, die vielleicht hilfreich sein könnte.«

Der Pfleger sah Calle an. War er etwa ein Zeuge, der nicht eingegriffen hatte? Ein Feigling, der sich hinter einem Baum versteckt und stillschweigend zugeschaut hatte?

»Die sind schon wieder weg«, sagte er schließlich. »Er schläft. Wir haben ihm was gegeben. Der Ärmste war vollkommen erledigt.«

»Kein Wunder«, meinte David. »Das ist schon hart, in den eigenen vier Wänden brutal zusammengeschlagen zu werden.«

»Ich sehe mal, ob ich die Mutter oder den Vater irgendwo finden kann. Wartet so lange hier«, sagte der Pfleger und verschwand.

Calle und David standen einen Augenblick unschlüssig da, ehe sie Platz nahmen.

»Wahrscheinlich hat er dort gelegen«, sagte Calle, und bekam plötzlich nur noch mit Mühe Luft. »Als ich vorbeigegangen bin, meine ich. Ich hätte das begreifen, hochgehen und nachschauen müssen.«

David ergriff seine Hand und zog ihn an sich. Der Pfleger kam mit Åsa Malmberg im Schlepptau zurück. Sie betrachtete erstaunt die beiden Männer, die sich losließen und aufstanden. Calle streckte die Hand aus.

»Hallo! Ich weiß nicht, ob Sie sich an mich erinnern. Ich bin Calle Collin. Wir sind uns auf Tegelön begegnet. Ich bin ein Freund von Jörgen, Jörgen Petersson.«

Der Pfleger warf David einen strengen Blick zu. War das etwa seine Definition eines *engen Freundes der Familie?* Åsa ließ keine Gefühlsregung erkennen.

»Ich erinnere mich«, sagte sie.

»Also ...«, sagte Calle und holte tief Luft. »Ich glaube, ich weiß, wer Anders misshandelt hat.«

Åsa nickte und wandte sich dann an den Pfleger.

»Gibt es irgendeinen Ort, an dem Calle und ich uns unter vier Augen unterhalten können?«

52

Calle wusste nicht recht, ob Åsa Malmberg was gegen ihn hatte oder ob sie einfach nur unter Schock stand und ihre Gefühle nicht ausdrücken konnte. Ihr Sohn lag verletzt im Nachbarzimmer, eigentlich hätte sie bei ihm sein sollen, statt ihre Zeit bei einem Mann zu verbringen, den sie nur einmal zuvor getroffen hatte.

»Ich bin heute zur Mittagszeit an Anders' Haus vorbeigegangen«, sagte Calle. »Und da habe ich gesehen, wie Mattias Svensson das Haus verließ.«

Åsa schwieg. Calle fuhr fort.

»Mattias Svensson ist der Bruder von Kent Svensson aus Anders' Klasse.«

Immer noch keine Reaktion.

»Ich habe einen Artikel über Kent Svensson geschrieben, den Jungen, der bei einem Autounfall ums Leben kam. In Höganäs.«

»Ja.«

»Daraufhin schrieb Anders eine Glosse über meinen Artikel. Kent und er waren in der Schule nicht unbedingt die besten Freunde, wenn ich es richtig verstanden habe.«

Bengt Malmberg trat ins Zimmer, sah Calle forschend an und streckte die Hand aus.

»Ich weiß nicht, ob Sie sich an mich erinnern. Wir sind uns auf Tegelön begegnet.«

Bengt schüttelte ihm flüchtig die Hand und stellte sich dann neben seine Frau.

»Calle hat Mattias Svensson vor Anders' Haustür gesehen«, sagte Åsa. »Heute um die Mittagszeit.«

Bengt sagte nichts.

»Vor etwa einer Woche rief mich Kents Mutter an«, sagte Calle. »Sie hatte Anders' Glosse gelesen, war erzürnt und fragte mich, was ich unternehmen würde. Ich sagte, dass ich nicht sonderlich viel tun könne, worauf sie erwiderte: Nein, Sie vielleicht nicht.«

Calle hob die ausgestreckten Hände in einer vielsagenden Geste.

»Und Sie haben also beobachtet, wie Mattias Svensson, der Bruder von Kent, Anders' Haus verließ?«, fasste Bengt zusammen.

Calle nickte.

»Sie sind sich da ganz sicher?«

»Ja.«

»Sie glauben, dass er es war, der Anders misshandelt hat?«

»Ja. Das liegt doch auf der Hand. Ich habe Hallo gesagt, aber er ging einfach an mir vorbei. Und vor etwa einer Stunde hat mich seine Freundin angerufen und bedroht. Bedroht ist vielleicht zu viel gesagt ... Sie hat gesagt, sie würde mich im Auge behalten und dass sie Freunde in Stockholm habe. Doch, das war eine Drohung.«

»Seine Freundin?«, fragte Åsa.

»Sie war beim Interview dabei. Eine dänische Nachtclubkönigin. Mattias arbeitet für sie. Sicherheitsberater nennt er sich. Schläger, wenn man mich fragt. Mit den beiden ist wirklich nicht gut Kirschen essen.«

Die Eheleute Malmberg sahen sich an.

»Das ist ein Fall für die Polizei«, sagte Bengt.

»Natürlich«, erwiderte Calle bereitwillig.

Bengt holte tief Luft, als wollte er etwas sagen, hielt dann inne und setzte erneut an.

»Etwas verstehe ich nicht. Woher wusste Margit, dass Anders' Glosse von ihr handelte? Er hat keine Namen genannt. Weder Höganäs noch Ihre Illustrierte wurden namentlich erwähnt.«

Calle schaute zu Boden und verlagerte das Gewicht von einem Bein aufs andere. Dann hob er den Blick.

»Ich habe ihr einen Gruß von Ihnen ausgerichtet. Eine alte Lehrerin hatte erwähnt, dass Anders und Kent in die gleiche Klasse gingen, aber dass es über Kent, im Gegensatz zu Anders, nichts Gutes zu sagen gäbe. Als ich später mit Margit sprach, erwähnte ich, dass ich Sie kennen würde und grüßen sollte. Ich glaube, sie fühlte sich geschmeichelt. Dass eine bekannte Persönlichkeit wusste, wer sie war.«

Åsa holte tief Luft und wandte sich an ihren Mann.

»Ich gehe zu Anders«, sagte sie und verließ das Zimmer, ohne Calle eines weiteren Blickes zu würdigen.

Bengt blieb stehen und nickte ihm zu.

»Sprechen Sie mit der Polizei«, sagte er.

Calle nickte.

»Natürlich.«

Bengt klopfte ihm hastig auf die Schulter und folgte seiner Frau.

53

»Hallo, Mama.«

»Versprich mir, dass du unschuldig bist.«

»Was?«

»Bitte, Matte, versprich mir, dass du nichts damit zu tun hast.«

»Womit?«

»Hast du das denn nicht gehört? Dass der Journalist misshandelt wurde.«

»Welcher Journalist?«

»Der diesen Unsinn geschrieben hat. Er wurde in seiner Wohnung verprügelt.«

»Mama, erzähl keine Geschichten.«

Sie atmete erleichtert auf.

»Gut«, sagte sie. »Ich hatte nur plötzlich die Befürchtung, du könntest es gewesen sein.«

»Was?«

»Der ihn zusammengeschlagen hat. Nicht, dass er es nicht verdient hätte. Ich will nur nicht, dass du in Schwierigkeiten gerätst.«

»Mach dir keine Sorgen.«

»Gut, gut. Wann sehen wir uns?«

»Weiß nicht, Mama. Ich habe im Augenblick viel zu tun.«

»Ist mit Sara alles in Ordnung?«

»Ja.«

»Das freut mich, ich mag sie. Ihr passt zusammen. Habt ihr euch nicht überlegt ...«

»Was?«

»Nein, nein, du bist ja noch jung. Aber sie ist doch schon über dreißig?«

»Mama.«

»Ja, ja, ja. Sie wirkt irgendwie reell. Und sie kommt ja auch aus einer guten Familie, das muss man sagen. Ärzte und so. Sie waren doch im Ausland tätig?«

»Mama.«

»Saudi-Arabien, oder?«

»Kuwait.«

»Genau, das war es. Kuwait. Sie ist dort aufgewachsen, nicht wahr?«

»Mama. Ich hab wirklich viel zu tun. Lass uns später weiterreden.«

»Ja, ja, natürlich. Gut, dass du nichts damit zu tun hast. Das erleichtert mich.«

»Bis später, Mama.«

»Ja. Tschüss, mein Junge.«

54

»Geht es dir jetzt besser?«

Sie saßen in Calles Küche. David hatte ihn auf die Wache begleitet, während der Befragung tapfer gewartet und ihn dann nach Hause gebracht. Jetzt tranken sie Tee und aßen Zwieback mit Butter und Käse.

»Anderen Leuten die Finger brechen«, sagte Calle. »Wer tut so was?«

»Du bist ihm begegnet.«

»Das kommt mir so unwirklich vor.«

David trank einen Schluck Tee.

»Ich sehe so was jede Woche.«

»Was?«

»Körperverletzung. Messerstechereien.«

»Kommt das so häufig vor?«

David zuckte mit den Achseln.

»Häufig ist vielleicht zu viel gesagt. Aber wenn sie bei mir vorstellig werden, sind sie ganz klein. Dann soll repariert, verpflastert und getröstet werden. Die Kriminellen von heute gehören zur Emla-Generation.«

Calle verstand ihn nicht.

»Emla ist eine Betäubungscreme, die man benutzt, bevor man jemandem eine Spritze setzt.«

»Ich weiß nicht, ob mich das sonderlich beruhigt.«

David nahm Calles Hand.

»Dir bleibt nichts anderes übrig. Du musst reden, vor Gericht aussagen, falls das erforderlich sein sollte. Ich glaube, es wäre gefährlicher, den Mund zu halten. Du hast das Richtige getan.«

Calle lachte.

»Merkwürdig«, sagte er. »Ich bin mir da gar nicht so sicher.«

David stand auf.

»Du hast mir noch gar nicht dein Schlafzimmer gezeigt.«

55

Das Fenster war angelehnt, und Conny Bladh hatte die Kommode von der Wand gezogen, um seinen Ellbogen darauf abstützen zu können. Es brannte kein Licht. Der Eingang des Nachtclubs war vom Fenster deutlich zu erkennen, Conny schätzte den Abstand auf gut hundert Meter. Ein Türsteher und zwei Mädchen standen vor der Tür. Der Wachmann hatte die Hände in den Jackentaschen, die Mädchen rauchten. Die eine trug abgeschnittene Jeans und ein enges Top, die andere einen kurzen Rock und Jeansjacke. Beide hatten hohe Absätze.

Das Zielfernrohr war so gut, wie der Verkäufer behauptet hatte. Conny hatte das Gewehr im Wald ausprobiert. Wenn er den Kolben an der Schulter abstützte und vorsichtig abdrückte, traf er direkt im Kreuz.

Matte, Saras Muskelmann, war vor Ort. Conny hatte ihn ein paar Stunden zuvor in den Club gehen sehen. Er war sich sicher, dass Matte auf die eine oder andere Weise in die Morde verwickelt war, wusste aber auch, dass Sara die Weisung erteilt hatte. Conny gedachte, das Unkraut mit den Wurzeln auszureißen und nicht nur oberflächlich zu jäten.

Conny legte das Gewehr auf die Kommode und schaute auf die Uhr. Er hatte die Tür jetzt gute drei Stunden im Auge behalten. Es war sein erster Abend. Er hatte Essen und Getränke für eine Woche gebunkert, und das Zimmer war bezahlt. Die Stundentaxe mal 24 mal 7. Viel zu teuer, kein Wunder, dass sich der ungewaschene Typ an der Rezeption zufrieden den nikotingelben Bart gekratzt hatte. Wer sich Fragen ersparen wollte, musste eben zahlen. Und er hatte trotzdem noch genügend Geld übrig.

Im Nachbarzimmer knallte ein Bettgestell rhythmisch gegen die Wand. Conny erregte das nicht einmal. Noch wenige Tage zuvor hätte er sich auf gleiche Weise verausgaben können, jetzt lag ihm dergleichen fern.

Zum ersten Mal seit Langem hatte sein Leben wieder einen Sinn. Der Gedanke, etwas auszurichten, berauschte ihn. Er fühlte sich fast glücklich und stellte sich bereits seinen Nachruf vor.

Sara Vallgren besuchte regelmäßig ihre Clubs. Wie die Promi-Köche, die an die Tische der Gäste traten und fragten, ob alles zur Zufriedenheit sei. Sara verströmte Glanz und Ehrbarkeit, sie gab dem Ganzen einen Anstrich von Anständigkeit. Leute mit einem gewissen Einblick in das kriminelle Milieu sagten: *Mag sein, dass nicht alles vollkommen legal ist, aber seit Sara das Sagen hat, ist es zumindest ruhig.*

Conny hatte vor, ihr eine Kugel durch den Kopf zu jagen. Sobald das erledigt war, wollte er Licht machen, im Sessel Platz nehmen und auf das Eintreffen der Polizei warten.

Er hatte nicht vor, ein weiteres Mal zu fliehen.

Das Geräusch von Sirenen riss ihn aus seinen Überlegungen. Er schaute auf die Straße. Blaulicht erleuchtete die Fassaden, und drei Streifenwagen hielten vor dem Nachtclub.

Conny schaute durch das Zielfernrohr. Vier Beamte betraten den Club, zwei warteten auf der Straße. Zu wenige für eine Razzia, zu viele für eine Routinekontrolle. Nach wenigen Minuten kamen sie mit Matte in ihrer Mitte wieder heraus. Er trug Handschellen, wirkte aber weder wütend noch verängstigt. Gelassen und widerstandslos nahm er auf der Rückbank eines Einsatzwagens Platz. Eine Minute später war der Spuk vorbei, und der Türsteher öffnete angetrunkenen Geschäftsleuten erneut die Tür.

56

Bengt ging geradewegs in die Küche und schenkte zwei Gläser Wein ein. Åsa blieb neben der Kücheninsel stehen und betrachtete ihn. Er trat auf sie zu und reichte ihr das eine Glas. Gewohnheitsmäßig hätte er sein Glas beinahe zu einem schweigenden Skål erhoben, ertappte sich aber noch rechtzeitig und schaute weg. Ein Handy klingelte.

»Deins«, sagte Bengt.

Åsa ging in die Diele und nahm ihr Handy aus der Handtasche. Sie schaute auf das Display. Ihrem Gesichtsausdruck nach zu urteilen, war es eine unbekannte Nummer.

»Ja, hier ist Åsa.«

Sie hörte zu.

»Nein, das ist mir entgangen.«

Neue Pause.

»Nein«, sagte sie ergeben.

Bengt suchte ihren Blick, um beurteilen zu können, wie ernst es war. Sie wich ihm aus.

»Du kannst nichts dagegen machen«, fuhr sie sachlich fort. »Ignorier es einfach und warte, bis der Wind sich dreht. Du darfst auf keinen Fall in die Defensive gehen, das ist ein Giftschrank, der nicht geöffnet werden darf. Für den Verkauf spielt das keine Rolle, im Gegenteil.«

Bengt atmete hektisch. Er trank einen großen Schluck Wein und lehnte sich gegen die Spüle. Åsa bemerkte seine verärgerten Bewegungen und wandte sich ab.

»Du musst entschuldigen, aber ich kann mich jetzt nicht mit dir unterhalten. Aus privaten Gründen. Nein, wir reden ein andermal darüber. Ich rufe dich an. Ciao.«

Sie beendete das Gespräch und kehrte in die Küche zurück.

»Entschuldige«, sagte sie.

»Lass mich raten. Ein Autor? Was war denn jetzt schon wieder? Eine schlechte Kritik?«

»Einige Wochen lang hat sich gar nichts getan, und jetzt kam ein Verriss.«

»Und?«

»Er befürchtet, dass das weitere schlechte Kritiken nach sich ziehen könnte.«

Bengt sagte nichts.

»Das kommt vor«, meinte Åsa. »Alle Kritiker googeln, was die anderen geschrieben haben, ehe sie selbst eine Meinung äußern. Eine gute erste Rezension ist keine Garantie, aber mit dem ersten Verriss ist ein Buch vogelfrei.«

Bengt stellte sein Glas ab. Åsa sah, wie sich sein Brustkorb hob und senkte.

»Unser Sohn wurde in seiner Wohnung überfallen und misshandelt, und du tröstest einen Autor, dessen garantiert lausiges Buch eine schlechte Kritik bekommen hat?«

Åsa schaute zu Boden. Bengt ging zur Spüle und schüttete seinen Wein aus.

»Was sollen wir tun?«, fragte er und verschränkte die Arme.

»Tun?«, fragte Åsa vorsichtig.

Bengt schien förmlich zu kochen.

»Ich rede mit dir. Was sollen wir tun?«

Åsa ging zum Küchentisch und ließ sich schwer auf einen Stuhl fallen. Sie hob eine zitternde Hand ans Gesicht. Bengt ließ sich nicht beeindrucken.

»Ich weiß es nicht«, sagte sie.

»Du weißt es nicht? Na, dann sind wir ja zu zweit. Wie kannst du einfach so abschalten?«

»Abschalten?«

»Irgendein Idiot ruft dich an, und ich suche deinen Blick, aber du wendest dich ab, um meiner Frage zu entgehen.«

»Welche Frage?«

»Wer der Anrufer ist. Unser Sohn liegt im Krankenhaus. Ich gehe davon aus, dass jedes Klingeln was damit zu tun hat.«

»Ich habe telefoniert.«

»Du telefonierst. Ich versuche deinen Blick einzufangen, und du wendest dich ab.«

»Was sollte ich tun? Ich habe das Gespräch so schnell wie möglich beendet.«

»Du hättest mir ein Zeichen geben können, dass es weder das Krankenhaus noch die Polizei ist. Du hättest die Augen verdrehen, den Kopf schütteln, was auch immer tun können, nur nicht dich abwenden. Das ist nicht normal, das ist nicht gesund.«

»Er war fertig mit den Nerven.«

»Unser Sohn liegt im Krankenhaus. Ich will wissen, was wir tun sollen.«

Bengt holte ein neues Glas und goss Wein ein. Åsa beobachtete ihn.

57

Conny Bladh hatte keinen Fernseher und kein Radio. Die einzige Unterhaltung war das regelmäßige Stöhnen jenseits der Wand.

Draußen begann es hell zu werden, und das Geschäft auf der Straße neigte sich seinem Ende zu. Conny kannte ein paar der Typen vom Sehen, glaubte er zumindest. Auf die Entfernung war es schwer zu erkennen, und außerdem war es egal. Alle Dänen hießen Preben, hatten rote Haare, trugen Eskimojacken und fuhren schwarze Fahrräder. Sie waren sich zum Verwechseln ähnlich und durchweg schlechte Menschen, das ließ sich nicht schönreden. Sie setzten ihre Ehre darein, die Schweden zu betrügen. Aber die Frauen wussten, was sie taten. Schwedische Luder versuchten es nicht einmal. Mangelnde Konkurrenz, dachte Conny. In Dänemark war es legal, da prügelten sie sich um die Freier. In Schweden lagen sie wie tote Fische da und starrten an die Wand. Die Däninnen fuhren ihre Krallen aus und packten zu. Großer Unterschied. Er bekam Lust auf eine letzte Runde. Die Schläge gegen die Wand beschleunigten sich und endeten dann abrupt. Vielleicht konnte er sie ja abfangen, wenn sie das Nachbarzimmer verließ?

Er versteckte das Gewehr, nahm ein paar Geldscheine aus dem Rucksack, legte ein Ohr an die Wand und versuchte, die Geräusche auf der anderen Seite zu deuten. Die Frau war aufgestanden. Der Freier lag noch im Bett. Sie zog sich an, er redete. Ihre Antworten waren kurz. Conny konnte den Wortlaut nicht verstehen. Das Bett quietschte, als sich der Kunde ebenfalls erhob. Die Nutte verabschiedete sich. Conny ging zur Tür. Er hörte rasche Schritte auf hohen Absätzen. Als sie an seiner Tür vorbei war, öffnete er sie vorsichtig und schaute durch den Spalt.

Eine Frau, die er noch nie gesehen hatte. Gut.

»Hast du Zeit?«

Sie blieb stehen und drehte sich um. Conny hielt die Tür auf und wedelte mit den in der Mitte gefalzten Geldscheinen. Sie drehte sich um und kam auf ihn zu. Er hielt ihr die Scheine zwischen zwei Fingern hin. Sie lächelte ihn an, nahm die Scheine und zählte sie routiniert.

»Ich will, dass du alles gibst«, sagte Conny. »So, als würdest du mich wirklich mögen.«

»This money you can come on my face.«

»Das ist nicht nötig. I mean, do you understand what I'm saying?«

»I understand, yes.«

Conny hielt die Tür auf, und die Frau trat ein. Sie schaute sich um.

»You live here?«

»Ich will, dass du dein Bestes gibst.«

»I always do best.«

Sie fuhr sich mechanisch über die Brüste. Conny schüttelte den Kopf.

»Nicht so. Ich will, dass du so tust, als sei es echt.«

Er baute sich vor ihr auf.

»Pretend it's real?«, sagte die Hure.

Conny hob die Hand, und sie wich zurück. Conny lächelte freundlich und fuhr ihr zärtlich mit dem Handrücken über die Wange. Erstarrt ließ sie es geschehen.

»You scare me.«

»Tu so, als sei es echt«, sagte Conny.

58

Matte bequemte sich zu einer Aussage, nachdem er mit seiner Anwältin gesprochen hatte.

»Ich habe Anders Malmberg nicht misshandelt.«

Die angereisten Stockholmer Polizisten stellten daraufhin viele Fragen. »Sie wissen also, wer Anders Malmberg ist? Wir haben einen Zeugen, der Sie zum Zeitpunkt der Tat in der Nähe des Tatorts gesehen hat. Wollen Sie diese Behauptung leugnen? Wir wissen, dass Sie an diesem Tag nach Stockholm geflogen sind. Was haben Sie dort gemacht?«

»Ich habe Anders Malmberg nicht misshandelt.«

»Wie würden Sie das hier nennen?« Sie zeigten ihm Fotos aus dem Krankenhaus. Matte schaute sie kaum an.

»Haben Sie eine Vorstellung, wer ihm das Nasenbein und seine Finger gebrochen haben könnte?«

»Ich habe Anders Malmberg nicht misshandelt.«

»War es wegen dem Unsinn, den er geschrieben hat? Über Ihren toten Bruder?«

»Ich habe Anders Malmberg nicht misshandelt.«

»Das sagten Sie bereits. Wie wäre es, wenn Sie stattdessen das Blatt vom Mund nehmen und uns erzählen würden, wie es tatsächlich war? Glauben Sie nicht, dass es eine Erleichterung wäre?«

»Ich habe Anders Malmberg nicht misshandelt.«

»Hören Sie schon auf. Sie klingen wie ein Papagei. Es glaubt Ihnen ja doch niemand.«

Die Anwältin räusperte sich.

»Wie mein Mandant deutlich und bereitwillig zu Protokoll gibt, hat er mit der Körperverletzung von Anders Malmberg nichts zu tun. Falls Sie also keine weiteren Fragen haben, schlage ich vor, dass Sie ...«

Sie ließen ihn gehen. Die Anwältin begleitete ihn aus dem Präsidium. Matte sah sie fragend an.

»Er weigert sich, Sie zu benennen«, meinte sie. »Sie werden ihn bearbeiten, ihm Mut machen. Seine Journalistenkollegen haben ihn bereits zum Helden erklärt. Sie werden ihn unter Druck setzen. Wenn er Sie nicht ans Messer liefert, werden sie ihn von seinem Sockel stoßen. Ein eingeschüchterter Journalist ist in den Augen seiner Kollegen ein lausiger Journalist. An Ihrer Stelle würde ich jetzt erst einmal abwarten. Die nächsten Tage sind entscheidend. Sollte er reden, dann bleibt uns nur dieses Argument.«

»Welches Argument?«, fragte Matte.

»Dass er Sie anfänglich nicht angezeigt hat.«

Die Anwältin legte ihm einen Arm um die Schultern, was seltsam aussah, weil Matte viel größer war als sie.

»Ein Journalist?«, sagte sie. »Was haben Sie sich eigentlich dabei gedacht?«

Sie trennten sich, und Matte nahm ein Taxi zu Saras Büro. Als er über die Schwelle trat, streifte ihn ein Gedanke. Hielt Sara es für möglich, dass er geredet hatte? Plötzlich wurde er unsicher.

Sara erhob sich von ihrem Stuhl und kam mit ausgebreiteten Armen auf ihn zu. Wirkte diese Geste nicht etwas übertrieben? Matte hatte das Gefühl, die Kontrolle über seine Gesichtsmuskeln zu verlieren. Der Moment war rasch vorbei, aber für jemanden, der ihn gut kannte, durchaus sichtbar gewesen.

»Schön, dich zu sehen.«

Sie umarmte ihn intensiv und ausgiebig. Diese Form der Zärtlichkeit war ihm neu, ihr körperlicher Austausch war sonst handfester. Sie presste ihre Wange an seine Brust und ließ ihre Arme über seinen Rücken wandern. Suchte sie nach einem versteckten Mikro?

»Ich habe nicht gequatscht.«

Sie nahm seine Hände und betrachtete ihn eingehend.

»Das weiß ich doch. Komm, setz dich. Willst du was trinken?«

»Nein danke.«

»Dann darf ich dir also gratulieren.«

»Die Anwältin meinte, dass sie ihn überreden werden, auszusagen.«

»Die Gefahr besteht immer, aber bislang hat nur diese Illustriertenschwuchtel geplaudert. Obwohl ich ihn angerufen und gewarnt habe.«

Sara starrte vor sich hin.

»Offenbar habe ich die Dinge nicht mehr so ganz im Griff«, sagte sie.

Matte beugte sich vor.

»Willst du, dass ich mit ihm rede?«

»Nein, nein, jetzt bleiben wir ganz gelassen. Es hat keinen Sinn, sich aufzuregen.«

»Wir warten ab?«

Sara lächelte flüchtig.

»War es wirklich nötig, ihm die Finger zu brechen?«, fragte sie. »Und das Gesicht einzudrücken? Es hätte doch voll und ganz gereicht, ihm mit der flachen Hand eine runterzuhauen, um diesem Stück Scheiße Angst einzujagen. Man lässt keine Zeugen zurück. Sie kriegen dich wegen einer Bagatelle dran.«

Sie umrundete den Tisch, zog einige Papiere zu sich heran und begann zu lesen. Matte wurde unsicher.

»Willst du ... dass ich gehe?«

Er deutete mit dem Daumen über die Schulter auf die Tür. Sara las weiter.

»Mach sie bitte hinter dir zu.«

59

Conny Bladh wies Janina an, sich vors Fenster zu stellen und hinauszuschauen.

»How?«

»Stell dich einfach da hin.«

»Like this? Why?«

Er stellte sich hinter sie und umarmte sie. Wie ein Liebespaar in einem Hotel in einer fremden Stadt. Die Illusion währte eine Sekunde, dann nahm sie seine Hand und legte sie auf ihr Geschlecht.

Conny war offenbar der einzige Romantiker im Zimmer. Sie drehte sich mit bittendem Blick um, zog ihn zum Bett, knöpfte seine Hose auf und nahm sein Glied in die Hand.

»Warte.«

Es tat einen Stich in seinem Magen. Conny schob sie von sich weg und eilte auf die Toilette. Er drehte den Wasserhahn auf, um die Geräusche zu kaschieren. Was nicht viel nützte, und gegen den Geruch vermochte er eh nichts auszurichten.

Als er aus dem Bad kam, wollte Janina gerade gehen.

»You sick, I go.«

Conny fiel auf, wie krampfhaft sie ihre Handtasche umklammert hielt. Er schaute zu seinem Rucksack und sah, dass er geöffnet war.

»Du Schlampe.«

Er riss ihr die Tasche aus der Hand und leerte sie auf dem Bett aus. Dann nahm er die gebündelten Geldscheine und überließ ihr den Rest. Jetzt konnte er sie nicht mehr gehen lassen. Sobald sie das Zimmer verließ und ihren Freundinnen von dem reichen Freier aus Zimmer 21 erzählte, war er fertig. Er verstellte ihr den Weg.

»Let me out. I want to go.«

»Warte.«

Er hatte keinen Plan B.

»Bleib.«

Sie sah ihn misstrauisch an. Conny bemühte sich, gelassen und vertrauenerweckend zu wirken.

»Bleib ein paar Tage, eine Woche, dann kriegst du alles.«

Sie verstand ihn nicht. Er hielt die Geldbündel in die Höhe.

»Pay you everything. If you stay.«

60

Calle lächelte breit. Seine Wangen schmerzten bereits, aber er konnte das Grinsen nicht unterdrücken. Noch nie hatte er sich so bestätigt oder auch nur annäherungsweise so attraktiv gefühlt. Von den Küssen ganz zu schweigen. Als sei das Leben plötzlich in Farbe. David öffnete lächelnd die Augen.

»Was?«

Calle schüttelte den Kopf.

»Nichts.«

»Nichts?«

Calle holte tief Luft.

»Ich bin völlig berauscht«, sagte er.

»Berauscht?«

»Als würde ich neben mir stehen, wie beim Jetlag. Als hätte ich nächtelang nicht geschlafen.«

»Hast du ja auch nicht.«

David streckte die Hand nach Calles Schwanz aus.

»Hier ist aber etwas sehr steif und geschwollen.«

»Und wund.«

»Das sollte sich der Doktor dann vielleicht mal besser ansehen.«

Zwanzig Minuten später standen sie auf. David verschwand unter der Dusche, während Calle das Frühstück zubereitete. Er nahm die Zeitung vom Dielenfußboden und las mit zunehmender Erregung.

Verdächtiger freigelassen.

Anders Malmberg: »Das ist nicht der Täter.«

David stellte sich mit einem Handtuch um die Taille hinter ihn.

»Er knickt ein«, sagte Calle. »Die Schweine haben ihn eingeschüchtert.«

»Oder er war es wirklich nicht.«

»Du meinst, ein Gangster aus Schonen, der in Kopenhagen arbeitet, war nur rein zufällig in Stockholm am gleichen Ort, an dem Anders zusammengeschlagen wurde?«

David zuckte mit den Achseln. Calle seufzte.

»Du glaubst doch nicht etwa …«

»Es sind schon seltsamere Dinge geschehen.«

»Und warum hat mich diese Puffmutter dann direkt danach angerufen?«

»Du hast recht«, sagte David, ging ins Schlafzimmer und kleidete sich an.

Als er zurückkehrte, hatte Calle Kaffee eingegossen.

»Natürlich habe ich recht«, sagte er. »Das darf nicht sein. Er macht sich damit seine ganze Karriere kaputt.

Kapiert er das denn nicht? Wie soll er nach dieser Geschichte weiterarbeiten, seinen Schwachsinn schreiben? Welches Blatt will ihn dann noch haben, wenn er jetzt zu Kreuze kriecht?«

David schaute auf die Uhr und schmierte sich ein Brot.

»Immerhin lebt er noch«, sagte er und biss im Stehen ab.

Calle hielt die Zeitung in die Höhe und las die Überschrift laut vor.

»*Das ist nicht der Täter?* Hätte er nicht wenigstens sagen können, dass er den Täter nicht gesehen hat, dass alles so schnell ging, dass er nicht mit Sicherheit sagen kann, wer es war. Egal, was, nur das nicht.«

David schluckte den letzten Bissen herunter.

»Dir bleibt die Zeugenaussage erspart. Sieh es einmal so. Ich muss gehen.«

Calle legte die Zeitung beiseite und begleitete ihn zur Tür.

»Jetzt sehen wir uns ein paar Tage lang nicht.«

»Nein.«

»Vielleicht stolpere ich ja, verletze mich und muss mich akut behandeln lassen.«

»Du weißt, wo du mich findest.«

»Ich ...«, begann Calle, hielt aber mitten im Satz inne.

David sah ihn an.

»Du ...?«

»Nichts«, sagte Calle und schüttelte den Kopf. »Ich will nichts überstürzen, das geht nur den Bach runter.«

David lachte kurz, sah ihn ernst an und nickte.

»Geht mir genauso«, sagte er.

Calle umarmte ihn.

»Bis in ein paar Tagen.«

»Vorher telefonieren wir aber noch. Ciao.«

Calle schloss hinter ihm die Tür ab und ging zurück in die Küche. In seinem Bauch kribbelte es euphorisch, gleichzeitig beschlich ihn ein Gefühl von Untergang. Er musste sich beherrschen, durfte nichts überstürzen. Weil sonst alles zum Teufel ging. Oder täuschte er sich?

Im Übrigen war das vollkommen lächerlich. Nichts war flüchtiger als Verliebtheit. Jeder zynische Romantiker wusste, dass Beziehungen durch Erpressung, Schuld und Scham zusammengehalten wurden.

Calle holte sein Handy und rief Jörgen an. Sie hatten kurz telefoniert, nachdem Anders Malmberg verprügelt worden war.

»Ich vermute, dein Loverboy ist gegangen, weil du jetzt plötzlich Zeit für mich hast.«

»Hast du die Zeitung gelesen?«, fragte Calle. »Anders knickt ein. Er traut sich nicht, auszusagen.«

»Suspekt.«

»Nicht suspekt, sondern feige. Wieder so ein Schreihals, der nur an der Tastatur mutig ist. So geht das nicht. So ruiniert er seine Karriere.«

»Du solltest vielleicht nicht so hart über einen Mann urteilen, dem man die Finger gebrochen hat.«

»Das spielt keine Rolle, von so was darf man sich nicht einschüchtern lassen.«

»Vielleicht war es ja wirklich nicht der Typ, den du gesehen hast.«

»Hör schon auf. Du weißt sehr gut, dass er es war. Wer hätte es sonst sein sollen?«

»Vielleicht hat er einen Freund damit beauftragt und auf der Treppe gewartet, während die Arbeit gemacht wurde.«

Calle zögerte. Jörgen konnte recht haben. Es war möglich, dass Matte jemanden beauftragt und Wache geschoben hatte, während Anders verprügelt wurde. Anschließend hatten Matte und sein Kumpan das Haus getrennt verlassen, um nicht aufzufallen.

»Ich muss mit ihm reden«, sagte Calle.

»Mit wem?«, fragte Jörgen.

»Mit Anders. Ich will wissen, was passiert ist.«

61

Anders Malmberg war weder im Krankenhaus noch zu Hause in seiner Wohnung. Calle vermutete, dass er nach allem, was er erlebt hatte, zu seinen Eltern gefahren war. Calle suchte die Adresse der Eltern heraus und nahm ein Taxi nach Bromma.

Åsa öffnete.

»Ja?«

Sie ließ die Türklinke nicht los und sah ihn an, als sei er ein Hausierer.

»Hallo, ich würde gerne ein paar Worte mit Anders wechseln.«

»Ich glaube nicht, dass er daran interessiert ist.«

»Ich habe die Zeitung gelesen«, sagte Calle. »Ich weiß, dass Anders ausgesagt hat, Mattias Svensson sei nicht der Täter. Ich weiß aber, dass er dort war.«

Åsas Miene drückte Trauer aus.

»Ich weiß nicht, ob er es war, der Anders misshandelt hat«, fuhr Calle fort. »Aber selbst, wenn es jemand anders war, war Mattias trotzdem dort. Ich habe ihn aus

Anders' Haus kommen sehen. Er muss irgendwie in die Sache verwickelt sein.«

Bengt tauchte hinter Åsa auf, stellte sich neben sie und legte ihr einen Arm um die Schultern.

»Hallo«, sagte Calle.

Bengt nickte kurz.

»Entschuldigen Sie die Störung, aber ... Wenn Anders jetzt klein beigibt, dann kommt er nicht mehr auf die Beine.«

»Was wollen Sie?«, fragte Bengt.

»Ich würde gerne mit Anders sprechen.«

»Er ruht sich aus.«

»Ich habe ausgesagt«, meinte Calle. »Mich hat man auch bedroht.«

»Unserem Sohn hat man in seinen eigenen vier Wänden das Nasenbein und vier Finger gebrochen.«

»Ich weiß. Deswegen will ich ja auch mit ihm sprechen.«

Bengt schob sich an seiner Frau vorbei aus dem Haus.

»Finden Sie nicht, dass Sie durch Ihr Gerede schon genug angerichtet haben? Grüße ausrichten und sich überall einmischen. Diesen verlogenen Unsinn schreiben. Was geht Sie unser Leben überhaupt an? Wir wollen Sie nicht in unserer Welt. Ist das so schwer zu verstehen?«

Calle trat einen Schritt zurück.

»Sie finden also, dass Mattias ungeschoren davonkommen soll? Nach allem, was er getan hat?«

Hinter Åsa und Bengt regte sich etwas. Die beiden drehten sich um. Anders stand in der Diele. Seine Nase war geschwollen, und er hatte Watte in den Nasenlöchern. Sein gegipster rechter Arm hing in einer Schlinge.

»Er war es nicht. Kapiert? Die Polizei hat mir Fotos gezeigt. Er war es nicht.«

Calle trat einen Schritt vor.

»Aber er war dort, vielleicht hat er Wache geschoben und jemand anderen die Drecksarbeit machen lassen.«

»Er war es nicht, habe ich gesagt.«

Bengt bebte vor Wut, sah Calle durchdringend an, kehrte dann ins Haus zurück und schloss die Tür hinter sich. Calle blieb stehen. Jetzt war er sich ganz sicher. Mattias Svensson hatte Anders Malmberg zusammengeschlagen.

62

Conny Bladh hielt Janina in den Armen. Das war ihr richtiger Name, der, den sie ihren Kunden nicht nannte. Sie lagen im Bett und ruhten sich aus. Draußen ging das Leben weiter. Janina wollte wissen, was er in diesem Stundenhotel verloren hatte. Er hatte doch Geld, warum wohnte er dann nicht in einem richtigen Hotel?

»Ich habe einen Auftrag.«

Janina wollte wissen, was das für ein Auftrag sei. Conny erwiderte, ein wichtiger Auftrag.

Sie fragte, ob er krank sei, und er antwortete, ja. Sie sprachen verschiedene Sprachen, aber verstanden sich trotzdem. Sie hatten nicht einmal miteinander geschlafen. Sie dösten nebeneinander wie ein älteres Paar, geborgen und unbeschwert. Es war Nachmittag, als Conny vom Geräusch der Dusche geweckt wurde.

»I must go«, erklärte Janina, als sie in ein Handtuch gewickelt aus dem Badezimmer kam.

Wenn nicht, würde man nach ihr suchen. Sie musste außerdem Kleider holen, sie musste zeigen, dass sie noch lebte. Sie könnte etwas zu essen kaufen. Ob er gerne chinesisch esse?

Das tat er.

»Wenn du den anderen etwas erzählst, musst du das Geld mit ihnen teilen«, sagte Conny.

Janina wollte nichts erzählen. Sie würde zurückkommen. Conny Bladh vertraute ihr.

Matte starrte das Telefon an. Anrufen oder nicht? Er traute sich nicht. Er hatte nichts zu sagen, wollte nur an seine Existenz erinnern und seine Dienste anbieten.

Sara hatte ihn abgebügelt wie ein wertloses Stück Dreck. Sie hatte wirklich eine Gabe, Leute abzuservieren. Ihre Aufmerksamkeit war wie ein Scheinwerfer in einem dunklen Raum. Schaltete sie ihn aus, existierte man nicht mehr.

Sollte er sie in ihrer Wohnung aufsuchen? Nein, nicht ohne Aufforderung. Obwohl sie ein Paar und seit Jahren zusammen waren und miteinander schliefen, wenn ihr danach war.

Vielleicht war es ja das? Sie wollte ihn nicht mehr? Warum? Wegen dieser Sache in Stockholm? Dabei hatte sie ihn im Grunde dorthin geschickt, damit er diesem verdammten Schreiberling einen Denkzettel verpasste. Wieso fand sie auf einmal, dass ein paar Ohrfeigen gereicht hätten? Sie war es doch, die Gewalt aufgeilte und die ihn für gut ausgeführte Dienste honorierte.

Matte starrte weiter das Handy an. Nein, lieber abwarten.

Worin bestand eigentlich das Problem? Der Journalist wagte es nicht, auszusagen, sondern hatte ihn noch entlastet. *Das war nicht der Täter*.

Selbst ein Kind konnte sich ausrechnen, dass er log. Auch dieser Umstand hätte Sara freuen können, das sandte die richtige Message aus. Außerdem hatte sie nichts mit der Sache zu tun und brauchte sich keine Gedanken zu machen.

Im Übrigen war nicht er es, der übertrieben Gewalt anwendete. Sara hatte eine Frau erdrosselt, weil es sie aufgeilte. Sie hatte einen ihrer zuverlässigsten Mitarbeiter dazu überredet, sich eine Pistole in den Mund zu stecken und abzudrücken. Als Experiment. Und weil es sie verdammt erregte.

Glaubte sie, dass er gesungen hatte? War es das? Glaubte sie, dass er sie ans Messer liefern würde, um seine eigene Haut zu retten? Dass er auf Anweisung der Polizei Beweise gegen sie sammelte? Das konnte sie doch wohl nicht glauben?

Hatte sie eine Affäre mit einem der Männer begonnen, die sie tagsüber traf? Die in Anzug, mit denen sie in besseren Restaurants zu Mittag aß? Nein. Sie hatte diese Männer nervös und verklemmt lachen hören, wenn sie die Clubs besuchten. Sie wusste, dass sich hinter ihrem aufgesetzten Selbstbewusstsein nur Leere verbarg.

»Matte.«

»Ja?«

Dreißigjährige Mutter zweier Kinder mit Hängetitten, arbeitete hauptsächlich tagsüber und musste oft hastig aufbrechen, wenn die Schule wegen ihres Sohnes anrief. Der Junge war zehn, und bereits jetzt zeichnete sich ab, dass er zum kriminellen Nachwuchs gehörte. Seltsam, wie jede Zunft ihr eigenes Fußvolk nachzüchtete.

»Eine, die mit dir reden will. Hinten.«

Matte erhob sich.

»Wer?«

»Janina.«

Er hielt mitten in der Bewegung inne.

»Sie hat hier nichts zu suchen. Sie soll im Hotel arbeiten.«

»Sie sagt, dass sie was Wichtiges erzählen muss.«

Matte seufzte. Wie wichtig konnte das schon sein? Er sah sich im Lokal um. Rote Samttapeten, schwarze Stühle, Chrom und eine Handvoll Gäste. Die Tanzdarbietung auf der Bühne konnte man mit viel gutem Willen gerade noch unengagiert nennen. Zu dieser Tageszeit kümmerte das aber niemanden. Solange die Frau ihre Schamlippen mit dem Tanga spreizte, waren die Freier zufrieden.

Verärgert ging er zum Notausgang. Janina erwartete ihn mit selbstbewusster, frecher Pose.

»Ja?«

»You know man you looking for.«

»Was?«

»You show me picture. Man fuck whores, take your money ...«

»Ja, ja. Was ist mit ihm?«

»I know where he is.«

Conny Bladh kamen allmählich Zweifel. Janina war jetzt bereits über eine Stunde weg. Aber schließlich kehrte sie wie versprochen zurück. Mit Essen und Stäbchen.

Conny konnte mit Stäbchen nicht umgehen. Beide lachten über seine unbeholfenen Versuche. Es war fast wie im Film. Sie fragte, wonach er Ausschau halte, weil er so oft zum Fenster ging.

»Sara Vallgren. Kennst du die?«

»I hate, she bad. Want me fuck Russians free. I hate Russians.«

»Sie hat meinen Partner und meine Freundin umgebracht.«

Janina bekam Angst, begann zu weinen, fragte, was er vorhabe, sagte, sie wolle damit nichts zu tun haben. Sie wollte sofort gehen, vergessen, dass sie jemals dort gewesen war. Sie sei nicht krank. Sie müsse weiterleben. Wenn Sara Vallgren erfuhr ...

»Du darfst gehen«, sagte Conny und umarmte sie. »Ich will dich in nichts reinziehen. Geh, wenn du musst. Ich kann dich für die bisherige Zeit bezahlen.«

Janina wollte ihn nicht verlassen. Sie schliefen miteinander, und sie gab sich ihm hin, ein Gefühl der Nähe entstand. Anschließend lagen sie nebeneinander. Sie rauchte, und er nahm auch einen Zug, woraufhin ihm schwindelig wurde. Er hatte über ein Jahr lang nicht geraucht, weil ihm nicht danach gewesen war. Sie tranken Whisky direkt aus der Flasche, wurden beschwipst und kitzelten sich gegenseitig.

Sein Traum hatte sich erfüllt. Er hatte sich zwar nicht vorgestellt, dass er sich in einem schäbigen Kopenhagener Hotel abspielen würde, aber das verstärkte das Gefühl beinahe noch. Glück erwartete man an einem Sandstrand unter einem Sonnenschirm, nicht in einem Zimmer mit abblätternden Tapeten und ungewaschenen Laken. Umso größer war der Kontrast, umso stärker das Erlebnis.

Als es dämmerte, wechselten sie sich damit ab, den Eingang im Auge zu behalten. Er legte das Gewehr auf die Kommode und teilte ihr mit, sobald Sara den Club betrete, könne sie das Geld nehmen und ihrer Wege gehen. Wenn Sara den Club wieder verließ, würde er bereit sein.

»And then?«

»Ich weiß nicht.«

63

»Merkwürdig«, meinte Jörgen.

Calle zuckte mit den Schultern.

»Eigentlich nicht. Anders hat Angst. Die ganze Familie scheint Angst zu haben. Und sie geben mir die Schuld, als hätte ich das alles zu verantworten.«

»Was sagt die Polizei?«

»Denen ist das auch klar.«

»Können sie nichts unternehmen?«

»Nicht, solange sich Anders beharrlich weigert, auszusagen.«

»Die müssen ihn doch irgendwie überzeugen können«, meinte Jörgen. »Du hast keine weiteren Drohungen erhalten?«

»Von der Puffmutter? Nein. Das Gespräch war außerdem so reizend und doppeldeutig, dass sie es ohne Probleme mit einem Lachen abtun und mich für paranoid erklären kann.«

Calle atmete tief durch und seufzte.

»Das ist nicht fair, dass ich jetzt Ärger kriege«, sagte er.

»Schließlich hat Anders den gehässigen Text geschrieben und nicht ich.«

»Und er wurde zusammengeschlagen, nicht du.«

»Noch nicht.«

Jörgen lachte kurz, wurde dann aber sofort wieder ernst.

»Mit David alles okay?«, fragte er, um das Thema zu wechseln.

»So okay, dass es mir fast schon Angst macht.«

»Angst?«

»Ihn zu verlieren. Ich weiß nicht, was ich mache, wenn es schiefläuft.«

»Das ist doch wunderbar. Genieße es, koste es aus. Früh genug ...«

Calle hielt sich die Hände vor die Ohren und erklärte laut und deutlich, dass er nicht hören wolle, wie sich starke Gefühle früh genug verändern würden. Jörgen lachte und schaute in seine leere Kaffeetasse.

»Teurer als Bier«, sagte er und schaute sich um.

»Am frühen Nachmittag kann man noch kein Bier trinken.«

»Ach nein?«, erwiderte Jörgen.

»Nein, das kann man nicht.«

»Okay.«

Calle kratzte den letzten Milchschaum mit dem Löffel aus seiner Tasse.

»Sie waren sehr schweigsam«, sagte er.

»Wer?«

»Die Malmbergs. Erinnerst du dich noch, auf der Insel, als ich erzählte, ich würde nach Höganäs fahren? Da haben sie auch geschwiegen. Im Krankenhaus ebenso, die haben vollkommen dichtgemacht. Aber …«

»Was?«

»Margit hatte keine Ahnung, wer Anders Malmberg ist. Als ich ihr die Grüße ausgerichtet habe, hat sie den Namen zum ersten Mal gehört.«

»Wer ist Margit?«

»Die Mutter des Jungen.«

»Des toten Quälgeistes?«

»Ja.«

»Und?«

»Ich dachte, du verstehst.«

Jörgen hob die Hände, um beim Thema zu bleiben.

»Okay. Der Tote war ein Aas und besonders gemein zu Anders Malmberg«, fasste er zusammen. »Åsa und Bengt hassen den fürchterlichen Jungen. Dann wird er überfahren, und sie werden von einem schlechten Gewissen geplagt.«

»Aber dieses Schweigen«, meinte Calle.

»Es hat vermutlich tiefe Spuren hinterlassen. Wer gemobbt wird, hat kein Leben mehr, für seine Quälgeister hingegen ist es ein Zeitvertreib, ein Hobby. Ich finde es trotzdem seltsam, dass die Polizei so schnell aufgibt. Sie müssten von dem Schläger zumindest die Erklärung verlangen, was er in Anders' Treppenhaus zu suchen hatte.«

»Das haben sie garantiert. Aber es würde ihnen die Sache natürlich erleichtern, wenn Anders kooperieren würde.«

»Sonst musst du ihn halt dazu zwingen«, meinte Jörgen.

»Und wie?«

Jörgen schob die Kaffeetassen beiseite und beugte sich vor.

»Anders Malmberg hat Karriere gemacht, indem er unbedacht durch Verbreitung vermeintlicher Wahrheiten Leute beleidigt.«

»Er arbeitet für ein Boulevardblatt«, meinte Calle. »Das ist sein Job.«

»Klar, sicherlich. Und er wird dafür gelobt, dass er die Dinge offen beim Namen nennt, sich was traut. Ehe er bei der Zeitung angefangen hat, war er eins vierzig groß. Ich meine, mental. Jetzt ist er zwei Meter zehn. Sein Selbstvertrauen ist gewachsen.«

»Und?«

»Wenn du mit deinem Wissen an die Öffentlichkeit trittst, dann zwingst du ihn, seine Lügen vor laufender Kamera zu wiederholen«, meinte Jörgen.

»Ich verstehe immer noch nicht, worauf du hinauswillst«, erwiderte Calle.

»Das liegt an dem ganzen Kaffee, den du in dich reinkippst. Das ist nicht gut fürs Gehirn. Ich will damit sagen, wenn du erzählst, wie die Dinge liegen, dann sehen alle ein, dass Anders lügt, weil er Angst hat.«

»Nett ist das nicht.«

Jörgen lehnte sich zurück und zuckte mit den Achseln.

»Man kann nicht immer nur nett sein.«

64

Karlsson lag in seinem Schreibtischstuhl und warf einen Radiergummi in die Luft, wobei er versuchte, der Decke möglichst nahe zu kommen, ohne diese zu berühren. Gerdin saß auf dem Besucherstuhl, verbog eine Büroklammer und versuchte dann, dieser ihre ursprüngliche Form zurückzugeben.

»Ich muss an Mattias Svenssons Mutter denken«, sagte er.

»Inwiefern?«, fragte Karlsson und fing den Radiergummi wieder auf.

»Wir sollten sie aufsuchen und uns anhören, was sie zu sagen hat. Die Dänin hat gesagt, sie wären dort gewesen. Wir müssen die Zeiten überprüfen.«

»Haben wir das nicht getan?«

»Wir haben nicht mit der Mutter gesprochen.«

Karlsson legte den Radiergummi auf den Tisch.

»Wie konnte das passieren?«

Gerdin zuckte mit den Achseln.

»Wahrscheinlich dachten wir, das sei reine Zeitverschwendung. Die Dänin wird uns ja wohl kaum ein falsches Alibi aufgetischt haben?«

»In dem Restaurant am Hafen von Höganäs gibt es verdammt leckere Krabbenbrote«, meinte Karlsson und erhob sich.

Eine halbe Stunde später klopften sie bei Margit Svensson. Sie öffnete und sah sie fragend an. Karlsson streckte die Hand aus.

»Kriminalkommissar Karlsson von der Polizei Helsingborg.«

Margit musterte sie, ohne die Türklinke loszulassen. Karlsson drehte sich halb zu Gerdin um, der verhalten lächelte

»Wir würden Ihnen gerne ein paar Fragen stellen.«

Margit ließ sich nicht durch falsche Freundlichkeit verführen. Offenbar war das nicht der erste Besuch der Polizei, der ihrem Sohn galt.

»Matte hat diesem schrecklichen Menschen nichts angetan. Haben Sie gelesen, was er über uns geschrieben hat? Er, sonst niemand, sollte im Gefängnis sitzen. So über einen verstorbenen Klassenkameraden herzuziehen ...«

Karlsson und Gerdin sahen sich an.

»Sie müssen entschuldigen«, sagte Karlsson, »aber jetzt kommen wir nicht ganz mit.«

Margit führte sie in die Küche, bot ihnen aber keinen Kaffee an, obwohl sie selbst gerade eine Tasse trank.

Sie setzte sich an den Küchentisch. Karlsson deutete fragend auf den Stuhl gegenüber. Margit wandte den Blick ab, wie um zu sagen, dass ihr ja wohl nichts anderes übrig bliebe. Die Beamten setzten sich.

»Wer hat was geschrieben?«, fragte Karlsson.

Es dauerte eine Weile, den Sachverhalt zu klären. Margit holte die Artikel und reichte sie den Polizisten.

Eine Stunde später saßen die Beamten endlich im Restaurant am Hafen vor ihren Krabbenbroten. Ein Anruf bei der Kopenhagener Polizei hatte die nötigen Informationen über den misshandelten Journalisten in Stockholm geliefert.

»Calle Collin«, sagte Karlsson. »Wieso kommt mir der Name so bekannt vor?«

»Er hat vor einigen Jahren was über uns geschrieben.«

Karlsson zuckte zusammen.

»Und zwar was?«

»Dass wir diese Frau, die im Keller in Hittarp gefangen gehalten wurde, hätten retten können.«

»Dreist«, sagte Karlsson und schob sich eine Gabel mit Krabben in den Mund.

Angriffslustig blickte er sich um, während er kaute.

»Stimmt etwas nicht?«, fragte Gerdin.

»Alles in bester Ordnung. Ich finde es nur seltsam.«

»Was?«

»Erst interviewt er Matte hier in Höganäs. Dann begegnet er ihm einige Wochen später zufällig in Stockholm. Gleichzeitig wird dieser andere Journalist verprügelt.«

»Was hältst du davon?«, fragte Gerdin.

»Ich meine, dass das kein Zufall sein kann.«

»Was?«

»Irgendwie muss er in diese Sache verwickelt sein.«

»Wer?«

»Calle Collin.«

»Wieso sollte er dann seinen Kumpanen wegen der Tat anzeigen?«, fragte Gerdin.

»Das weiß ich nicht, aber irgendwas ist da nicht koscher. Glaubst du, dass die Kollegen in Stockholm mehr wissen?«

»Worüber?«

»Eines hat mich dieser Beruf gelehrt: Es gibt keinen Zufall. Sobald wir wieder im Präsidium sind, rufe ich in Stockholm an. So viel ist sicher.«

65

Anders ließ sich von seiner Mutter in seine Wohnung fahren. Drei Nächte reichten. Bengt hatte seine Kleider gewaschen, gebügelt und in einer blauen IKEA-Tüte verstaut. Er umarmte Anders lange, ehe er ihn losließ. Anders klopfte ihm mit seiner unverletzten Hand vorsichtig auf den Rücken. Bengt blieb in der Auffahrt stehen und winkte ihnen hinterher, als sie schließlich losfuhren.

Weder Anders noch seine Mutter sagten etwas, sondern starrten beide vor sich hin. Als sie über die Tranebergsbrücke fuhren, ließ Åsa die Fahrbahn einen Augenblick aus den Augen und sah ihren Sohn an. Sie suchte nach Worten, um das Schweigen zu brechen.

»Wie geht's?«

Es dauerte ein paar Sekunden, bis Anders reagierte.

»Du meinst, mit der Hand?«

Åsa nickte nicht. Anders entschied sich, trotzdem über die Hand zu sprechen.

»Ein pochender Schmerz, aber nicht so schlimm.«

Er hatte in der vergangenen Nacht nur wenig geschlafen. Er war es gewohnt, sich nach Behagen wälzen und drehen zu können. Jetzt kam er nicht zur Ruhe. Die Schmerzen waren geradezu hilfreich und brachen die tiefschürfenden Gedanken in kürzere Sequenzen auf.

Sie fuhren schweigend weiter. Åsa fand einen Parkplatz und brachte ihren Sohn ins Haus. Anders öffnete die Tür und spähte in die Wohnung, als lauere dort irgendeine Gefahr. Auf dem Dielenfußboden lagen Zeitungen und Post.

Die Polizei hatte die Wohnung nach vierundzwanzig Stunden geräumt. Anschließend war Åsa dorthin gefahren und hatte geputzt. Mit einem feuchten Schwamm hatte sie das Blut von der Wand und vom Fußboden gewaschen.

Anders stellte die Tasche mit der Wäsche auf den Fußboden und sah sie an.

»Alles okay«, versicherte er.

Åsa blieb stehen und überlegte sich, was sie sagen sollte.

»Die Entscheidung liegt bei dir«, sagte sie schließlich. »Ich habe da keine Meinung.«

Anders sah sie an und wirkte nicht sonderlich überzeugt. Åsa schaute sich um.

»Bist du dir sicher, dass du nichts brauchst? Der Kühlschrank war fast leer.«

»Ich komme zurecht. Trotzdem vielen Dank.«

Åsa trat auf ihn zu und umarmte ihn.

»Mama, die Hand.«

»Oh, Entschuldigung.«

»Kein Problem.«

Åsa nickte.

»Dann gehe ich jetzt. Und wenn was ist, ruf einfach an.«

Anders begleitete sie in die Diele und machte dann die Tür hinter ihr zu und schloss sie ab. Er ging in die Küche und öffnete den Kühlschrank. Nichts reizte ihn. In der Speisekammer fand er eine Flasche Verdünnsaft. Er musste sie sich zwischen die Knie klemmen, um den Verschluss aufzuschrauben. Viele Dinge waren mit nur einer Hand plötzlich schwierig.

Mit einem Glas Saft trat er ans Fenster und schaute auf die Straße. Seine Hand schmerzte, und er überlegte, ob er eine Schmerztablette nehmen sollte. Dann könnte er aber nichts mehr trinken. Dabei hatte er ernsthaft in Betracht gezogen, sich Mut anzutrinken und zu sehen, wie er dann dachte.

Es klingelte. Vermutlich hatte seine Mutter etwas vergessen. Anders stellte das Glas beiseite und ging in die Diele zur Gegensprechanlage.

»Ja?«

»Hallo, ich bin's, Calle Collin. Endlich. Jedes Mal, wenn ich an Ihrem Haus vorbeigegangen bin, habe ich geklingelt. Wir müssen miteinander reden.«

Anders brachte kein Wort über die Lippen.

»Es ist wichtig. Ich will mit Ihnen reden, ehe ich weitere Schritte unternehme.«

Anders machte das Licht aus, trat einen Schritt zurück und starrte die Gegensprechanlage an. Er war erst zehn Minuten zu Hause, und schon hatte ihn der Albtraum wieder im Griff.

66

Die Stockholmer Polizei war alles andere als dankbar, sie nahmen ihn nicht einmal ernst. Karlsson erläuterte sein Anliegen, beschrieb die Verbindung und das mögliche Motiv: Anders Malmberg hatte Calle Collin lächerlich gemacht. Deswegen hatte Calle Collin ihn in seiner Wohnung aufgesucht und zusammengeschlagen. Anschließend hatte Calle Collin eine andere Person der Tat bezichtigt, um selbst ungeschoren davonzukommen.

»Klingt spannend«, antwortete Stockholm amüsiert. »Aber wieso mischt er sich dann in die Ermittlung ein, wenn er selbst der Täter war? Wir wissen, dass Mattias Svensson an dem fraglichen Tag nach Stockholm geflogen ist. Seit einigen Stunden liegt uns auch die Zeugenaussage eines Taxifahrers vor, der Mattias Svensson zu Anders Malmbergs Adresse gefahren hat. Außerdem wohnt Calle Collin bei Anders Malmberg um die Ecke, es ist also durchaus möglich, dass er zufällig dort vorbeiging.«

»Ach wirklich«, erwiderte Karlsson enttäuscht.

»Aber danke, dass Sie angerufen haben«, fuhr Stockholm unaufrichtig und mit unverhohlenem Spott fort. »Melden Sie sich bitte, wenn Sie weitere Tipps haben.«

Sie lachten ihn aus. Er reichte ihnen die Hand, bot seine Dienste an, und sie dankten es ihm mit Spott. Karlsson legte auf.

»Und?«, fragte Gerdin.

»Tja, sie haben sich eher auf eine andere Spur eingeschossen. Was Neues von Conny?«

»Nee.«

Karlsson streckte die Hand nach dem Stift für das Whiteboard aus. Gerdin erhob sich rasch.

»Ich muss noch was erledigen«, sagte er und eilte nach draußen.

Calle wartete sicher eine Viertelstunde vor der Tür, bis ein anderer Mieter das Haus verließ und er es endlich betreten konnte. Er nahm den Lift zu Anders' Stockwerk und drückte auf die Klingel. Es war nichts zu hören. Er klopfte mehrmals, kniete sich schließlich hin und sprach durch den Briefschlitz in der Tür.

»Anders, wir müssen miteinander reden. Bitte, machen Sie auf und hören Sie mir zu. Sie brauchen keine Fragen zu beantworten und nichts zu sagen. Sie sollen mir nur zuhören. Es ist wichtig.«

Anders öffnete. Etwas verlegen trat er einen Schritt beiseite und hielt die Türe auf.

»Danke«, sagte Calle und trat ein.

Sie musterten einander.

»Wie geht es Ihnen?«, fragte Calle.

»Hm«, erwiderte Anders kryptisch.

Calle deutete auf Anders' vergipste Hand.

»Das kommt doch wieder in Ordnung, oder? Ich meine, mit den Fingern?«

Anders nickte.

»Ich war ein paar Mal hier«, sagte Calle. »Aber Sie waren nie zu Hause.«

»Ich war bei meinen Eltern. Sie waren ja auch schon dort.«

»Stimmt.«

»Was wollen Sie?«

»Ich möchte mit Ihnen über die jüngsten Ereignisse sprechen.«

Anders füllte die Lunge mit Luft, er machte sich mental größer. Calle hielt die Hände hoch, um ihn zu beruhigen.

»Sagen Sie nichts, hören Sie einfach nur zu.«

Anders atmete mit einem Seufzer aus.

»Ich weiß, dass Mattias Svensson hier war«, sagte Calle. »Ich habe ihn aus dem Haus kommen sehen. Jetzt bestätigt auch noch ein Taxifahrer, dass er ihn hierhergefahren hat. Ich verstehe, dass Sie Angst haben, das ist natürlich. Ich weiß nicht, was er gesagt oder womit er Ihnen gedroht hat. Das spielt auch keine Rolle. Solange

Sie schweigen, werden Sie sie nicht los. Man wird Sie immer einschüchtern. Nur, indem Sie die Wahrheit sagen, können Sie aus der Sache rauskommen. Reden Sie doch einfach Klartext, das können Sie doch sonst so gut. Denken Sie an sich selbst und erzählen Sie, was geschehen ist.«

Anders nahm Anlauf, aber das Ergebnis war bescheiden.

»Er war es nicht.«

Seine Stimme trug kaum, und sein Blick flackerte.

»Sie lügen«, sagte Calle, »das ist ganz offensichtlich. Ich weiß, dass Sie lügen. Die Polizei weiß, dass Sie lügen. Die Frage lautet: Warum? Womit hat er Ihnen gedroht? Körperliche Gewalt ist keine schöne Sache, das weiß ich, und hinterlässt permanente Angst. Aber die Polizei kann Sie beschützen. Diese Menschen haben nicht so viel Einfluss, wie sie Sie glauben machen wollen. Solange Sie sich fügen, werden Sie Angst haben. Ihnen bleibt keine Wahl, Sie müssen Farbe bekennen.«

»Ich habe keine Angst«, erwiderte Anders, dieses Mal mit fester Stimme.

»Was ist es dann?«, fragte Calle. »Was werden die Leute sagen, wenn Sie jetzt klein beigeben? Wie wird sich das auf Ihre Karriere auswirken? Mattias Svensson hat Ihnen die Finger gebrochen, und Sie lassen ihn davonkommen. Seine Partnerin, eine dänische Puffmutter, hat mir telefonisch gedroht. Ich bin nicht eingeknickt, sondern zur Polizei gegangen. Möglicherweise tun Sie jetzt allen leid, aber wenn den Leuten klar wird, dass Sie sich feige aus der Affäre gezogen haben, wird man sich von Ihnen abwenden. So sind die Spielregeln. Sie haben keine Wahl. Sie müssen aussagen, und zwar rasch, ehe es zu spät ist.«

»Ich ...«

Anders zögerte und senkte kurz den Blick, dann sah er Calle durchdringend an.

»Ich will, dass Sie jetzt gehen«, sagte er.

»Meinetwegen. Aber ich werde alles erzählen. Ich werde erzählen, was ich weiß, und dann haben Sie den Schwarzen Peter. Nicht ich bin Ihr Feind. Mich müssen Sie nicht bekämpfen.«

Calle öffnete die Tür und sah sich noch ein letztes Mal um.

»Sie schreiben immer die Wahrheit, Ihre Wahrheit. Damit haben Sie sich einen Namen gemacht. Unerschrocken und frech, witzig. Was wollen Sie denn jetzt noch schreiben?«

67

Sara Vallgren stand am Fenster und drückte ihre Nase an die kalte Scheibe. Ausnahmsweise fühlte sie sich unentschlossen. Sie reckte sich, freute sich über den runden Abdruck auf der Scheibe und drehte sich um. Sie betrachtete das Zimmer, die teuren Möbel, die großen Ölgemälde, alles Blendwerk und Unsinn und so fern von ihrer Arbeit, dass es schon fast komisch war.

Sie legte sich aufs Sofa, schaute an die Decke, faltete die Hände auf dem Bauch, schaute zur Seite und betrachtete das Zimmer mit den Augen einer Fremden.

War es an der Zeit, umzumöblieren? Durchaus. Die Frage lautete, wie. In Ermangelung guter Ideen musste sie abwarten. Mattes persönliche Vendetta ging sie nichts an, aber die Polizei hoffte natürlich, ihn zum Reden bringen zu können.

Das Telefon klingelte und riss sie aus ihren Gedanken. Der Teufel persönlich. Sara mochte es nicht, wenn er sie anrief. Sie rief ihn an. Wenn sie Bedarf an jemandem hätte, der ihr auf Schritt und Tritt folgte, hätte sie sich einen Labrador gekauft. Aber in den letzten Tagen hatte sich Matte nicht abwimmeln lassen.

»Ja bitte?«, antwortete sie knapp.

»Ich bin's«, sagte er selbstbewusst.

»Das habe ich gesehen«, erwiderte Sara und überlegte sich, ob er betrunken war.

Sie hatte ihn gelobt, als er sie angerufen und ihr erzählt hatte, dass Conny Bladh im Stundenhotel gegenüber von ihrem schäbigsten Club wohnte, aber es gab schließlich Grenzen dafür, wie lange sich ein Mann über seinen Erfolg freuen durfte.

»Was sagst du?«, fragte er diensteifrig.

Matte wollte Tatkraft beweisen. Eifrig wie ein Boxer, der Fracksausen hat.

»Solange er Schmerzen hat, eilt es nicht«, antwortete Sara.

»Stimmt. Aber ich befürchte eher, dass Janina auf dumme Gedanken kommt.«

Da hatte er recht, die Gefahr bestand durchaus. Dieser Baltennutte war alles zuzutrauen. Sie war stolz, das hatte sie mit ihrer Kündigung bewiesen.

»Okay. Wir regeln das heute Abend, bevor die Freier auf der Bildfläche erscheinen. Gerenne auf dem Korridor kann ich nicht gebrauchen. Gehört das Etablissement immer noch dem schnieken Putte?«

Sie bezog sich auf den einzigen Portier des Hotels, einen bärtigen Mann mit wässrigen Augen und eingesunkenen Wangen.

»Ja.«

»Sag ihm, dass bis halb sechs sämtliche Zimmer geräumt sein müssen und dass er sich dann eine Zeit lang verdünnisiert. Du kannst mich gegen fünf an der üblichen Stelle abholen.«

Sara schaute auf die Uhr und überlegte, welche Möglichkeiten ihr blieben. Sie brauchte jemanden, der aggressiv und gehorsam war und nicht andauernd Lob erwartete. Vielleicht einen Pitbullterrier.

Der dritte Hundevergleich. Egal.

Wofür auch immer sie sich entschied, sie gedachte, keine neuen Affären anzufangen. Das war Mattes großer Fehler, der Fehler der meisten Männer. Sie schlief mit ihnen, und sie machten sich Illusionen, egal, wie deutlich sie war. Als hätten Gefühle und Sex überhaupt etwas miteinander zu tun.

68

Der leichte Rausch erleichterte den Entschluss nicht gerade. Anders Malmberg hatte drei Bier getrunken und zappte rastlos durch die Programme.

Der Illustriertenreporter hatte recht. Nein, hatte er nicht. Er täuschte sich, verdammt noch mal. Was wusste so ein Idiot schon, der solchen verlogenen Scheißdreck für Illustrierte schrieb. Nichts wusste der. Selbstgerechte Schwuchtel.

Was bedeutete sein Schweigen für seine berufliche Zukunft? Calle Collin ging davon aus, dass er Angst hatte, dass er sich nicht traute, Kents kleinen Bruder, der so groß geworden war und keine Gewalt scheute, anzuzeigen. Ganz im Gegenteil. Mattias Svenssons handwerkliches Können imponierte Anders beinahe. Er hatte ihn mit einem simplen Anruf nach Hause gelockt, hatte seine Wohnung betreten und ausgeführt, wozu er gekommen war. Das Ganze war in weniger als einer Minute erledigt gewesen. Wie anders das Leben für Leute sein musste, die sich nicht von Konventionen begrenzen ließen.

Im Übrigen ging es gar nicht mehr darum, was Anders tun konnte. Er hatte bereits gelogen. Jetzt seine Meinung zu ändern würde alles verändern, davon würde er sich nie mehr erholen.

Er hätte natürlich sagen sollen, dass er keine Ahnung und nichts gesehen habe, sich nicht erinnern könne oder ein anderes vages Wischiwaschi. Aber dass er aus Angst nicht gegen den Täter ausgesagt hatte, das war gelogen. Anders hatte nicht um seinetwillen gelogen, sondern um einen Strich unter die Sache zu ziehen.

Er wusste nicht, was er von der ganzen Sache halten sollte. Er war von einem Zynismus zu Boden gestreckt worden, der weder witzig noch ironisch war, sondern einfach nur resignierend und schamlos und hinterrücks.

Im Fernsehen lief überhaupt nichts. Anders schaltete ihn aus, trat ans Fenster und schaute nach draußen. Dann ging er in die Küche und öffnete den Kühlschrank.

Zappen, aus dem Fenster schauen, in den Kühlschrank glotzen. Die Höhepunkte seines Lebens.

Er nahm sich ein viertes Bier. Was sonst?

69

»I'm bored.«

Janina lag in Slip und Unterhemd auf dem Bett. Sie hatte aufgehört, mit ihrem Handy zu spielen. Conny Bladh schaute auf die Uhr. Halb sechs. Er hatte den größten Teil des Tages fürchterliche Schmerzen im Oberbauch gehabt, aber jetzt ging es ihm etwas besser.

»Please.«

Sie strich mit der Hand übers Bett. Conny setzte sich. Sie strich ihm über den Oberschenkel, wahrscheinlich war das eine Berufskrankheit. Beim Ficken war sie in ihrem Element, andere Arten der Zweisamkeit brachten sie in Verlegenheit.

»Ich weiß nicht recht«, sagte er.

Sie lächelte, nahm seine Hand und legte sie auf ihre Brust. Conny liebkoste sie, und sie begann sofort übertrieben zu stöhnen. Nach einer Weile schob sie seinen Kopf zwischen ihre Beine.

»Yes, that's how you do it. Uh-huh.«

Das pornografische Osteuropa-Englisch war eine Sprache für sich, alles andere als glaubwürdig, aber trotzdem sehr erregend.

Conny knöpfte seine Hose auf und zog die Jeans nach unten. Er wollte gerade in sie eindringen, als die Tür aufgerissen wurde. Matte zielte mit einer Pistole auf sie. Hinter ihm schloss Sara Vallgren die Tür. Sie trug Latexhandschuhe und wedelte mit einem Bündel Kabelbinder.

»Ficki, ficki«, meinte sie lächelnd.

Conny sah Janina an, die nicht mehr stöhnte.

»What?«, sagte sie. »You sick, you die anyway. I must live.«

Sara sah sich im Zimmer um und entdeckte das Gewehr auf der Kommode am Fenster. Sie stellte sich zwischen Bett und Kommode und reichte Janina die Kabelbinder.

»Bind ihm die Füße zusammen.«

Janina gehorchte. Sara wandte sich an Conny.

»Wir erledigen das rasch und einfach«, sagte sie.

Sie betrachtete seinen Penis, der bereits schlaff und leblos herabhing.

»Zieh deine Hose hoch. Wir wollen nicht gemein sein. Wir sind keine Monster.«

Conny zog seine Jeans hoch und knöpfte sie zu.

»Du hast Mona erwürgt. Was hat sie dir getan?«

»Und du hast ja nicht gerade übermäßig lange getrauert.«

Sie nickte Janina zu.

»Jetzt die Hände. Vor dem Bauch.«

Janina fesselte Connys Hände mit einem weiteren Kabelbinder, stieg dann aus dem Bett und streckte die Hand nach ihrer Jeans aus. Conny lag gefesselt auf dem Bett und war nicht in der Lage, sich wegzubewegen.

»Ich seid verdammte Schweine. Henk umzubringen, weil ich mich aus dem Staub gemacht habe. Was sollte das? Wolltet ihr ein Exempel statuieren?«

Sara seufzte.

»Ist diese Diskussion wirklich nötig? Nicht wir haben Henk auf dem Gewissen, sondern du. Was glaubst du denn? Dass wir das Ganze auf sich beruhen lassen? Nein, Conny, so dumm kannst nicht einmal du sein.«

Matte hielt immer noch die Pistole am ausgestreckten Arm. Sara ging ans Fenster und nahm das Gewehr von der Kommode. Sie hob es vorsichtig in Schulterhöhe, ohne den Kolben mit der Wange zu berühren. Dann ging sie zu Matte.

»Ist es geladen?«

»Schau dir das Magazin an.«

»Das hier?«

Sara nahm es heraus, betrachtete es und ließ es wieder einschnappen.

»Ja.«

»Sicherung?«

»Nein, einfach abdrücken.«

»Gut.«

Sara hielt das Gewehr auf Taillenhöhe und ging langsam auf das Bett zu. Conny lächelte sie an.

»Glaubst du, ich habe Angst? Ich habe keine Angst.«

»Gut«, sagte Sara. »Ich glaube dir.«

Sie wandte sich an Janina.

»Jetzt ist es Zeit, zu verschwinden.«

»The money ...?«

Sara nickte zustimmend, und Janina lief zum Rucksack und riss die Geldbündel heraus. Sie drückte sie an die Brust, ließ aber alles fallen, als Sara ihr ins Gesicht schoss. Der Schuss klang in dem kleinen Zimmer wie eine Explosion. Instinktiv hob Matte seine Waffe. Sara vollführte eine beschwichtigende Geste und trat neben das Bett. Sie beugte sich über Conny, lächelte ihn an und schoss dann Matte in die Brust. Conny schrie.

»Pst«, ermahnte ihn Sara und legte ihm ihren Zeigefinger auf die Lippen.

Sie umrundete das Bett, lehnte das Gewehr an die Wand und stieg dann vorsichtig, um nicht in Blut zu treten, über den leblosen Matte hinweg. Mit gewisser Mühe hob sie seine rechte Hand, die immer noch die Pistole hielt, und schoss auf Conny, bis es still wurde.

Dann ließ sie Mattes Hand los, ergriff das Gewehr, ging um das Bett herum und schnitt die Kabelbinder um Connys Hand- und Fußgelenke mit einer neu gekauften Nagelschere durch, die sie extra zu diesem

Zweck mitgebracht hatte. Die durchgeschnittenen Kabelbinder und die Nagelschere legte sie auf den Nachttisch. Dann drückte sie Conny das Gewehr in die Hände. Mithilfe seiner leblosen Finger schoss sie ein letztes Mal in die Wand über Mattes Kopf.

Sie ließ das Geld liegen und verließ das Hotel über den Hinterhof. Wer sie dabei beobachtete, würde der Polizei nie im Leben davon erzählen.

70

Gerdin holte seinen Kollegen ein paar Minuten nach vier Uhr morgens vor seiner Haustür ab.

Karlsson stieg ein, unterdrückte ein Gähnen und schnallte sich an.

»Erzähl«, sagte er.

»Matte und Conny, beide tot. Plus eine Hure, die Conny auf dem Zimmer hatte.«

»Sie haben sich gegenseitig erschossen?«

»Hat ganz den Anschein. Offenbar ging es um Geld.«

»Wo?«

»Ein runtergekommenes Hotel in der Nähe der Clubs.«

»Wir hatten also recht? Conny ist zurückgekehrt, um sich zu rächen.«

Karlsson schaute eine Weile schweigend aus dem Seitenfenster.

»Furchtbar«, sagte er schließlich. »Beide Söhne.«

»Hm.«

»Was soll sie denn jetzt machen? Die eigenen Kinder zu überleben und dann auch noch auf diese Weise.«

Gerdin schwieg. Sie parkten am selben Ort wie wenige Tage zuvor, betraten das Haus und gingen die Treppe hoch. Sie sahen sich an, dann streckte Karlsson die Hand aus und klingelte.

Es war halb fünf an einem normalen Arbeitstag, und Margit Svensson sollte davon unterrichtet werden, dass nun auch ihr zweiter Sohn tot war. Erschossen in einem Kopenhagener Hotel.

71

Anders Malmberg wurde von einer freundlich lächelnden Frau am Empfang abgeholt. Sie nannte ihren Namen, aber Anders war zu nervös, um ihn sich zu merken. Er folgte ihr in einen Fahrstuhl und durch einen Korridor zu einer Tür. Die Frau klopfte und öffnete dann vorsichtig.

»Anders Malmberg«, sagte sie.

»Ah, sehr gut.«

Der Polizist in Zivil erhob sich von seinem Schreibtisch, trat auf Anders zu und gab ihm die Hand. Es war derselbe Ermittler, der ihn im Krankenhaus besucht und ihm das Foto von Mattias Svensson gezeigt hatte.

»Wie geht es Ihrer Hand?«

Anders betrachtete sie.

»Danke, besser.«

»Gut, gut. Setzen Sie sich bitte.«

Anders nahm auf dem Besucherstuhl Platz, und der Beamte setzte sich wieder hinter seinen Schreibtisch.

»Danke übrigens, dass Sie so rasch kommen konnten. Das wissen wir zu schätzen. Es geht um Folgendes: Erinnern Sie sich noch an das Foto, das ich Ihnen gezeigt habe?«

Anders antwortete nicht. Er wusste nicht, was er tun, was er sagen sollte. Er hatte sich noch nicht entschieden. Der Polizist wartete mit hochgezogenen Augenbrauen. Anders nickte.

»Sie erinnern sich? Gut. Ich habe gerade von meinen Kollegen in Kopenhagen erfahren, dass dieser Mann in einem Hotel tot aufgefunden wurde. Erschossen. Offenbar bei einer Auseinandersetzung unter Kriminellen.«

Anders starrte mit leerem Blick vor sich hin.

»Mattias Svensson ... ist tot?«

Der Beamte faltete vor sich auf dem Tisch die Hände.

»Leider, ja«, sagte er, ohne größere Trauer erkennen zu lassen.

Ein Zucken huschte über Anders' Gesicht, er blinzelte heftig, sein Brustkorb hob und senkte sich, und er hielt die Hand vor den Mund, um ein Würgen zu unterdrücken. Zu spät streckte der Polizist die Hand nach einem Abfalleimer aus. Das Erbrochene landete in drei Schwalls auf dem Fußboden, dann war der Magen leer. Trotzdem umklammerte Anders weiter den Plastikeimer wie ein kleiner Junge.

»Machen Sie sich erst einmal frisch. Ich besorge Ihnen eine Zahnbürste.«

Der Beamte nahm den Papierkorb und führte Anders zu einer Toilette. Anders wusch sich das Gesicht, spülte sich den Mund aus und trank fast einen halben Liter Wasser. Er putzte sich die Zähne und kehrte dann in das Büro zurück. Das Fenster stand offen, aber es roch trotzdem schwach nach Erbrochenem.

»Entschuldigen Sie.«

»Kein Problem. Das kommt vor. Bitte nehmen Sie Platz.«

Anders folgte der Aufforderung, und der Polizist lächelte freundlich.

»Können wir weitermachen?«

Anders nickte.

»Gut. Wie Sie wissen, hat Ihr Fall für Aufmerksamkeit gesorgt. Ein misshandelter, mundtot gemachter Journalist ist ein Angriff auf die Rechtssicherheit. Daher stehen uns einige Mittel zur Verfügung, den Mann dingfest zu machen, der in Ihre Wohnung eingedrungen ist. Zwei voneinander unabhängige Zeugen haben Mattias Svensson zum fraglichen Zeitpunkt vor Ihrem Haus gesehen. Ich weiß, dass ich Sie das schon früher gefragt habe, aber ich tue es jetzt noch einmal: Hat Mattias Svensson Sie misshandelt?«

Anders' Kinn zitterte. Er rutschte auf seinem Stuhl hin und her, und seine unverletzte Hand schwebte vor seinem Gesicht.

»Wenn Sie darauf beharren, dass es sich bei dem Täter

nicht um Mattias Svensson handelte, werde ich meine Jagd auf den Mann, der Sie misshandelt hat, fortsetzen. Es ist wichtig, dass dieser Fall gelöst wird. Nicht zuletzt, weil uns Ihre Kollegen unter Druck setzen und kritisieren. Das verstehen Sie doch sicher.«

Anders saß wie erstarrt da. Der Beamte musterte ihn.

»Sie haben meine Frage nicht beantwortet. Hat Mattias Svensson Sie in Ihrer Wohnung misshandelt?«

»Ja«, sagte Anders leise und räusperte sich.

»Sie haben das bislang verneint.«

»Er sagte, er würde ... Ich wollte das Ganze nur hinter mich bringen.«

Er sah den Beamten flehend an, der nicht sonderlich beeindruckt wirkte. Im Gegenteil. Sein Mitgefühl wich amüsierter Verachtung. Er lehnte sich mit lässig entspannten Armen auf den Armlehnen zurück.

»Er hat mir die Finger gebrochen«, sagte Anders und lehnte sich auf Mitleid hoffend vor. »Er hat mir gedroht, wiederzukommen, wenn ich etwas erzähle.«

Der Polizist schwieg. Anders fasste sich mit seiner unverletzten Hand an die Brust.

»Verstehen Sie? Er hat gedroht, mich zu töten.«

72

Es war außerordentlich ermüdend. Trotzdem blieb Sara brav sitzen und erzählte. Die Beamten hörten ihr nicht zu, sie sahen sie verächtlich an, verschränkten die Arme und verdrehten die Augen, wie alberne kleine Schulmädchen.

»Ihr Freund ist tot, aber das scheint Sie nicht übertrieben traurig zu stimmen. Wie kommt das?«

»Mattias Svensson war nicht mein Freund. Er war Geschäftsführer eines meiner Clubs, und es kam vor, dass wir miteinander schliefen. Mehr war da nicht.«

»Sie waren selbst hinter Conny Bladh her.«

»Was Sie nicht sagen.«

»Wollen Sie uns für dumm verkaufen.«

»Jetzt verstehe ich nicht, was Sie meinen, Herr Wachtmeister.«

»Er hat Ihr Geld unterschlagen.«

Sara schwieg.

»Matte hat einen Journalisten in Stockholm krankenhausreif geprügelt«, fuhr der andere Beamte fort. »Am selben Abend haben Sie den Zeugen, der Matte am Tatort gesehen hat, angerufen und ihn bedroht.«

»Ich soll jemanden bedroht haben? Nichts läge mir ferner.«

»Ach wirklich? Bestreiten Sie etwa, dass Sie an dem fraglichen Tag mit dem schwedischen Journalisten Calle Collin gesprochen haben?«

»Durchaus nicht. Ich habe ihn angerufen, um ihm ein Kompliment zu einem seiner Artikel zu machen, einem Artikel über Mattias Svenssons Bruder. Er wurde als Dreizehnjähriger überfahren. Dieser Fall ist ebenfalls ungelöst.«

»Was wollen Sie damit sagen?«

»Womit?«

»Ebenfalls ungelöst. Welche anderen Fälle sind ebenfalls ungelöst?«

»Keine Ahnung, aber wenn ich mir Ihre bisherige Arbeit anschaue, würde es mich sehr wundern, wenn Sie irgendwas aufklären.«

»Mattias Svensson hat ohne Ihre Erlaubnis nicht einmal die Toilette aufgesucht.«

»Das geht jetzt aber doch zu weit, finde ich.«

»Wo waren Sie an dem fraglichen Abend?«

»Fangen Sie jetzt wieder damit an? Diese Frage habe ich bereits wiederholte Male beantwortet. Ich war zu Hause in meiner Wohnung.«

»Und Sie taten was?«

»Ja, was tut man wohl am heimischen Herd? Vermutlich habe ich eine Tasse Tee getrunken und ferngesehen.«

»Was haben Sie gesehen?«

»Hören Sie mal, keine Ahnung. Ich habe gezappt.«

Sie sah die beiden Männer nacheinander an.

»Sind wir jetzt fertig?«

Als sie keine Antwort erhielt, legte sie beide Hände auf die Knie und erhob sich.

»Melden Sie sich jederzeit, wenn Sie weitere Fragen haben. Sie wissen ja, wo Sie mich erreichen.«

73

Die *Abendzeitung* lag aufgeschlagen auf dem Tisch zwischen ihnen. Jörgen folgte den Zeilen mit dem Zeigefinger und bewegte beim Lesen die Lippen.

»Wunderbar«, sagte er und klopfte abschließend auf das Foto, das Anders Malmberg mit eingegipstem Arm und ernster Miene zeigte.

»Die Zeit des Alters und der Reife«, sagte Calle.

Jörgen nahm die für zwanzig Kronen bei Clas Ohlson erstandene Lesebrille ab und griff zu seinem Bierglas. Er trank und deutete mit einem Kopfnicken auf die aufgeschlagene Zeitung.

»Wird das klappen?«

Calle zuckte mit den Achseln.

»Weiß nicht«, erwiderte er. »Man hat Mitleid mit dem Jungen. Und er versucht nichts zu beschönigen.«

»Doch. Schreiberlinge stilisieren sich immer zu Helden. Wenn nicht direkt, dann indirekt.«

»Ich auch?«

»Du schreibst nicht über dich. Das ist der Unterschied. Die Glossenschreiber hingegen, diese für ihren persönlichen Stil Bewunderten, die ihr eigenes Leben ausbeuten, sind ohne Ausnahme Leute, die sich selbst befriedigen.«

»Mag sein.«

Jörgen zog die Zeitung zu sich heran, setzte die Brille wieder auf und begann mit theatralischer Stimme zu lesen.

»*Ich habe gelogen*. Punkt. *Ich habe die Polizei belogen*. Punkt. Warum schreiben die eigentlich alle im Stakkato? Soll das dramatisch sein?«

»Vermutlich.«

»Und hier: *Ich habe eine Grenze überschritten*. Punkt. *Ich habe eine Grenze überschritten*. Dramatische Wiederholung. *Als ich schlecht über einen Toten schrieb*. Punkt. *Einen Toten, der sich nicht verteidigen konnte*. Punkt.«

»Damit bringt er sich zu Fall«, meinte Calle.

»Womit?«

»Er macht es schon wieder. Er beschuldigt jemanden, der sich nicht verteidigen kann. Wenn Matte noch am Leben wäre, was hätte Anders dann getan? Hätte er weiterhin gelogen und dem Steuerzahler die Kosten teurer polizeilicher Ermittlungen aufgebürdet?«

»... dem Steuerzahler weiterhin die Kosten teurer polizeilicher Ermittlungen aufgebürdet«, äffte ihn Jörgen nach. »Ich glaube, du bist zu viel mit deinem Arzt zusammen.«

»Du weißt schon, was ich meine.«

»Ja. Und wenn sich der Staub gelegt hat und die Hand geheilt ist, bleibt doch die Tatsache bestehen: Anders Malmberg ist eingeknickt, als es drauf ankam. Außerdem hat er falsch ausgesagt. Ist das nicht überhaupt strafbar?«

Calle zuckte mit den Achseln.

»Ich glaube nicht, dass dieser Umstand Konsequenzen haben wird.«

»Nein«, meinte Jörgen. »Es gibt vermutlich andere teure Dinge, die man dem Steuerzahler aufdrücken kann.«

Calle überging diese Spitze.

»Darauf wollte ich gerade zu sprechen kommen«, erwiderte er. »Die dänische Polizei hat sich kürzlich bei mir gemeldet.«

Jörgen blickte interessiert auf.

»Sie wollen, dass ich eine Aussage zum Telefonanruf der Puffmutter mache.«

»Die verdeckte Drohung?«

»Ja. Sie greifen jetzt offenbar nach jedem Strohhalm. Sie sind der Überzeugung, dass Mattias nur eine Weisung Sara Vallgrens befolgt hat, und jetzt, wo feststeht, dass Mattias der Täter war, wollen sie herausfinden, ob sich zwischen der Körperverletzungssache und ihrem Anruf bei mir eine Verbindung herstellen lässt.«

»Was hat sie eigentlich genau gesagt?«

»Nur, dass sie mich genauestens im Auge behalten werde. Als ich antwortete, dass ich nicht verstünde, was sie meine, erwiderte sie, das täte ich durchaus, denn ich sei einsichtig und klug und keiner von denen, die einfach unbegründete Anklagen vorbrächten.«

»Sie hat dich davor gewarnt, auszusagen?«

»Ja. Außerdem hat sie noch gesagt, sie habe Freunde in Stockholm, denen sie mich vorstellen könne.«

»Und das hast du als eine Drohung aufgefasst?«

»Ja, allerdings. Daran bestand kein Zweifel.«

»Und wie soll das enden, wenn du mit der dänischen Polizei redest?«

Calle zuckte mit den Achseln.

»Das ist mir egal, da scheiße ich hochachtungsvoll drauf. Ich habe nicht vor, mich von irgendwelchen Halbstarken einschüchtern zu lassen. Ich fliege morgen hin. Ich vermute, sie wollen meine Glaubwürdigkeit prüfen.«

Jörgen lehnte sich zurück und sah seinen Freund beeindruckt an.

»Du bist wirklich mutig.«

»Frisch gefickt. Und wir wissen ja beide, wie sich ein aktives Sexleben auf das Selbstbewusstsein eines Mannes auswirkt.«

»Ich leider nicht«, entgegnete Jörgen, »den besten Sex habe ich immer mit mir selbst.«

74

Margit Svensson fuhr mit dem Bus nach Helsingborg, von dort mit der Fähre nach Helsingör und dann mit dem Zug nach Kopenhagen. Die grüne Landschaft zog wie ein Film am Fenster vorbei, und die dänische Stimme, die die Namen der Haltestellen ansagte, klang unwirklich. Als sie sich zu der Adresse begab, die sie sich notiert hatte, kam es ihr vor, als berührten ihre Füße kaum den Boden. Sie suchte auf dem Schild nach dem Namen der Firma und klingelte. Eine dänische Männerstimme erklang aus der Gegensprechanlage, und Margit nannte ihren Namen. Vermutlich hatte er sie nicht verstanden, weil er fragte, worum es ginge, dann wurde die Verbindung unterbrochen. Glücklicherweise kam gerade jemand, der in dem Gebäude zu arbeiten schien. Er gab den Code ein und hielt Margit die Tür auf. Margit trat ein und fuhr mit dem Fahrstuhl ins richtige Stockwerk. Hinter einer Glastür sah sie einen elegant gekleideten Mann. Sie winkte ihm zu. Mit gestresster Miene kam er an die Tür.

»Sara Vallgren ist gerade in einer Besprechung«, sagte er auf Dänisch.

»Ich kann warten«, erwiderte Margit.

»Die Besprechung dauert den ganzen Tag.«

Seine Stimme klang gepresst und nervös, als fühle er sich durch Margit bedrängt.

»Ich muss mit ihr sprechen. Ich bin Mattias' Mutter.«

Hinter dem Mann ging eine Tür auf, und Sara Vallgren erschien. Mit betrübter Miene trat sie auf Margit zu und umarmte sie lange und herzlich. Dann legte sie ihr einen Arm um die Schultern und führte sie in ihr Büro. Sie warf dem Sekretär einen Blick über die Schulter zu, hielt fünf Finger in die Luft und schloss die Tür.

»Ihn trifft keine Schuld«, sagte Sara. »Ich hatte ihm mitgeteilt, dass ich keinen Besuch verkrafte. Alles steht Kopf, es ist so unwirklich. Ich wollte dich längst anrufen, konnte mich dann aber doch nicht dazu durchringen. Ich habe das Gefühl, dass es meine Schuld ist.«

Sie vergrub ihr Gesicht in den Händen und weinte beinahe. Margit zog sie an sich und hielt sie ganz fest.

»Der Mann im Hotel hatte Geld gestohlen«, fuhr Sara erregt fort. »Ich vermute, Matte hatte einen Tipp erhalten, wo er sich versteckte, und hat ihn aufgesucht, um mit ihm zu reden. Das muss dann ausgeartet sein.«

Sie rang schluchzend nach Luft.

»Wenn ich nur davon gewusst hätte ...«

Margit machte beruhigende Geräusche und wiegte sie hin und her.

»Niemand ist schuld. Wir müssen uns gegenseitig trösten.«

Sara wurde von Schluchzern geschüttelt.

»Ich hätte so gerne ein Kind mit ihm gehabt.«

»Schhh.«

Nach zehn Minuten klopfte der Sekretär vorsichtig an die Tür und erinnerte an eine bevorstehende Besprechung. Sara sah Margit unglücklich an und entschuldigte sich. Es bleibe ihr nichts anderes übrig. Sehr viele Dinge müssten geregelt werden, Matte habe eine große Lücke hinterlassen, nicht nur in ihrem Herzen, sie habe nie einen besseren oder loyaleren Kollegen gehabt.

Margit hatte Verständnis, und Sara begleitete sie zur Tür. Sie betrachteten einander voller Mitgefühl, bis sich die Lifttüren schlossen und sie trennten.

Sara kehrte ins Büro zurück und wandte sich an ihren Sekretär.

»Wenn sie noch mal kommt, bin ich nicht hier. Kapiert?«

»Ja.«

»Und fünf Minuten sind fünf Minuten und nicht zehn. Okay?«

75

David löffelte den Eisbecher leer und betrachtete Calle am anderen Ende der Couch.

»Vorbildlich? Haben sie das gesagt?«

Calle nickte zufrieden.

»Sie sagten, ich sei besonnen und sachlich, deutlich und überzeugend. Ein Starzeuge.«

»Aber im Grunde genommen hat sie doch gar nichts gesagt? Ich meine, die Frau, die dich angerufen hat. Sie hat doch nur gesagt, dass sie Freunde in Stockholm hat?«

»An sich schon. Aber es kann kein Zweifel daran bestehen, dass sie mich warnen wollte.«

»Und jetzt wirst du also vor Gericht aussagen?«

»Irgendwann schon, ja.«

David stellte den Eisbecher auf den Tisch und streckte seine Beine zu Calle hinüber.

»Hm«, sagte er.

»Wie, hm?«

»Ich finde das etwas dürftig.«

»Das ist dürftig. Wertlos. Aber es ist trotzdem ein Beispiel dafür, wie sie arbeitet.«

»Arbeitet? Willst du das, was sie tut, Arbeit nennen?«

»Nein.«

»Sich gegenseitig in einem Hotel umnieten. Das sind Gangsterallüren. Ich finde dich mutig.«

»Sag das nicht, dann bekomme ich Angst.«

»Im Ernst. Ich finde, das ist wirklich stark von dir. Die meisten würden den Mund nicht aufmachen.«

»Das hat Jörgen auch gesagt. Die dänischen Polizisten haben mir auf die Schulter geklopft, als sei ich ein Held. Muss ich mir Sorgen machen?«

»Nein«, erwiderte David. »Du hast allen Grund, stolz zu sein.«

76

»Ist die Hure mit Matte dorthin gegangen?«, fragte Karlsson. »Oder war sie bereits mit Conny dort?«

»Sie war mit Conny dort. Sie hat eine SMS an Matte geschickt, kurz bevor er dort aufkreuzte.«

»Sie hat Conny also ans Messer geliefert. Ein schwacher Trost für Mattes Mutter ist immerhin, dass er sie nicht erschossen hat.«

Gerdin runzelte die Stirn.

»Genau.«

»Was?«, fragte Karlsson.

»Die Polizei hat in Mattes Büro eine Zeitschrift gefunden, die Mona Björklund gehört hatte, ein Exemplar des *Familienjournals*.«

»Jetzt komme ich nicht mit.«

»Monas Name stand auf der Rückseite, es war an sie in Bjuv adressiert. Sie hatte ein Abo.«

»Und?«

»Die Zeitschrift war ein paar Tage vor ihrem Mord verschickt worden.«

»Und das bedeutet?«, fragte Karlsson.

»Dass Matte am Tag vor ihrer Ermordung oder am gleichen Tag bei Mona zu Hause gewesen sein muss.«

»Unglaublich!«

»Das bedeutet aber nicht, dass er sie auch erdrosselt hat. Er kann dabei gewesen sein, als sie ermordet wurde. Ich kann mir nur schwerlich vorstellen, dass er sie erst erwürgt und dann ihren Zeitungsstapel auf der Suche nach geeigneter Lektüre durchgeht.«

»Könnte ihm jemand die Zeitschrift untergejubelt haben?«

Gerdin zuckte mit den Achseln.

»Seine Fingerabdrücke befanden sich auf der Zeitung. Er hat also nachweislich in ihr geblättert.«

»Seltsam.«

»Ja.«

»Jedenfalls ist so seine Verbindung zum Tatort hergestellt.«

Gerdin verstand nicht.

»Es wäre doch nett, wenigstens diesen Fall abzuschließen. Aber natürlich, wir dürfen auch nichts überstürzen.«

»Ich finde, wir sollten uns noch einmal mit Sara Vallgren unterhalten«, meinte Gerdin. »Immerhin war sie zusammen mit Mattias in Schweden. Wenn er Mona in Bjuv besucht hat, spricht alles dafür, dass sie zusammen mit ihm dort war.«

»Du hast recht«, meinte Karlsson. »Es ist an der Zeit für eine neue Plauderstunde mit der Dänin.«

Sara wusste nicht so recht. Ihr Gegenüber war von einem anderen Kaliber als Matte. Kalt und intelligent, aber auch selbstständig und schwer einzuschätzen. Durchaus jemand, den man gerne auf seiner Seite hatte, möglicherweise auch an seiner Seite. Die Frage lautete, ob sie ihn zu bändigen vermochte oder ob er langfristig eine Bedrohung darstellte. Kemal Farci verwaltete seit drei Jahren Odense, ja, ganz Fünen, und zwar mit solcher Souveränität, dass er nunmehr nach der Stadt benannt wurde.

Was die Umsätze betraf, brachte Odense den größten Profit ein. Er war siebenundzwanzig Jahre alt und hatte wegen Schmuggel und schwerer Körperverletzung gesessen. Der Knast war seine Ausbildung gewesen, dort hatte er Kontakte geknüpft, und er besaß eine soziale Kompetenz, die Sara ein gutes Gefühl vermittelte. Er hatte zwei Leute beseitigt, die den Versuch unternommen hatten, Geld zu unterschlagen. Beide waren spurlos verschwunden, und nur die Polizei stellte Fragen, auf die sie keine Antworten bekam. Odense war außerdem einer der wenigen, die nach der Hotelschießerei nicht bei ihr vorstellig geworden waren. Er war sozusagen der Einzige, der nicht schwanzwedelnd angerannt gekommen war, um ihr das Stöckchen vor die Füße zu legen.

»Wie du weißt, ist eine Lücke entstanden.«

Odenses Miene blieb ausdruckslos.

»Ich brauche einen selbstständigen Mitarbeiter, der auftretende Probleme selbstständig löst und mich nicht immer um Rat fragen muss.«

Er sah sie an, atmete ruhig und ließ sich im Übrigen keine Gefühlsregung anmerken.

»Dies ist ein schwieriger Prozess, und ich werde keine übereilten Beschlüsse fassen. Matte hat gute Arbeit geleistet und war loyal. Das weiß ich zu schätzen. Es gibt allerdings durchaus Verbesserungspotenzial. Das ist immer so, insbesondere in unserer Branche. Ich will nicht, dass mein Name mit Ereignissen in Verbindung gebracht wird, für die ich nicht einstehen kann. Ein gewisses Niveau darf nicht unterschritten werden, falls du mich verstehst.«

Odense nickte, fast unmerklich.

»Wie auch immer ...«

Sara atmete hörbar aus.

»... ich habe im Augenblick noch ganz andere Sorgen.«

Kemal kniff die Augen zusammen. Sara breitete unschlüssig die Arme aus.

»Es gibt einen Typen in Stockholm, der behauptet, ich hätte ihn angerufen und bedroht. Er will vor Gericht aussagen, was mir sehr unnötig und geradezu respektlos erscheint.«

Odense drehte den Kopf ein Stück zur Seite.

»Calle Collin«, sagte Sara. »Beides mit C. Wohnt in der Tulegatan.«

»In Stockholm?«

Sara nickte.

»Er lässt leider nicht mit sich reden, weigert sich, Vernunft anzunehmen. Am besten wäre, wenn ihm etwas zustößt.«

Odense stand auf. Er war ein Mann weniger Worte und schien kein Problem damit zu haben, Anweisungen von einer Frau entgegenzunehmen.

»Okay.«

»Noch etwas. Ich weiß nicht, ob dir das weiterhilft.«

Odense hob fragend die Brauen.

»Der Typ ist schwul.«

»Offiziell?«

»Ja.«

Odense zuckte mit den Achseln. Sexuelle Präferenzen interessierten ihn nur, wenn sie sich in bare Münze umsetzen ließen, entweder indem er Dienstleistungen bereithielt oder zu enthüllen drohte, wo jemand wieder mal seinen Schwanz versenkt hatte. Mit einem Arschficker, der seine Neigungen an die große Glocke hängte, ließ sich kein Geld verdienen.

Sara Vallgren presste die Lippen zusammen und dachte nach.

»Irgendwann im Laufe der kommenden Wochen würde genügen.«

Odense nickte, und Sara lächelte ihn an.

»Also abgemacht«, sagte sie und streckte die Hand aus.

Er ergriff sie, und Sara begleitete ihn zur Tür. Im Vorzimmer erwarteten sie zwei bekannte Gesichter. Sara trat auf Karlsson und Gerdin zu.

»Die schwedischen Ordnungshüter. Welch eine Überraschung. Das wird ja schon fast zur Gewohnheit. Was führt Sie nach Kopenhagen?«

»Wir würden gerne ein paar Worte mit Ihnen wechseln.«

»Selbstverständlich. Darf ich Ihnen einen Kaffee anbieten?«

»Nein danke.«

Sie folgten ihr ins Büro. Sara schloss die Tür und ging um den Schreibtisch herum.

»Nehmen Sie doch bitte Platz.«

Widerwillig setzten sich die beiden. Saras Freundlichkeit bereitete ihnen ein gewisses Unbehagen.

»Schießen Sie los«, sagte sie und faltete die Hände auf der Tischplatte. »Wie läuft es mit der Polizeiarbeit? Schreiten die Ermittlungen voran?«

»Wir würden Ihnen gerne noch ein paar Fragen zu Ihrem schwedischen Kurzurlaub mit Mattias stellen«, sagte Karlsson.

Sara nickte.

»Können Sie ein wenig darüber erzählen?«

»Ich glaube, das meiste ist bereits gesagt.«

»Bitte wiederholen Sie es für uns.«

»Tja, da gibt es nicht so viel zu erzählen. Wir sind ein wenig durch die Gegend gefahren und in einem Hotel, ich glaube, in Ängelholm, abgestiegen. Am Montag haben wir Mattias' Mutter in Höganäs besucht.«

»Und Sie waren die ganze Zeit zusammen?«

»Mattias und ich? Ja, mehr oder weniger.«

»Und das heißt?«

»Wieso?«

»Waren Sie zusammen oder waren Sie nicht zusammen?«

»Oh, jetzt also der markige Stil. Ja, wir waren fast die ganze Zeit zusammen.«

»Und wann waren Sie nicht zusammen?«

»Ich verstehe zwar nicht, was Sie das angeht, aber am Montag wollte ich shoppen. Mattias zog es vor, sich anderweitig zu beschäftigen, Stadtbummel war nie sein Ding.«

»Haben Sie etwas gekauft?«

»Ich glaube nicht, nein.«

»Wann am Montag war das?«

»Nachmittag, Spätnachmittag, ich erinnere mich nicht mehr so genau.«

»Wie praktisch.«

Sara lächelte.

»Was?«, fragte sie.

»Wissen Sie, was Mattias unternommen hat, während Sie so passend shoppen gingen?«

»Nein.«

»Sie haben ihn nicht gefragt?«

»Das wäre mir nicht im Traum eingefallen.«

Karlsson stand abrupt auf.

»Sie halten sich für verdammt clever, was?«, sagte er.

»Überhaupt nicht«, sagte Sara gelassen. »Ich bin mir meiner Grenzen sehr bewusst.«

Gerdin erhob sich, nickte zum Abschied und folgte seinem Kollegen. In der Tür drehte er sich noch einmal um.

»Laienschauspiel«, sagte er.

»Wie bitte?«

»Wenn es für die großen Bühnen schon nicht reicht, bewerben Sie sich doch bei einer Laientruppe. Dann können Sie sich gegenseitig im Hamlet abmurksen und normale Leute in Ruhe lassen.«

»Jetzt verstehe ich Sie nicht.«

»Eine Putzfrau. Eine unschuldige, hart arbeitende Putzfrau.«

Saras Miene zeigte keinerlei Regung. Gerdin betrachtete sie betrübt.

»Nicht einmal ein leichtes Zucken?«, meinte er. »Oder ein leichtes Zittern der Unterlippe?«

77

Es war alles andere als eine Mondwanderung. Die Schritte waren schwer und bleiern. Die Kollegen betrachteten ihn verstohlen, nickten verständnisvoll, fragten, wie es mit der Hand gehe, und fanden es klasse, dass er die Wahrheit gesagt hatte. Aber in der Redaktion hielt niemand mehr den Atem an, wenn er vormittags eintraf, und an der Kaffeemaschine stellte sich auch keine dreiundzwanzigjährige Praktikantin mehr hinter ihm an. Der Chefredakteur des Unterhaltungsressorts eilte auch nicht mehr mit frisch ausgedruckten Presseerklärungen an seinen Tisch, und niemand kommentierte seine neuesten Texte. Anders Malmbergs unaufhaltsamer Abstieg hatte begonnen.

Er spürte eine Hand auf seinem Rücken, drehte sich um und lächelte unsicher.

»Hast du Zeit?«, fragte die Chefredakteurin.

»Jetzt? Ja klar.«

Sie führte ihn ins Besprechungszimmer.

»Könntest du bitte die Tür hinter dir schließen?«

Anders fielen die neugierigen Gesichter seiner Kollegen auf. Als er ihre Blicke erwiderte, schauten alle weg.

»Nimm Platz.«

Anders setzte sich.

»Alles in Ordnung?«

Anders blinzelte nervös.

»Und die Hand?«, fuhr die Chefredakteurin fort.

»Ich habe Mühe mit dem Schlafen, sonst ist alles okay.«

»Gut. Also, Folgendes ...«

Sie verstummte und sah ihn an. Er betrachtete sie fragend.

»Was hältst du davon, mit dem Redigieren anzufangen?«

»Redigieren?«, fragte Anders. »Warum sollte ich ...«

»Wir können keinen Reporter gebrauchen, der falsche Aussagen gemacht hat.«

»Ich habe nicht vor Gericht ausgesagt.«

»Dann eben: einen Reporter, der die Polizei belügt. Das ist dasselbe, zumindest in den Augen der Leser.«

»Aber ich habe in meinem Artikel alles offen dargelegt. Wie vereinbart.«

»Durchaus. Und das hast du gut gemacht. Wirklich.«

Anders merkte auf. *Wirklich* war ein verstärkendes Wort, das eine Behauptung abschwächte und in ihr Gegenteil verwandelte.

»Du feuerst mich?«, fragte Anders. »Du feuerst mich, weil man mich verprügelt hat?«

»Ich biete dir eine andere Stelle in der Schlussredaktion an.«

»Aber ich schreibe. Deswegen bin ich hier.«

Die Chefredakteurin lächelte geduldig.

»Verstehst du denn nicht, welche Chance ich dir biete?«, sagte sie. »Journalisten gibt es im Überfluss, und die wenigsten halten mehr als ein paar Jahre durch. Redakteure werden immer gebraucht. Ich sage ja auch gar nicht, dass es für immer ist, nur bis Gras über die Sache gewachsen ist.«

»Bist du jemals in deinen eigenen vier Wänden verprügelt worden?«

»Nein, Gott sei Dank nicht, das ist mir erspart geblieben.«

»Verstehst du nicht, was für eine Belastung das ist? Was für ein Psychohorror? Jedes Mal, wenn es klingelt, frage ich wie ein verängstigter Rentner, wer da ist, bevor ich aufmache.«

»Das verstehe ich, ich sage nur ...«

»Wenn du wüsstest, was ich durchmache, dann hätten wir diese Diskussion jetzt nicht.«

Anders redete schnell und erregt.

»Anders, hör mir zu.«

Die Chefredakteurin streckte ihren Arm aus, ergriff seine Hand und fing seinen unruhigen Blick auf.

»Du bist begabt, du hast das Zeug zum Journalisten. Ich will, dass du bei der Zeitung bleibst, keine Frage. Aber wie du selbst sagst, hinterlässt eine derartige Geschichte Spuren. Du brauchst Zeit, um dich davon zu erholen. Die Gefahr, dass du aus dem Gleichgewicht gerätst, ist groß. Und dann will dich niemand mehr haben. Nimm mein Angebot an, setz dich an einen Tisch und polier Texte auf. Erst wenn man die unredigierten Texte der anderen liest, sieht man ein, dass eigentlich niemand schreiben kann, und das eröffnet einem zwei Wege.«

Anders begriff nicht.

»Entweder«, fuhr die Chefredakteurin fort, »denkst du, *verdammt, was schreiben die alle lausig,* und wirst dir dadurch deiner eigenen Defizite und Begrenzungen bewusst. Was aus dir einen gründlicheren und fähigeren Schreiber macht.«

»Oder?«, fragte Anders.

»Oder du denkst dir, *verdammt, was schreiben die alle lausig,* und bildest dir ein, dass du so viel besser bist, und dann ...«

»Und dann?«

»Dann gehst du denselben Weg wie ich und landest irgendwann auf einem Chefposten. Entweder oder.«

Anders lachte.

»Gut«, sagte die Chefredakteurin und klopfte ihm auf die Schulter. »Abgemacht, du fängst am Montag an.«

78

Es gab Fotos im Internet. Nicht sonderlich gute, aber immerhin. Odense wusste jetzt, wie Calle Collin aussah. Sara Vallgren hatte einen Unfall bestellt, und sie würde ihren Unfall bekommen. Odense hatte ihm bereits eine Schlagzeile verpasst: »Drunk Danish Driver.« Er stahl Nummernschilder auf einem unbewachten Langzeitparkplatz bei Kopenhagen, verstaute sie in seinem Rucksack und nahm den Nachtzug nach Stockholm. Ein Auto wollte er vor Ort klauen. Nach getaner Arbeit würde er die schwedischen Nummernschilder wieder anschrauben, den Wagen irgendwo abstellen und die dänischen Nummernschilder wegwerfen, wo sie niemand finden würde. Wenn alles glattging, würde es für den Vorfall vielleicht ein halbes Dutzend Zeugen geben, die aussagen konnten, dass Calle Collin von einem Wagen mit dänischem Kennzeichen überfahren worden war und der Fahrer anschließend die Flucht ergriffen hatte.

Aber der Unfall würde sich erst in ein paar Tagen ereignen. Vorher wollte sich Odense einen möglichst guten Überblick über Calle Collins Lebensgewohnheiten verschaffen. Die Schwuchtel war freiberuflicher Journalist und arbeitete offenbar zu Hause. Zumindest befand er sich dort, als Odense kurz nach zehn am Vormittag dort anrief.

Es war schwer, Leute zu beschatten, wenn man keine Möglichkeit hatte, sich in einem Auto zu verstecken. Stockholm war keine Weltstadt, und es gab keine Menschenmengen, in denen er hätte verschwinden können. Odense setzte sich in ein Café gegenüber von Collins Haus und bestellte in holperigem Englisch mit starkem türkischen Akzent einen Tee. Er breitete eine türkische Zeitung, die er auf dem Hauptbahnhof gekauft hatte, vor sich aus und las sie eingehend. Nachdem die Bedienung seinen Tisch abgeräumt und ihn zum dritten Mal gefragt hatte, ob sie ihm noch etwas bringen könnte, war offenbar, dass er nicht länger sitzen bleiben konnte. Er verließ das Café und schlenderte die Straße entlang, ohne Calles Haustür aus den Augen zu lassen. Anschließend überquerte er die Tulegatan und flanierte unendlich langsam zurück. Er betrachtete die Auslagen in den Schaufenstern mit gespieltem Interesse, was ihm schwerfiel.

Odense sah ein, dass er vermutlich doch ein Auto mieten musste, um unbemerkt die Haustür im Auge behalten zu können. Er konnte den Mietwagen ja irgendwo abstellen, während er das Schwein mit dem gestohlenen Wagen über den Haufen fuhr. Keine dumme Idee. Anhand des Mietwagens ließe sich zwar später nachweisen, dass er sich zum Zeitpunkt von Calle Collins Unfall in Stockholm aufgehalten hatte, aber das bewies noch gar nichts. Und falls die Polizei seine Anwesenheit tatsächlich mit Calles Unfall in Zusammenhang brachte, konnte er immer noch darauf hinweisen, dass er schließlich ein Auto gemietet hatte, warum also hätte er eins stehlen sollen?

In diesem Augenblick verließ Calle Collin das Haus. Er trug eine beige Chino und ein blaues Hemd und kam direkt auf Odense zu, der auf die Uhr schaute, um seinem Blick auszuweichen. 12.33 Uhr, stellte Odense fest und setzte seinen Weg fort. Als Calle Collin an ihm vorbeigegangen war, zog Odense sein Handy aus der Tasche und tat so, als nähme er ein Gespräch entgegen. Er hielt inne, sprach Türkisch und murmelte diversen Unsinn, ehe er sich umdrehte und Calles Verfolgung aufnahm.

Unerwartet bog dieser in ein Sushi-Restaurant ab und setzte sich auf einen Barhocker am Fenster. Odense konnte nicht vor dem Schaufenster stehen bleiben. Er beschloss, ein Auto zu mieten.

Sushi, Sushi, überall Sushi. Sonderlich gesund war das nicht. Der Reis enthielt Stärke, das Gefühl der Sättigung verflog rasch, und bereits am frühen Nachmittag stellte sich ein Bedürfnis nach Eiscreme, Schokolade oder einer gründlichen Kühlschrankinventur ein.

Calles Handy, das vor ihm auf dem Schreibtisch lag, plingte. Beim Anblick des Namens des Absenders auf dem Display musste er dümmlich grinsen. Er las die Nachricht.

Fünf Uhr Schluss, halb sechs bei dir. Vorher was essen? Restaurant?

Calle antwortete.

Ich koche.

Neue SMS.

Ich lade dich ein. Italiener?

Im Lokal auf der anderen Straßenseite wurde gut gekocht, die Preise waren okay, die Bedienung war nett und freute sich immer, wenn Calle auftauchte.

Klingt gut. Zahlen kann ich selbst.

Anschließend wollten sie ins Kino, kein affektierter Kostümfilm, sondern ein reeller Thriller.

Calle tauchte das letzte Stück Lachs in das Sojasaucenschälchen und sann darüber nach, wie sehr er doch diesen verdammten Arzt liebte, nicht zuletzt seiner leichten Pummeligkeit, vielleicht ganz besonders der hässlichen Komponenten wegen. Obwohl das gar nicht hässlich war, sondern es war einfach nur wunderbar und wohlgeformt. Seit er David begegnet war, hatte Calle keine Blicke mehr auf andere Männer verschwendet.

79

Odense sah sich gezwungen, das Lächeln eines schikanierten Migranten und seinen gesamten Charme einzusetzen, um einen blöden Nissan Micra mieten zu dürfen. Er schloss sogar eine Zusatzversicherung zur Reduzierung der Selbstbeteiligung ab, um den Idioten von der Tankstelle zu besänftigen.

»Wohin fahren Sie?«, fragte der dumme Schwede.

Das kann dir doch egal sein, du Arsch.

»Ich will ein paar Freunde in Stockholm besuchen und mir ein paar Sehenswürdigkeiten ansehen. Ich wohne in Dänemark.«

»Sie wissen, dass wir eine Citymaut haben? Wenn Sie beispielsweise nach Södertälje fahren, ist die Fahrt durch die Stockholmer Innenstadt kostenpflichtig.«

»Meine Freunde wohnen in der Innenstadt«, sagte Odense.

Der Tankwart verlagerte sein Gewicht von einem Fuß auf den anderen, als erstaune ihn diese Information. Seine geradezu vollendete Menschenkenntnis hatte ihm bereits früh verraten, dass er einen der guten Migranten vor sich hatte. Wie die meisten eben, die anständig waren und einer Arbeit nachgingen.

»Sie sprechen gut … Skandinavisch.«

Trotz meiner schwarzen Haare, meinst du? Ein Wunder, nicht wahr?

»Danke. Was halten Sie vom Vasa-Museum? Sollte ich mir das ansehen?«

Verdammter Vollblutrassist.

Odense erkundigte sich, was er tanken sollte, und als er davonfuhr, saß er wie ein Anfänger direkt hinter der Windschutzscheibe und winkte, ehe er langsam auf die Straße einbog. Dann schob er den Sitz nach hinten, kurbelte die Scheibe runter und zündete sich eine Zigarette an.

Calle Collin saß nicht mehr in der Sushi-Bar. Ein erneuter Anruf verriet Odense, dass er sich wieder in seiner Wohnung befand. Er fand einen Parkplatz, von dem aus er die Haustür im Auge behalten konnte. Er ging in den Tabakladen an der Ecke und kaufte sich eine Abendzeitung, blätterte im Sportteil und rauchte bei geöffnetem Fenster.

Plötzlich schoss ihm durch den Kopf, wie idiotisch die Idee mit den dänischen Nummernschildern war. Es war besser, zu gegebenem Zeitpunkt ein Auto zu klauen, es anschließend an einer nicht zu unpassenden Stelle in der zweiten Reihe zu parken und so schnell wie möglich zu verschwinden. Unnötig, einen Hinweis auf Dänemark zu hinterlassen. Durch und durch idiotisch. Und bloß, weil ihm seine originelle Bezeichnung des Projektes, Drunk Danish Driver, so gefallen hatte. Odense war ganz klar ein Opfer seiner eigenen Formulierungslust geworden.

Er nahm seinen Rucksack und ging zu einem Haus, das gerade renoviert wurde. Davor standen große Säcke mit Betonschutt, alten Wasserleitungen und rostigen Abflussrohren. Er sah sich rasch um und schob die dänischen Kennzeichen in eins der Rohre. Dann kehrte er zu seinem Mietwagen zurück und wartete weiter. Er hatte den Sportteil gelesen und blätterte pflichtschuldig die übrigen Seiten durch. Eine Menge Gewäsch über schwedische Promis, die Odense durch die Reihe weg nicht kannte, was den Schwachsinn noch uninteressanter machte, als er ohnehin schon war. Er warf die Zeitung beiseite, ging noch einmal zum Tabakladen und kaufte einen großen Vorrat an Süßigkeiten.

Es war ungemein öde, dazusitzen, mit den Fingern aufs Lenkrad zu trommeln, nach einem vernünftigen Sender zu suchen und sich vorzustellen, mit welcher der nächsten zehn Frauen, die vorbeigingen, er vorzugsweise schlafen würde. Mit keiner, stellte er rasch fest. Großstadtfrauen waren ungeachtet ihres Aussehens durch die Bank unattraktiv. Weil sie so selbstgerecht waren und die Welt, die sie umgab und um ihre Aufmerksamkeit heischte, ihnen fast Unbehagen zu bereiten schien. Trotzdem fürchteten sie nichts mehr, als dass diese Aufmerksamkeit eines Tages plötzlich ausbleiben könnte.

Odense schaute auf die Uhr. Zwanzig nach fünf. Er war hungrig. Einen Häuserblock weiter hatte er einen McDonald's gesehen.

80

Es klingelte.

»Komme«, rief Calle, schaute rasch in den Spiegel und öffnete.

David trat ein und schloss die Tür hinter sich.

»Gut siehst du aus«, sagte er und musste lachen.

»Danke«, sagte Calle. »Du auch.«

»Fällt dir nichts auf?«

»Was?«

David drehte Calle in Richtung des Spiegels. Beide waren identisch gekleidet: beige Chino und blaues Hemd.

»Ich ziehe mich um«, sagte Calle.

»Warum denn?«

»Das kann doch nicht dein Ernst sein? Wir sehen aus wie zwei amerikanische Missionare.«

Calle ging ins Schlafzimmer und zog sein Hemd aus. David folgte ihm und umarmte ihn. Zwanzig Minuten später waren sie beide wieder angekleidet. Jetzt trug Calle Jeans und ein T-Shirt.

Nachdem Odense die Hamburger gegessen hatte, setzte die quälende Langeweile wieder ein. Er kurbelte die Scheibe herunter und rauchte eine Zigarette, löste das Sudoku aus der Zeitung und malte sich dann aus, wie es wäre, das Gymnasium nachzuholen, um einen normalen Beruf zu ergreifen. Da verließ der Schwule endlich das Haus, in Gesellschaft eines anderen Mannes. Entweder wohnten sie zusammen, oder der Mann war gekommen, während er was zu essen besorgt hatte. Sie bogen nach rechts ab und entfernten sich. Unglaublich! Jetzt fassten sie sich an den Po, vermutlich weil sie sich unbeobachtet glaubten.

Odense stieg aus dem Auto und beschleunigte seine Schritte, um sie nicht aus den Augen zu verlieren. Der Journalist und sein Freund gingen Hand in Hand, stolz den Vorurteilen der Welt trotzend. Sehr überdeutlich und klar provokant. Plötzlich verstand Odense, was Sara damit gemeint hatte, dass Calle Collin homosexuell war. Wer die Normen der Gesellschaft derart herausforderte, musste sich nicht wundern, wenn ihm etwas zustieß.

Calle und sein Freund waren fast gleich groß und waren von hinten kaum zu unterscheiden. Odense überlegte sich, wer welchen Part in der Beziehung spielte.

Die verliebten Männer verschwanden in einem Restaurant. Durch das Fenster sah Odense, dass die Kellnerin sie wie Stammgäste begrüßte.

Er kehrte zu seinem Mietwagen zurück und streckte die Arme zum Lenkrad aus. Er malte sich den Verlauf des Anschlags bildlich aus und wog verschiedene Möglichkeiten gegeneinander ab. Eine halbe Stunde später hatte er sich entschieden. Der neue Plan war einfacher als der ursprüngliche. Jemanden vorsätzlich totzufahren war praktisch unmöglich und erforderte sowohl eine gute Gelegenheit als auch ein großes Maß an Unvorsichtigkeit vonseiten des vorgesehenen Opfers. Zu viel konnte dabei schiefgehen.

Das Einzige, was er für seinen neuen Plan benötigte, war ein stumpfer Gegenstand, und er wusste genau, wo er den finden würde. Er streifte Handschuhe über, stieg aus dem Auto und ging nochmals zu dem Haus, das renoviert wurde. In einem der Schuttsäcke fand er, was er suchte: ein altes, etwa ein Meter langes Eisenrohr. Damit spazierte er zum Restaurant.

81

»Hat es geschmeckt?«

»Ja, wie immer sehr gut.«

»Hervorragend.«

Die Kellnerin räumte ab.

»Ein Dessert? Kaffee?«

»Nein danke. Wir wollen weiter. Wenn Sie uns die Rechnung bringen würden.«

Die Kellnerin ging, und David verteilte den letzten Wein auf die Gläser. Sie prosteten sich zu.

»Warum heißt es eigentlich mal Fraktur und mal Bruch?«, fragte Calle.

David lachte.

»Warum nicht?«

»Oberschenkelhalsfraktur, aber Penisbruch.«

»Hast du dir schon mal den Schwanz gebrochen?«

»Ja.«

»Im Ernst?«

Calle wurde verlegen.

»Das war zu meinen Glanzzeiten. Coming-out, und

schon brach er mir seitlich weg. Es gab einen wahnsinnigen Bluterguss und tat sauweh.«

»Das kann ich mir denken.«

»Und du?«

David schüttelte den Kopf.

»Glücklicherweise nicht.«

Die Kellnerin brachte die Rechnung und einen Kreditkartenleser. Calle zog seine Brieftasche, um zu zahlen. David wehrte ab.

»Du kannst dann das Kino zahlen.«

»Das kommt aber nicht mal in die Nähe.«

»Sag das nicht, ich will auch Popcorn, Süßigkeiten, Cola, das ganze Programm.«

Der Kreditkartenleser surrte, die Kellnerin riss die Quittung ab und legte sie auf den Tisch.

»Vielen Dank. Bis zum nächsten Mal.«

Sie folgten ihr mit dem Blick, als sie zum nächsten Tisch weiterging. Sie erhoben sich, traten auf die Straße und berauschten sich an der kühlen Sommerluft. Calle legte David seinen Arm um die Hüfte und lehnte den Kopf an seine Schulter.

»Danke für das Abendessen.«

Endlich bequemten sie sich aus dem Restaurant. Odense war fast eine Stunde lang herumgestreunt und fing an zu frieren. Der Abstand betrug etwa hundert Meter, und sie entfernten sich von ihm. Odense beschleunigte seine

Schritte, um den Abstand zu verringern. Das Rohr stand immer noch, wo er es an eine Regenrinne gelehnt hatte. Er packte es, ohne das Tempo zu verlangsamen, und wurde dann schneller. Calle Collin und sein Liebhaber schlenderten sorglos vor ihm her.

Gleich kamen sie auf eine größere, belebtere Straße. Dort würde sich der Plan nicht mehr so leicht umsetzen lassen, die Gefahr, gesehen zu werden, war größer. In einer Menge lauerten immer potenzielle Zeugen und Alltagshelden.

Odense erhöhte sein Tempo, er rannte jetzt beinahe. Das Rohr hielt er am ausgestreckten Arm neben sich wie ein zusätzliches Bein. Calle und sein Freund hatten noch fünfzig Meter bis zur Kreuzung. Odenses Abstand betrug das Dreifache. Er würde es nicht schaffen und erwog einen Augenblick lang, den Versuch abzubrechen und auf eine bessere Gelegenheit zu warten.

Da blieben die beiden plötzlich stehen und sahen sich das Schaufenster eines Herrenausstatters an. Der eine deutete auf etwas, der andere lachte. Odense rannte nicht mehr, sondern ging nur noch sehr rasch, um den Abstand zu verringern.

Sie wandten ihm den Rücken zu, einer hatte den Arm um den anderen gelegt. Es war kaum zu erkennen, wer wer war. Odense erinnerte sich, dass Calle beige Chinos getragen hatte, der andere Jeans. Der Abstand betrug jetzt nur noch zehn Meter, fünf, drei. Er packte das Rohr mit beiden Händen wie einen Baseballschläger, hob es über die Schulter, drehte sich zur Seite, linke Schulter nach vorn, machte die letzten Schritte.

»Fucking faggots.«

Odense schwang das Rohr in einem perfekten Bogen. Die gesamte Kraft des Schlages wurde durch die rotierende Bewegung der Schulter auf die kleine Fläche auf dem Hinterkopf des Mannes übertragen. Das Geräusch war überraschend laut und zugleich fast verführerisch rein.

Odense wusste instinktiv, noch ehe der Mann auf dem Bürgersteig auftraf, dass er tot war. Er ging weiter, ließ das Rohr fallen und hörte, wie es über die Betonplatten des Gehsteigs rollte. Als der Schrei kam, war er bereits um die Ecke und in der Menschenmenge untergetaucht.

82

Calle Collin saß in einem kalten Zimmer mit grau meliertem PVC-Boden und gelb marmorierten Wänden. Die Stühle waren aus hellem Holz und hatten grüne Sitzpolster. Es gab einen Tisch mit zerlesenen Zeitschriften. Es war nicht viel zu sehen, aber Calle registrierte alles. Er war hypersensitiv, und jeder Augenblick dauerte eine Ewigkeit. Die Krankenschwester hatte ihn einen Augenblick allein gelassen, um Wasser zu holen. Calle hörte rasche, vertraute Schritte auf dem Korridor. Jörgen erschien in der Tür, blieb kurz stehen, eilte dann auf Calle zu und ergriff seine Hände.

Calle sah ihn an. Jörgen setzte sich auf den Stuhl neben ihn und strich seinem Freund über Haare und Wange.

»Ich habe mit seinen Eltern gesprochen«, sagte Calle erstaunlich sachlich. »Sie sind auf dem Weg hierher. Ein Nachbar fährt sie. Ich habe gesagt, dass ich auf sie warten würde.«

Jörgen nickte und tätschelte ihm das Knie.

»Wir warten, bis sie kommen, dann nehme ich dich mit nach Hause. Du kannst bei uns übernachten.«

Calle öffnete den Mund, um zu protestieren, aber seine Gedanken waren bereits woanders, und es kam kein Ton über seine Lippen.

»Du wohnst bei uns«, sagte Jörgen und drückte seine Hand.

83

»Noch Salat?«

»Nein danke.«

»Ein Stück Braten kannst du doch noch nehmen. Das letzte Stück.«

»Ich bin satt«, sagte Anders und sah seinen Vater an. »Aber vielen Dank.«

Er wollte sich nicht noch ein weiteres Mal das Fleisch vorschneiden lassen. Es war schon erniedrigend genug, wie ein Amerikaner nur mit der Gabel essen zu können.

»Entschuldige«, sagte seine Mutter, »dass ich nicht daran gedacht habe. Ich hätte Nudeln oder so was kochen sollen.«

»Kein Problem. War lecker.«

»Einen Schluck Wein kannst du aber noch trinken.« Sein Vater beugte sich über den Tisch und schenkte nach.

»Danke, das genügt.«

Bengt füllte auch Åsas und sein eigenes Glas und stellte dann die leere Flasche beiseite.

»Erzähl«, sagte seine Mutter. »Bist du jetzt auch für das Layout zuständig?«

»Das gehört immer dazu.«

»Bei Magazinen und Illustrierten sind verschiedene Leute für die Schlussredaktion und das Layout zuständig. Jedenfalls war das früher so.«

»Bei Tageszeitungen ist das anders«, meinte Anders.

»Ach so.«

Anders hob das Glas an die Lippen und versteckte sich dahinter. Zu spät merkte er, dass seine Eltern ihm zuprosten wollten. Pflichtschuldig hob er das Glas noch einmal, ehe er es abstellte.

»Aber das ist doch gut?«, meinte seine Mutter. »Ein neuer Arbeitsbereich. Sieh es als eine bezahlte Zusatzausbildung.«

»Mama.«

»Nein, wirklich.«

»Es ist immer gut, was dazuzulernen«, meinte sein Vater. »Man weiß nie, was einem das mal nützt. Du wirst also nicht mehr über das Fernsehen schreiben?«

Anders antwortete nicht.

»Ich finde, sie übertreiben«, meinte Bengt. »Schließlich bist nicht du es, der bestraft werden sollte. Man hat dich misshandelt. Noch dazu in deiner eigenen Wohnung.«

Anders sah ihn durchdringend an.

»Jetzt ist es nun einmal so, okay?«

»Ich sage nur, dass du das Opfer bist. Du solltest nicht …«

»Was sollte ich nicht?«, fragte Anders. »Die Schuld eines anderen bezahlen?«

Bengt stand auf und begann abzuräumen. Åsa suchte um Verständnis und Nachsicht heischend den Blick ihres Sohnes. Anders war jedoch nicht bereit, ihr entgegenzukommen. Åsa versuchte es mit einer anderen Strategie.

»Papa und ich überlegen, im Winter für ein paar Wochen zu verreisen.«

»Okay.«

»Wir wollten dich fragen, ob du nicht mitkommen magst.«

»Ins Ausland?«

»Ja. Irgendwohin, wo es warm ist.«

»Das ist lieb, aber … nein.«

»Du kannst ja mal darüber nachdenken.«

Anders trank noch einen Schluck.

»Ich verdiene dasselbe wie vorher«, meinte er.

»Das ist gut.«

»Sie meinte, bis sich die Wogen geglättet haben.«

Åsa nickte. Anders sprach mit leiser Stimme weiter, um seinen Vater nicht in die Unterhaltung zu verwickeln.

»Sie meinte, entweder würde ich danach ein besserer Journalist oder Chef.«

Åsa lachte gezwungen.

»Ich denke, es ist eine gute Idee«, meinte Anders ohne Überzeugung. »Schließlich gefällt es mir dort.«

»Ich halte das für eine wunderbare Lösung«, erwiderte seine Mutter. »Wirklich.«

Sie nickte wiederholte Male. Anders war zum Weinen zumute.

84

»Ich habe den vollständigen Bericht aus Kopenhagen erhalten«, sagte Gerdin und blieb in der Tür stehen.

Karlsson drehte sich auf seinem Bürostuhl zu Gerdin herum und faltete die Hände vor seinem Bauch.

»Was Neues?«

»Nein«, sagte Gerdin zögernd, trat ein und nahm auf der Armlehne des Besucherstuhls Platz. »Alles wie gehabt. Conny hatte ein Faible für Nutten.«

Gerdin überflog die Akten.

»Offenbar hatte er ein Faible für ausgefallenen Sex. Fesselspiele und so. Neben dem Bett lagen Kabelbinder. Darauf wurden ihre Fingerabdrücke gefunden. Also wurde wohl er gefesselt.«

Er las weiter.

»Bla, bla, bla. Insgesamt wurden fünf Schüsse abgefeuert. Drei mit einem Gewehr, zwei mit einer Pistole. Die Schlussfolgerungen bleiben die gleichen. Die Nutte verrät Conny. Matte erscheint. Die Nutte versucht Conny das Geld zu klauen …«

»Das Geld, das er der Dänin abgenommen hat?«

»Vermutlich. Conny erschießt die Nutte, dann schießt Matte auf ihn, und er erwidert das Feuer.«

»O.K. Corral«, meinte Karlsson. »Hilft uns das weiter?«

»Auch nicht mehr als Monas Zeitschrift, die in Mattes Büro gefunden wurde.«

»Und wie machen wir jetzt weiter?«

Gerdin blies die Wangen auf, schüttelte den Kopf und ließ die Luft zwischen den Lippen entweichen. Er las weiter.

»Keine Fingerabdrücke auf der Schere.«

»Welche Schere?«, fragte Karlsson.

»Die dazu verwendet wurde, die Kabelbinder aufzuschneiden. Warte ...« Gerdin hielt mitten im Satz inne. »Damit ist auch Mona erdrosselt worden. Mit einem Kabelbinder.«

Gerdin legte den Bericht beiseite und begann im Zimmer auf und ab zu gehen. Karlsson betrachtete ihn amüsiert.

»Die Nutte verrät Conny. Sie weiß, dass Sara und Matte nach ihm suchen.«

Karlsson sah ihn abwartend an.

»So weit kann ich dir folgen.«

»Sie fahren dorthin.«

»Beide?«, sagte Karlsson, um sicherzugehen, dass er Gerdin nicht missverstanden hatte.

Gerdin nickte nachdenklich.

»Beide. Sara befiehlt der Nutte, Conny mit den Plastikstrips zu fesseln. Jetzt kann er nichts mehr unternehmen.«

»Nein.«

»Dann nimmt Sara Connys Gewehr.«

»Okay«, sagte Karlsson, nicht sonderlich überzeugt.

»Die Nutte versucht sich das Geld zu schnappen. Sara erschießt sie mit Connys Gewehr.«

Karlsson betrachtete seinen Kollegen amüsiert.

»Und warum?«

»Damit es keine Zeugen gibt«, meinte Gerdin. »Dann erschießt sie Matte. Ebenfalls mit Connys Gewehr.«

»Aus welchem Grund?«

»Um ihm die Morde in die Schuhe zu schieben.«

»Welche Morde?«

»Henk und Mona und die Personen im Hotelzimmer.«

Karlsson lachte.

»Entschuldige«, sagte er, »mach weiter.«

»Der gefesselte Conny lebt noch.«

»Okay.«

»Sara geht zu Matte, hebt dessen leblose Hand und erschießt Conny mit zwei Schüssen.«

»Zwei?«

Karlsson musste sich größte Mühe geben, seinen Kollegen nicht auszulachen.

»Zwei.«

»Bist du fertig?«

»Nein. Bislang wurden vier Schüsse abgefeuert. Zwei mit der Pistole, zwei mit dem Gewehr. Bleibt noch der letzte Schuss mit dem Gewehr. Sara geht zu dem inzwischen toten Conny und schneidet die Kabelbinder auf. Sie lässt sie liegen, damit sich eventuelle Abdrücke an seinen Handgelenken und Knöcheln erklären lassen. Anschließend drückt sie Conny das Gewehr in die Hand und feuert einen letzten Schuss in die Wand ab, damit sich an seinen Händen Schmauchspuren finden.«

»Und sie legt seinen Zeigefinger auf den Abzug?«

Gerdin nickte.

»Ihr einziger Fehler ist, dass sie nicht dafür sorgt, dass sich die Fingerabdrücke der Nutte auch auf der Schere finden.«

Er sah Karlsson an, der sich vorbeugte, seine Ellbogen schwer auf den Schreibtisch stützte und den Kopf in die Hände legte.

»Fertig?«

»Ja. Was meinst du?«

»Was ich meine?«, sagte Karlsson. »Ich glaube, dass du den falschen Beruf gewählt hast. Du solltest Drehbücher schreiben. Da wird ganz viel herumgeballert.«

»Wie erklärst du die Schere ohne Fingerabdrücke?«

Karlsson schob seinen Schreibtischstuhl zurück und faltete die Hände im Nacken.

»Vielleicht hat sich die Nutte ja Gummihandschuhe angezogen, bevor sie ihn fesselte.«

»Gummihandschuhe?«, erwiderte Gerdin.

»So eine Art Spülhandschuhe«, meinte Karlsson.

»Und warum?«

»Was weiß ich. Um ihn in die Brustwarzen zu kneifen oder so. Vielen Leuten gefällt so was.«

Gerdin verstand ihn nicht.

»Ich meine nur, dass es eine Million plausiblere Erklärungen gäbe. Aber lass uns einen Augenblick lang mit dem Gedanken spielen, dass du recht haben könntest. Dass es sich tatsächlich so zugetragen hat. Was spielt das für eine Rolle?«

»Was meinst du?«

»Das ist das Problem der Kopenhagener Kollegen und nicht unseres. Wir haben einen Mord in Bjuv, und den können wir dank altmodischer, ehrlicher Ermittlungsarbeit als aufgeklärt betrachten.«

Karlsson erhob sich und ging um den Schreibtisch herum.

»Komm schon, Gerdin. Wir sind nur Polizisten.«

Er klopfte seinem Kollegen auf die Schulter.

»Wie spät ist es eigentlich?«, meinte er dann. »Ist es nicht Zeit zum Mittagessen?«

85

Jörgen Petersson saß eingeklemmt zwischen zwei Sara-Vallgren-Fans. Links ein bärtiger Muskelprotz mit der Weste einer weltumspannenden Vereinigung für motorsportinteressierte, na ja, junge Menschen. Rechts ein prominenter dänischer Fernsehmoderator, der die Anklage Sara Vallgrens als den größten Rechtsskandal der dänischen Geschichte bezeichnet hatte.

Sara wurde bezichtigt, die Welle von Gewalt und Tod, die zum Tod dreier Menschen in einem schäbigen Kopenhagener Hotel geführt hatte, mit verursacht zu haben. Die brutalen Vorfälle waren detailliert in der dänischen Boulevardpresse beschrieben worden, die, wie Jörgen erstaunt feststellte, immer noch täglich Nacktfotos von kaum volljährigen Frauen enthielt.

Jörgen versuchte den Blick seines Freundes einzufangen, um diesen seiner Unterstützung und seiner Liebe zu versichern.

Der vor Trauer abgemagerte Calle Collin berichtete mit leiser Stimme, ausführlich und glaubwürdig, was er erlebt hatte. Das Interview in Höganäs, Margits erboster Anruf, nachdem sie Anders Malmbergs Glosse gelesen hatte, in der er ein wenig schmeichelhaftes Bild ihres lange verstorbenen Sohnes Kent Svensson gemalt hatte, Mattes Erscheinen vor Anders Malmbergs Haus und schließlich der Anruf Sara Vallgrens.

Er erzählte detailliert von Saras Anruf. Dass sie seinen Artikel gelesen habe und ihn in Zukunft nicht aus den Augen lassen werde.

»Als ich ihr erklärte, nicht zu verstehen, was sie meinte, äußerte sie, dass ich sie sehr genau verstehen würde. Sie sagte, sie hielte mich für so klug und einsichtig, keine wilden Anklagen zu erheben, und erklärte mir außerdem, sie habe Freunde in Stockholm, Freunde, denen sie mich durchaus einmal vorstellen könnte.«

Der Rocker, der links neben Jörgen saß, verschränkte seine Arme und fixierte Calle.

»Und wie haben Sie reagiert?«, fragte der Staatsanwalt, ein farbloser Mann mittleren Alters.

»Mir war sehr mulmig.«

»Warum?«

»Weil sie mir ganz offensichtlich drohte«, sagte Calle. »Dann wurde mir einiges klar.«

»Was?«

»Ich sah ein, dass es kaum ein Zufall gewesen sein konnte, dass ich Matte vor Anders Malmbergs Haus gesehen hatte.«

»Was haben Sie dann getan?«

»Ich habe mir in meinem Smartphone die Schlagzeilen angesehen und erfahren, dass Anders Malmberg in seiner Wohnung misshandelt worden war.«

Der Staatsanwalt beendete die Vernehmung, dankte seinem Hauptzeugen und überließ der Verteidigerin, einer humorvollen und intelligenten Frau Anfang vierzig, die neben Sara Vallgren der selbstverständliche Star im Gerichtssaal war, das Wort.

»Erzählen Sie von Ihrem Freund«, sagte sie.

Calle verspürte einen Stich in der Brust, und der Atem stockte ihm.

»Er ist tot«, sagte er schließlich mit brechender Stimme.

»Können Sie erzählen, wie er gestorben ist?«

Calle räusperte sich.

»Er wurde mit einem Eisenrohr niedergeschlagen.«

»Wo?«

»In Stockholm.«

»Von wem?«

»Ich weiß es nicht.«

»Hat die Polizei den Täter nicht gefasst?«

»Nein.«

»Sie hatten ihn noch nie vorher gesehen?«

»Nein.«

»Haben Sie ihn später noch einmal gesehen?«

»Nein.«

»Ihr Freund wurde also von einem Unbekannten ermordet?«

»Ja.«

»Hat der Täter etwas gesagt?«

Calle sah sich unsicher um, ehe er antwortete.

»Ja.«

»Was hat der Täter gesagt?«

»Ich glaube, er hat ›Fucking faggots‹ gesagt. Ich bin mir nicht sicher. Es ging alles sehr schnell.«

»Er hat sich also herablassend über Ihre sexuellen Neigungen und die Ihres Freundes geäußert?«

»Ja.«

»Sie wurden also ein Opfer sogenannter Hasskriminalität?«

Calle antwortete nicht. Die Strafverteidigerin wiederholte ihre Frage. Calle bekam nur mit Mühe Luft. Er suchte in den Zuschauerreihen nach einem vertrauten Gesicht. Jörgen reckte sich, aber Calle war zu gestresst und sah ihn nicht.

»Ja.«

»Ihr Freund wurde also rein zufällig Opfer eines unbekannten Täters?«

»Ja.«

»Ja?«, wiederholte die Verteidigerin.

Calle schwieg. Die Verteidigerin hielt einen Stoß Papiere in die Höhe.

»Ich frage, weil ich hier lese, dass Sie der Polizei gegenüber zu Protokoll gegeben haben, dass der Täter wahrscheinlich im Auftrage Sara Vallgrens gehandelt hat und dass der Anschlag nicht Ihrem Freund, sondern eigentlich Ihnen gegolten hat.«

Calles Hände zitterten.

»Ich weiß es nicht«, sagte er. »Ich war sicher, dass es so sein muss. Ich war sehr erregt.«

Die Verteidigerin nickte.

»Das ist sehr verständlich. Aber wenn wir jetzt einmal zeitlich zurückgehen. Was veranlasste Sie zu der Annahme, der Täter habe es eigentlich auf Sie abgesehen?«

»Er hat mich zu Hause besucht.«

»Moment mal. Habe ich das richtig verstanden, der Täter hat Sie zu Hause besucht?«

»David.«

»Ihr Freund?«

Calle nickte.

»Wir wollten ausgehen. Wir waren sehr ähnlich angezogen, helle Hose, blaues Hemd. Ich habe mich umgezogen, damit wir nicht gleich aussahen. Wir hatten dieselbe Frisur, waren etwa gleich groß ...«

»Entschuldigen Sie, dass ich Sie unterbreche. Sie sagen, Ihr Freund habe Sie zu Hause abgeholt?«

»Ja.«

»Sie meinen also, der unbekannte Täter habe dank telepathischer Fähigkeiten gewusst, wie Sie in Ihrer Wohnung gekleidet waren?«

»Ich hatte zur Mittagszeit schon mal das Haus verlassen. Sie müssen mich beobachtet haben.«

Alle außer Jörgen wirkten betreten.

»Wer?«, fragte die Verteidigerin.

»Bitte?«

»Sie sagen, sie hätten Sie beobachtet. Wen meinen Sie mit *sie*?«

»Ich weiß nicht.«

»Glauben Sie, dass Sara Vallgren Sie beschatten ließ?«

»Ich weiß nicht. Ich glaubte ...«

»Sie glaubten?«

Calle schüttelte den Kopf und schaute zu Boden. Die Verteidigerin atmete ein paarmal tief durch. Sie hatte erreicht, worauf sie abgezielt hatte. Noch einmal in dieselbe Kerbe zu hauen, würde ihr keine Sympathien eintragen, und sie ließ es aus taktischen Gründen auf sich beruhen.

»Lassen Sie mich noch sagen, dass ich den Tod Ihres Freundes zutiefst bedauere. Den Partner zu verlieren ist unvorstellbar schwer.«

Der Vorsitzende sah sie an. Keine weiteren Fragen? Die Verteidigerin schüttelte den Kopf.

Calle Collin stand auf, sah sich unsicher um und ließ sich aus dem Saal geleiten. Jörgen erhob sich, um ihm zu folgen. Ein dänischer Polizeibeamter in Zivil dankte Calle auf dem Korridor pflichtschuldig für seine Teilnahme. Jörgen hakte seinen Freund unter, und sie traten zusammen in die Sonne, unter der das Leben mit gewohnter Ahnungslosigkeit weiterging.

»Wir könnten ein Bier trinken gehen«, sagte Jörgen.

»Ich will nach Hause.«

Sie nahmen ein Taxi nach Kastrup, ohne einen Gedanken an den Auftritt Sara Vallgrens im Gerichtssaal zu verschwenden. Gefühlvoll beschrieb sie, wie sie von ihrem langjährigen, engsten Mitarbeiter betrogen worden war, der hinter ihrem Rücken offenbar eigene Ziele verfolgt hatte. Die schrecklichen, in der Zeitung beschriebenen Morde und die abscheuliche Gewalt erfüllten sie mit Grauen. Sie wollte keine Spekulationen darüber anstellen, wer wofür verantwortlich war. Das war Aufgabe der Polizei.

Sie räumte ein, dass ihr Unternehmen in den Augen der Moralisten zwielichtig wirkte, konnte aber nicht genug betonen, dass es ihr einziges Ziel sei, in einer Welt, die es ganz offenbar bitter nötig hatte, Freude, Schönheit und Unterhaltung zu verbreiten.

86

Erstaunlich, wie rasch sie wieder in den Alltag zurückgefunden hatte. Als wäre sie kaum weg gewesen. Und doch lag es nur fünf Wochen zurück, dass die Polizisten bei ihr angeklopft hatten. Fünf warme, sonnige Wochen, in denen sich der Lärm von der Straße in den Hafen und an den angrenzenden Strand verlagert hatte. Dänische und deutsche Segelboote lagen neben schwedischen in der Marina. Die Straßencafés waren gut besucht, und überall radelten Kinder, die Sommerferien hatten, glücklich und planlos herum.

Margit Svensson hatte versucht, die Welt um sich herum wahrzunehmen. Sie wollte sich an dem regen Treiben, das sie umgab, erfreuen. Sie rief sich die Worte der Krankenschwester im Ärztehaus in Erinnerung. *Solange Sie sich an sie erinnern, sind sie noch da.*

Margit wusste nicht recht, ob dieser Satz dumm oder klug war. Sie entschied sich für klug. Margit mochte die Krankenschwester. Sie hatte sie nicht angefasst. Im Gegensatz zu vielen anderen, die ihr über den Arm streichen oder sie umarmen wollten.

Margit mochte das nicht. Ihre Haut juckte. Immerzu. Als trüge sie einen engen, kratzenden Pullover. Am schlimmsten war es am Rückgrat.

Der Chef beschäftigte sie in der Verpackungsabteilung. Sie verrichtete einfache Aufgaben, die momentan darin bestanden, einen Schlüsselring auf ein Comicheft zu legen, das dann von einer Maschine mit einer Plastikhülle versehen wurde.

Nachdem Margit die monotone Bewegung eine halbe Stunde lang ausgeführt hatte, war jegliches Zeitgefühl verschwunden. Kent stand vor ihr. So lebendig wie vor fünfzehn Jahren. Sie hatte ihn aus irgendeinem Grund ausgeschimpft. Dieser Junge bereitete ihr unendlich viel Kummer, aber sein Lächeln brachte die Welt zum Stillstand. Er hätte das Zeug zu etwas Großem gehabt und war nicht einmal vierzehn Jahre alt geworden.

Mattias, sie liebte Mattias. Nicht so, wie sie Kent geliebt hatte, aber trotzdem, sie liebte ihn. Obwohl er unnahbarer war. Mattias war verschlossen, eigensinnig, verschwiegen. Er lächelte selten und hatte eine reservierte Art, aber er war loyal, war immer für sie da gewesen und hatte sie nie enttäuscht. Sie versuchte, ihn sich vorzustellen, aber sein Bild war verschwommen, obwohl er noch vor ein paar Monaten in ihrer Küche gesessen hatte.

An Kent zu denken war leichter, weiter weg. Margit sah ihren älteren Sohn vor sich, dreizehnjährig, ein Kind.

Die Maschine stoppte, und Margit, die gerade eine Handvoll Schlüsselringe ergriffen hatte, hielt mit erhobener Hand inne. Jemand berührte sie an der Schulter.

»Kaffeetrinken«, sagte Katta und ließ ihre Hand auf Margits Schulter liegen.

Margit legte die Schlüsselringe in den Karton zurück und ließ sich zum Pausenzimmer führen. Katta setzte sie auf einen Stuhl und holte zwei Tassen.

»Meine Mutter ist jetzt im Heim«, sagte sie und nahm Margit gegenüber Platz. »Es blieb uns nichts anderes übrig, sie kam nicht mehr allein zurecht.«

Margit nickte geistesabwesend, pustete in ihre Tasse und nippte dann vorsichtig.

»Jetzt haben mein Bruder und ich das Haus in Torekov den ganzen Sommer für uns. Wir können schließlich nicht verkaufen, solange Mutter noch lebt.«

Margit nickte.

»Ich wollte dich fragen, ob du nicht Lust hast mitzukommen. Vielleicht jetzt am Wochenende?«

»Wie bitte?«

Die Worte prallten gegen Margits Trommelfelle, und nur mit Mühe gelang es ihr, ihnen einen Sinn abzugewinnen.

»Wir können eine Kleinigkeit essen gehen und uns die

anderen Sommergäste ansehen«, meinte Katta. »Vielleicht können wir auch einen Ausflug nach Hallands Väderö unternehmen und uns die Seehunde ansehen. Du kannst gerne übernachten.«

Katta lächelte einschmeichelnd. Margit spürte, wie es juckte.

»Das ist lieb von dir«, erwiderte sie. »Aber ich glaube, ich bin zu müde.«

87

Sara Vallgren schlenderte zwischen den Tischen herum und begrüßte ihre Gäste. Sie vergewisserte sich, dass alle zufrieden waren, verteilte Wangenküsschen, lächelte. Der Prozess hatte ihr einen vorübergehenden Ruhm eingetragen, und ihre Anwesenheit brachte einen gewissen Glamourfaktor mit sich. Die Aufmerksamkeit war berauschend, aber ebenso flüchtig wie alle anderen Drogen, das wusste sie. Es galt, den Augenblick zu genießen, aber auch wieder loszulassen.

Sie warf ein Auge auf die Show. Die Mädchen sahen gut aus und konnten tanzen. Als Zwischeneinlage trat ein fähiger Zauberer auf. Und die Mädchen, die er zersägte und herbei- und wegzauberte, hatten immerhin den Vorzug, barbusig zu sein.

Sara ging ins Obergeschoss und betrat eines der VIP-Zimmer, in dem Odense wartete. Er stand an einem der verspiegelten Fenster und sah sich die Show an.

»Tut mir leid, dass du warten musstest«, sagte Sara.

»Kein Problem.«

Sara deutete auf die Sitzgruppe, und sie nahmen Platz.

»Möchtest du was trinken?«

»Nein danke.«

Wohlhabendere Gäste konnten die VIP-Zimmer für eine groteske Summe mieten und sich von den kichernden Frauen, die auf der Bühne auftraten, Gesellschaft leisten lassen. Das Obergeschoss hieß Las Vegas, weil niemand erfuhr, was dort geschah. Der Name war Mattes Idee gewesen. Sara fand ihn plump, aber den verwöhnten Blagen, die mit dem Geld ihrer Väter für die Dienste bezahlten, gefiel er. Die Väter zahlten im Übrigen ebenfalls in regelmäßigen Abständen für ihren Aufenthalt in Las Vegas. Väter und Söhne, die sich für Geld mit anderen Müttern und Töchtern verlustierten.

»Tolles Lokal«, sagte Odense.

»Danke«, meinte Sara. »Was machen wir mit deinem?«

Odense war immer noch geschmeichelt, dass sie ihm Verantwortung übertragen und zu einem legalen Einkommen verholfen hatte. Er war jetzt Chef, Geschäftsführer mit Angestellten, für deren Löhne er zuständig war. Auf dem Papier gehörte ihm das Lokal, aber jeden Monat wurde eine von den Einnahmen abhängige Pacht an Saras Firma gezahlt.

»Vielleicht wird es nicht ganz so schick wie hier«, meinte er und deutete auf die Vorstellung auf der Bühne, »aber es lässt sich einiges verbessern.«

»Zu schnieke sollte es auch nicht werden«, meinte Sara. »Das Liederliche hat auch Appeal. Wann fangt ihr an?«

»Ich rede morgen mit den Handwerkern.«

Sara nickte anerkennend.

»Gut«, sagte sie und erhob sich.

Odense war sofort auf den Beinen, Sara schaute auf die Uhr.

»Ich mache mich jetzt auf den Heimweg«, meinte sie. »Die letzten Tage ist es spät geworden, aber bleib du noch, rede mit den Mädchen. Ich will, dass du die Namen aller kennst, die hier arbeiten. Früher oder später übernimmst du sie ja.«

Sie klopfte ihm leicht auf die Brust.

»Willkommen.«

88

Åsa Malmberg wählte die alte Strecke nach Hause, den Umweg. Ironischerweise, um einen klaren Kopf zu bekommen und Kraft für das zu sammeln, was immer wiederkehrte, Tag für Tag. Sie wählte den alten Weg nach Hause, und da kam er tatsächlich. Vielleicht war es sein Lächeln. Er erkannte sie, wusste, wer sie war. Er lächelte überlegen, als wollte er ihr sagen, dass sie doch nichts tun konnte. Er trat sogar einen Schritt auf die Straße, um seine Macht zu demonstrieren: Du musst anhalten, ich zwinge dich dazu. Und sie bremste, trat auf die Kupplung und schaltete runter, um ihn vorbeizulassen. Da machte er etwas mit dem Mund, dieser grässliche Bengel. Es sah aus, als würde er Spucke sammeln. Ohne einen Blick in den Rückspiegel zu werfen, ohne sich zu versichern, dass es keine Zeugen gab, vielleicht auch nur, um ihm einen Schrecken einzujagen, ließ Åsa die Kupplung los und fuhr ihn um. Das Auto warf ihn zu Boden. An den Rest konnte sie sich nicht mehr genau erinnern, es ließ sich kein klares Bild heraufbeschwören. Ihr Herz hatte wie wild zu pochen begonnen, und Panik hatte sie ergriffen. Anschließend konnte sie nicht sicher sagen, ob es bewusst geschehen war oder ob sie einfach nur hatte fliehen wollen. Sie fuhr über ihn drüber. Es rumpelte zwei Mal. Vorderrad und Hinterrad. Dieses Rumpeln war unvergesslich, sie spürte es noch heute, erwachte jedes Mal davon.

Bengt streckte den Arm aus und ergriff ihre Hand. Das geschah ganz automatisch. Er drückte leicht zu, um sie zu trösten und ihr zu zeigen, dass er da war. Åsa zog ihre Hand zurück, drehte sich um und zog ihre Knie an die Brust. Ihre Haut war verschwitzt und kalt. Sie starrte an die Wand und schluckte trocken.